新潮文庫

江戸川乱歩名作選

江戸川乱歩著

目次

江戸川乱歩名作選

石榴《ざくろ》

1

私は以前から「犯罪捜査録」という手記を書き溜《た》めていて、それには、私の長い探偵生活中に取り扱った目ぼしい事件は、ほとんど漏れなく、詳細に記録しているのだが、ここに書きつけておこうとする「硫酸《りゅうさん》殺人事件」は、なかなか風変わりな面白い事件であったにもかかわらず、なぜか私の捜査録にまだしるされていなかった。取り扱った事件のおびただしさに、私はついこの奇妙な小事件を忘れてしまっていたのに違いない。

ところが、最近のこと、その「硫酸殺人事件」をこまごまと思い出す機会に出くわした。それは実に不思議千万な、驚くべき「機会」であったが、そのことはいずれあとでしるすとして、ともかくこの事件を私に思い出させたのは、信州のS温泉で知り合いになった猪股《いのまた》という紳士、というよりは、その人が持っていた一冊の英文の探偵小説であった。手擦れで汚れた青黒いクロース表紙の探偵小説本に、今考えてみると、実にさまざまの意味がこもっていたのであった。

これを書いているのは昭和――年の秋のはじめであるが、その同じ年の夏、つまりつい一と月ばかり前まで、私は信濃《しなの》の山奥に在るSという温泉へ、ひとりで避暑に出かけていた。S温泉は信越線のY駅から、私設電車に乗って、その終点からまた二時間ほどガタガタの乗合自動車に揺られなければならないような、ごくごく辺鄙《へんぴ》な場所にあって、旅館の設備は不完全だし、料理はまずいし、遊楽の気分はまったく得られないかわりには、人里離れた深山幽谷《しんざんゆうこく》の感じは申し分がなかった。旅館から三丁ほど行くと、非常に深い谷があって、そこに見事な滝が懸っていたし、すぐ裏の山から時々猪《いのしし》が出て、旅館の裏庭近くまでやってくることもあるという話であった。

私の泊った翠巒荘《すいらんそう》というのが、S温泉でたった一軒の旅館らしい旅館なのだが、ものものしいのは名前だけで、広さは相当広いけれど、全体に黒ずんだ山家《やまが》風の古い建物、白粉《おしろい》の塗り方も知らない女中たち、糊《のり》のこわいツンツルテンの貸し浴衣《ゆかた》という、まことに都離れた風情《ふぜい》であった。そんな山奥ではあるけれど、さすがに盛夏には八分どおり滞在客があり、そのなかばは東京、名古屋などの大都会からのお客さんである。私が知合いになったという猪股氏も、都会客の一人で、東京の株屋さんということであった。

私は本職が警察官のくせに、どうしたものか探偵小説の大の愛読者なのである。というよりは、私の場合は、探偵小説の愛読者が、犯罪事件に興味を持ち出したのがきっかけで、地方警察の平刑事から警視庁捜査課に入りこみ、とうとう半生を犯罪捜査に捧《ささ》げることになったという、風変わりな径路をとったのであるが、そういう私のことだから、温泉などへ行くと、泊り客の中にうさん臭いやつはいないかと目を光らせるよりは、かえって、探偵小説好きはいないかしら、探偵小説論を戦わす相手はいないかしらと、それとなく物色するのが常であった。

今、日本でも探偵小説はなかなか流行しているのに、娯楽雑誌などの探偵小説は読んでいても、単行本になった本格の探偵小説を持ち歩いているような人は、不思議なほど少ないので、私はいつも失望を感じていたのであるが、今度だけは、翠巒荘に投宿したその日のうちに、実に願ってもない話相手を見つけることができた。

その人は、青年でもあることか、あとでわかったところによると、私より五つも年長の四十四才という中年者の癖に、トランクに詰めている本といえばことごとく探偵小説、しかも、それが日本の本よりも英文のものの方が多いという、実に珍らしい探偵趣味家であった。その中年紳士が今いった猪股氏なのである。その猪股氏が、旅館の二階の縁側で、籐椅子《とういす》に腰かけて、一冊の探偵本を読んでいたのを、私がチラと見かけたのがきっかけになり、どちらから接近するともなく接近して行って、その翌日はもうお互の身分を明かし合うほど懇意になっていた。

猪股氏の風采容貌《ふうさいようぼう》には、何かしら妙に私をひきつけるものがあった。それほどの年でもないのに、卵のように綺麗《きれい》に禿《は》げた恰好《かっこう》のよい頭、ひどく薄いけれど上品な蓬々《ほうほう》眉《まゆ》、黄色な玉の縁なし目がね、その色ガラスを透して見える二重瞼《まぶた》の大きな眼、スラッと高いギリシャ鼻、短かい口ひげ、揉《も》み上《あ》げから顎《あご》にかけて、美しく刈り揃《そろ》えた頬ひげ、どことなく日本人離れのした、しかし、非常な好男子で、それが、たとえ旅館のツンツルテンの貸し浴衣であろうとも、キチンと襟を合わせ、几帳面《きちょうめん》に帯を締めて、端然としている様子は、ひどく謹厳な大学教授とでもいった感じで、とても株屋さんなどとは思われぬのであった。

だんだんわかったところによると、この紳士は、最近奥さんを失ったということで、どれほど愛していた奥さんであったのか、その深い悲しみが、彼の青白く美しい眉宇《びう》のあいだに刻まれていた。それとなく観察していると、たいていは部屋にとじこもって、例の探偵本を読んでいるのだが、好きな小説も彼の悲しみを忘れさせる力はないとみえて、ともすれば、読みさしの本を畳の上へほうり出したまま、机に頬杖《ほおづえ》をついて、空《うつ》ろな表情で、縁側の向こうに聳《そび》える青葉の山を、じっと見つめている様子が、いかにも淋《さび》しそうであった。

翠巒荘に着いた翌々日のお昼過ぎのこと、私は食後の散歩のつもりで、浴衣のまま、宿の名の焼印を捺《お》した庭下駄をはいて、裏門から、翠巒園という公園めいた雑木林の中へ出掛けて行ったが、ふと見ると、やっぱり浴衣がけの猪股氏が、向こうの大きな椎《しい》の木にもたれて、何かの本に読み耽《ふけ》っていた。たぶん探偵小説であろうが、きょうは何を読んでいるのかしらと、私はついその方へ近づいて行った。

私が声をかけると、猪股氏はヒョイと顔を上げ、ニッコリ会釈《えしやく》をしたあとで、手にしていた青黒い表紙の探偵本を裏返して、背表紙の金文字を見せてくれたが、そこには、

TRENT'S LAST CASE　E. C. BENTLEY

と三段ほどにゴシック活字で印刷してあった。

「むろんお読みなすったことがおありでしょう。僕はもう五度目ぐらいなんですよ。ごらんなさい、こんなに汚れてしまっている。実によくできた小説ですね。おそらく世界で幾つという少ない傑作のひとつだと思います」

猪股氏は、読みさしたページに折り目をつけて、閉じた本をクルクルともてあそびながら、ある情熱をこめて言うのだ。

「ベントリーですか、私もずっと以前に読んだことがあります。もう詳しい筋なんか

はほとんど忘れてしまっていますが、何かの雑誌で、それとクロフツの『樽《たる》』とが、イギリス現代のふたつの最も優れた探偵小説だという評論を読んだことがありますよ」

そして、私たちはまた、しばらくのあいだ、内外の探偵小説について感想を述べ合ったことであるが、それに引きつづいて、もう私の職業を知っていた猪股氏は、ふとこんなことを言い出したのである。

「長いあいだには、ずいぶん変わった事件もお扱いなすったでしょうね。これで私ども、新聞で騒ぎ立てるような大事件は、切り抜きを作ったりして、いろいろと素人《しろうと》推理をやってみるのですが、そういう大事件でなしに、いっこう世間に知られなかった、ちょっとした事件に、きっと面白いのがあると思いますね。何かお取り扱いになった犯罪のうちで、私どもの耳に入らなかったような、風変わりなものはありませんでしょうか。むろん新らしい事件では、お話しくださるわけにはいかぬでしょうが、何かこう時効にかかってしまったような古い事件でも……」

これは私が新らしく知り合った探偵好きの人から、いつもきまったように受ける質問であった。

「そうですね。私の取り扱った目ぼしい事件は、たいてい記録にして保存しているのですが、そういう事件は、当時新聞も詳しく書き立てたものばかりですから、いっこう珍らしくもないでしょうし……」

私はそんなことを言いながら、猪股氏の両手にクルクルもてあそばれているベントリーの探偵小説を眺めていたが、すると、どういうわけであったか、私の頭の中のモヤモヤしたむら雲を破って、まるで十五夜のお月さまみたいに、ボッカリ浮き上がってきたのが、先に言った「硫酸殺人事件」であった。

「実際の犯罪事件というものは、純粋の推理で解決する場合は、ほとんどないといってもいいくらい少ないのです。ですから探偵小説好きには、ほんとうの犯罪はそんなに面白くない。推理よりも偶然と足とが重大要素なのです。クロフツの探偵小説は、いわば足の探偵小説、探偵が頭よりも足を使って、むやみと歩きまわって事件を解決しますね。あれなんか、やや実際に近い味ではないかと思うのですよ。しかし例外がないこともない。いま思い出したのですが『硫酸殺人事件』とでも言いますか、十年ほど前に起こった奇妙な事件があるのです。それは地方に起こった事件だものですから、東京、大阪の新聞は、ほとんど取り扱わなかったように記憶しますけれど、小事件の割には、なかなか面白いものでしたよ。私はそれを、あまり古いことなので、つい忘れるともなく忘れていたのですが、今あなたのお言葉で、ヒョイと思い出しました。ご迷惑でなかったら、記憶をたどりながら、ひとつお話ししてみましょうか」

「ええ、是非。なるべく詳しくうかがいたいものですね。硫酸殺人と聞いただけでも、なんだか非常に面白そうではありませんか」

猪股氏は、子供らしいほど期待の眼を輝かせながら、飛びつくようにいうのであった。

「ゆっくり落ちついてうかがいたいですね。立ち話もなんですから……といって、旅館の部屋ではあたりがやかましいし、どうでしょうか、これから滝道の方へ登って行きますと、そういうお話をうかがうには持ってこいの場所があるんですが……」

そんなふうに言われるものだから、私はだんだん乗り気になって行った。私には妙なくせがあって、「犯罪捜査録」を執筆する時は、その前に一度、事件の経過を詳しく人に話して聞かせるのが慣例のようになっていた。そうして話しているあいだに、おぼろげな記憶がだんだんハッキリして、辻褄《つじつま》が合ってくる。それがいざ筆を執る段になって、大へん役に立つからである。また、私は座談にかけてはなかなか自信があって、探偵小説めいた犯罪事件などを、なるべく面白そうに順序を立てて、詳しく話して聞かせるのが、ひとつの楽しみでもあった。きょうはなんだかうまく話せそうだわいと思うと、私の方も子供になって、一も二もなく猪股氏の申し出に応じたものである。

なかば雑草に覆《おお》われた細い坂道を、ウネウネ曲がりながら一丁ほど登ると、先に歩いていた猪股氏が立ち止まって、ここですよという。なるほど、うまい場所を見つけておいたものである。一方はモクモクと大樹の茂った急傾斜の山腹、一方は深い谷を見おろした、何丈とも知れぬ断崖《だんがい》、谷の底には異様に静まり返ったドス黒い淵《ふち》が、深く深く見えている。その桟道になった細道から、少しそれた所に、ひとつの大きな岩が、廂《ひさし》のように深淵《しんえん》を覗《のぞ》いていて、そこに畳一畳ほどの平らな場所があるのだ。

「あなたのお話をうかがうには、実にお誂《あつら》え向きの場所ではありませんか。ひとつ足を踏みはずせば、たちまち命のない崖《がけ》の上、犯罪談や探偵小説の魅力はちょうどこれではないかと思いますよ。お尻《しり》のくすぐったくなるこの岩の上で、恐ろしい殺人のお話をうかがうとは、なんと似つかわしいことではないでしょうか」

猪股氏はさも得意げに言って、いきなり岩の上に登ると、深い谷を見おろす位置にドッカリと腰を据えた。

「ほんとうに怖いような所ですね。もしあなたが悪人だったら、私はとてもここへ坐《すわ》る気にはなれませんよ」

私は笑いながら、彼の隣に席を占めた。

空は一面にドンヨリした薄曇りであった。何か汗ばむような天候ではあったけれど、温度は大へん涼しかった。谷を隔てた向こうの山も、陰気に黒ずんで、見渡す限りふたりのほかには生きもののけはいもなく、いつもはやかましいほどの鳥の声さえ、なぜかほとんど聞こえてはこなかった。ただ、ここからは見えぬ川上の滝音が、幽《かす》かな地響きを伴なって、オドロオドロと鳴り渡っているばかりであった。

猪股氏のいう通り、私の奇妙な探偵談には実に打ってつけの情景である。私はいよいよ乗り気になって、さて、その「硫酸殺人事件」について話しはじめたのである。

2

それは今から足かけ十年前、大正――年の秋に、名古屋の郊外Gという新住宅街に起こった事件です。G町は今でこそ市内と同じように、住宅や商家が軒を並べた明かるい町になっていますが、十年前のその頃は、建物よりは空き地のほうが多いような、ごく淋しい場所で、夜など、用心深い人は提灯《ちょうちん》を持って歩くほどの暗さだったのです。

ある夜のこと、所轄《しょかつ》警察署の一警官が、そのG町の淋しい通りを巡回していました時、ふと気がつくと、確かに空き家《や》のはずの一軒の小住宅に――それは空き地のまん中にポツンと建った、毀《こわ》れかかったような一軒建てのあばら屋で、ここ一年ほどというもの、雨戸をたてきったままになっていて、急に住み手がつこうとも思われませんのに、不思議なことに、空き家の中に幽かな赤ちゃけた明かりが見えていたのです。しかもそのほの明かりの前に、何かしらうごめいているものがあったのです。明かりが見えるからには、閉めきってあった戸がひらかれていたのでしょう。いったい何者がその戸をひらいたのか、そして、あんな空き家の中へ侵入して何をしているのか。巡回の警官が不審を起こしたのは至極もっともなことでした。

警官は足音を盗むようにして空き家へ近づいて行って、半びらきになっている入口の板戸のあいだから、ソッと家の中を覗いて見たといいます。すると、先《ま》ず最初眼にはいったのは、畳も敷いてない、埃《ほこり》だらけの床板に、蜜柑箱《みかんばこ》ようのものを伏せて、その上にじかに立てられた太い西洋ロウソクだったそうです。

ロウソクの手前に、黒く、キャタツのようなものが脚をひろげて立っていて、そのキャタツの前に、何か小さなものに腰かけて、モゾモゾ動いている人影があったというのです。よく見るとキャタツと思ったのは、写生用の画架でして、それにカンヴァスを懸けて、一人の若い長髪の男が、しきりと絵筆を動かしていたのでした。

ひとの空き家に侵入して、ロウソクの光で何かを写生しているんだな。美術青年の物好きにもせよ、けしからんことだ。しかし、いったいこの夜ふけに、わざと薄暗いロウソクの光なんかで、何を写生しているのかしらと、その警官は蜜柑箱の向こう側にあるものを、注意して眺めたと申します。

そのものは……美術青年のモデルになっていたものは、立っていなかったのです。ほこりだらけの床板の上に、長々と横たわっていたのです。ですから、警官にも急にはそのものの正体がわかりませんでしたが、蜜柑箱の蔭《かげ》になっているのを、背伸びをして、よく見ますと、それは確かに人間の服装はしているのですけれど、どうも人間とは思われない、なんともえたいの知れぬ変てこれんなものだったということです。

警官は石榴《ざくろ》がはぜたようなものだったと形容しましたが、私自身も、のちにそれを見た時、やっぱりよく熟してははぜ割れた石榴を連想しないではいられませんでした。そこには、黒い着物を着た一箇の巨大な割れ石榴がころがっていたのです。という意味はむろんおわかりでしょうが、めちゃめちゃに傷つき、ただれ、血に汚れ、どう見ても人間とは思われないような、無残な顔がころがっていたのです。

警官は最初、そんなふうなグロテスクな酔狂なメーク・アップをしたモデル男なのかと考えたそうです。それを写生している青年の様子が、ばかに悠然として、ひどく嬉《うれ》しそうに見えたからです。また、美術学生などというものは、そうした突飛な所業をしかねまじいものだということを、その警官は心得ていたからです。

しかし、たとえ扮装《ふんそう》をしたモデルにもせよ、これはちと穏やかでないと考えましたので、いきなり空き家の中へ踏み込んで行って、その青年を詰問《きつもん》したのですが、すると、異様な長髪の美術青年は、別に驚きあわてる様子もなく、かえってあべこべに、何を邪魔するのだ、折角の感興をめちゃめちゃにしてしまったじゃないかと、警官に向かって喰って掛ったといいます。

警官はそれに構わず、ともかく蜜柑箱の向こうに横たわっている例の怪物を、間近に寄って調べてみますと、決してメーク・アップのモデルでないことがわかりました。息もしていなければ脈もないのです。その男は、実に目もあてられない有様で、お化けのように殺害されていたのでした。

警官は、こいつは大へんな事件だぞと思うと、日頃ひそかに待ち望んでいた大物にぶつかった興奮で、もう夢中になって、有無をいわせず、その青年を近くの交番まで引っ立てて行き、そこの警官の応援を求め、本署にも電話をかけたのですが、その興奮しきった電話の声を聞き取ったのが、かくいう私でありました。もうお察しのことと思いますけれど、当時私はまだ郷里の名古屋にいまして、M警察署に属する駈《か》け出《だ》しの刑事だったのです。

電話を受け取ったのが九時少し過ぎでした。夜勤の者のほかは皆自宅に帰っていて、いろいろ手間取ったのですが、検事局、警察部にも報告した上、結局、署長自身が検証に出向くことになり、私も老練な先輩刑事といっしょに、署長さんのお供をして、現場の有様を詳しく観察することができました。

殺されていたのは、警察医の意見によりますと、三十四、五才の健康な男子ということでした。これという特徴もない中肉中背のからだに、シャツは着ないで、羽二重の長襦袢《ながじゆばん》に、くすんだ色の結城紬《ゆうきつむぎ》の袷《あわせ》を着て、絞り羽二重の兵児帯《へこおび》をまきつけておりましたが、その着物も襦袢も帯も、ひどく着古したよれよれのもので、少なくとも現在では、決して豊かな身分とは思われませんでした。

両手と両足を荒縄で縛られていたのですが、縛られるまではずいぶん抵抗したらしく、胸だとか二の腕などに、おびただしい掻《か》き傷が残っていました。大格闘が演じられたのに違いありません。それを誰も気づかなかったのは、さっきも申し上げる通り、その空き家というのが広っぱのまん中に、ポツンと離れて建っていたからでありましょう。

手足を縛っておいて、顔に劇薬をかけたのです。こうしてお話ししていますと、その恐ろしい形相が、まざまざと目の前に浮かんでくるようです。私は今、その無気味なものの様子を、どんなに詳しくでもお話しすることができますけれど……ああ、あなたもそういうお話はお嫌いのようですね。では、そこの所は端折《はしょ》ることにしまして……さて、その男の死因なのですが、いくらひどく硫酸をぶっかけたからといって、顔を焼けどしたくらいで死ぬものではありません。もしや、硫酸をかける前に、殴るとか締めるとかしたのではあるまいかと、医師がいろいろ調べてみたのですが、命に別状のない掻き傷のほかには、そういう形跡は少しもないのでした。

ところが、やがて、実に恐ろしいことがわかってきました。嘱託医が、ふと、こんなことを言い出したのです。

「犯人は硫酸を顔へかけるのが目的ではなくて、こんなに焼けただれたのは、実は偶然の副産物だったのではないでしょうか……この口の中をごらんなさい」

そういって、ピンセットで唇をめくり上げたのを、覗いて見ますと、口の中は顔の表面にもまして、実に惨澹《さんたん》たる有様でした。で、また医者がいうのです。

「床板にしみ込んでいてよくわからないけれど、可なり吐いているようです。顔へかけた劇薬が口にはいって行って、胃袋まで届くはずはありませんからね。これはもう明きらかにそれを飲ませようとしたのですよ。先ず手足を縛っておいて、左の手で鼻をつまんだのでしょうね。そうとしか考えられないじゃありませんか」

ああ、なんという恐ろしい考えでしたろう。しかし、いくら恐ろしくても、この想像説には、少しも間違いがないように思われました……被害者の死体は翌日すぐ解剖に付されたのですが、その結果はやっぱりこの警察医の言葉を裏書きしました。無理やり硫酸を飲ませて人殺しをするなんて、まるで非常識な狂気の沙汰《さた》です。気違いのしわざかもしれません。でなければ、ただ殺したのでは飽き足りないほどの、よくよくの深い憎悪《ぞうお》なり怨恨《えんこん》なりが、こんな途方もない残虐《ざんぎゃく》な手段を考え出させたものに違いありません。被害者の絶命の時間は、もちろん正確にはわからないのですけれど、医師の推定では、その日の午後も夕方に近い時分、おそらくは四時から六時頃までのあいだではないかということでした。

そんなふうにして、大体殺人の方法は想像がついたのですが、では、「誰が」「なんのために」「誰を」殺したかという点になりますと、変ないい方ですが、まるで見当がつきません。むろん、例の長髪の美術青年は、本署に留置して、調べ室でビシビシ調べたのですけれど、犯人は決して自分ではない、被害者が誰であるかも知らないと言い張って、いつまでたっても、少しも要領を得ないのでした。

その青年は、問題の空き家のあるG町の隣町《となりまち》に間借りをして、なんとか言いましたっけ、ちょっと大きな洋画の私塾へ通よっている、ほんとうの美術学生でした。名前は赤池と言いました。お前は、殺人事件を発見しながら、なぜすぐ警察へ届け出なかったのだ、怪《け》しからんではないか。その上あのむごたらしい死骸《しがい》を、平気で写生しているとは、いったいどうしたというのだ。お前こそ犯人だといわれても弁解の余地がないではないかと、詰問されたとき、その赤池君はこんなふうに答えたのです。

「僕はあの長いあいだ住み手のない化け物屋敷みたいな空き家に、以前から魅力を感じていて、何度もあすこへはいったことがあるのです。錠前も何も毀《こわ》れてしまっているから、はいろうと思えば誰だってはいれますよ。まっ暗な空き家の中でいろいろな空想に耽って時間をつぶすのが、僕には大へん楽しかったのです。きょうの夕方も、そんなつもりで、なにげなくはいって行くと、目の前にあの死骸がころがっていたのですよ。もうほとんど暗くなっていましたので、僕はマッチをすって、死骸の様子を眺めました。そして、こいつはすばらしいと思ったのです。なぜといって、ちょうどああいう画題を、僕は長いあいだ夢見ていたのですからね。闇《やみ》の中のまっ赤な花のように、目もくらむばかりの血の芸術。僕はそれをどんなに恋いこがれていたでしょう。実に願ってもないモデルでした。僕は家に飛んで帰って、画架と絵の具とロウソクとを、空き家の中へ持ちこんだのです。そしてあのにくらしいおまわりさんに妨害されるまで、一心不乱に絵筆をとっていたのです」

どうもうまく言えませんが、赤池君のその時の言葉は、物狂わしい情熱にみちていて、なんだか悪魔の歌う詩のように聞こえたことでした。まったくの狂人とも思われませんが、決して普通の人間じゃない、少なくとも、病的な感情の持ち主であることは確かです。こういう男を常規で律することはできない。さもさもまことしやかな顔をして、その実どんなうそを言っているかしれたものではない。血みどろの死骸を平気で写生していたほどだから、人を殺すことなどなんとも思っていないかもしれぬ。誰しもそんなふうに考えたものです。殊《こと》に署長さんなどは、てっきりこいつが犯人だというので、一応の弁解が成り立っても、帰宅を許すどころか、留置室にとじこめたまま、実に烈《はげ》しい調べかたをさせたのでした。

そうしているあいだに、まる二日が経過しました。私なぞは、よく探偵小説にあるように、空き家の床や地面を、犬みたいに這《は》い廻って、十二分に検《しら》べたのですけれど、硫酸の容器も出てこなければ、足跡や指紋も発見されず、手掛かりと言っては、何ひとつなかったのです。また、付近の住人たちに聞き廻っても、なにしろいちばん近いお隣というのが、半丁も離れているのですから、この方もまったく徒労に終りました。一方、唯一《ゆいいつ》の被疑者である赤池青年は、二《ふ》た晩というもの、ほとんど一睡もさせないで取り調べたのですが、責めれば責めるほど、彼の言うことはますます気ちがいめいて行くばかりで、まったくらちがあきません。

それよりも何よりも、いちばん困るのは、被害者の身元が少しもわからないことでした。顔はいま申したはぜた石榴なんですし、からだにもこれという特徴はなく、ただ着物の柄を唯一の頼みにして、探偵を進めるほかはなかったのですが、先ず第一番に赤池の間借りをしていた理髪店の主人を呼び出して、その着物を見せても、まったく心当たりがないと言いますし、空き家の付近の人たちもハッキリした答えをするのは一人もないという有様で、私たちはほとんど途方に暮れてしまったのです。

ところが、事件の翌々日の晩になって、妙な方面から、被害者の身元がわかってきました。そして、この無残な死にざまをした男は、当時こそ落ちぶれてはいたけれど、以前は人に知られた老舗《しにせ》の主人であったことが判明したのです。さて、私のお話は、これからおいおい探偵談らしくなって行くのですが。

3

その晩も、事件について会議みたいなものがありまして、私は署に居残っていたのですが、八時頃でした、谷村絹代さんという人から、私へ電話がかかってきたのです。

至急あなただけに内密にご相談したいことがあるから、すぐおいでくださらんでしょうか、実はいま世間で騒いでいる硫酸殺人事件に関係のある事柄です。しかし、これは私に会って話を聞いてくださるまで、署の人たちに知らせないようにしてほしい。どうか急いでおいでください。というおだやかならん話なのです。電話口の絹代さんの声は妙に上ずって、何か非常に興奮している様子でした。

谷村というのは、もしや御存知ではありませんか、名古屋名物の貉饅頭《むじなまんじゅう》の本舗なのです。東京でいえば、風月堂とか、虎屋《とらや》とかに匹敵する大きなお菓子屋さんでした。あの地方では誰知らぬものもない、旧幕時代からの老舗ですよ。貉《むじな》なんて、変てこな名をつけたものですが、これには物々しい由来話などもあって、古くから通った名前だものですから、あの辺の人には別に変にも響かないらしいのですね。私はここの主人の万右衛門《まんえもん》という人とは懇意な間柄でして……万右衛門などというと、いかにもお爺《じい》さん臭いですが、これは谷村家代々の伝え名なので、当時の万右衛門さんは、まだ三十を三つ四つ越したばかりの、大学教育を受けた、物わかりのいい若紳士でしたが、その人が文学なども囓《かじ》っているものですから、小説好きの私とはよく話が合って、あ、そうそう、私はこの人と探偵小説論なども戦わしたことがあるのですよ。絹代さんかんというのは、その万右衛門さんの若くて美しい奥さんだったのです。その奥さんから、そういう電話を受けたのですから、打ち捨てておくわけにはいきません。私はでたらめの口実を作って会議の席をはずし、さっそく谷村家へと駈けつけました。

駱饅頭の店は、名古屋でも目抜きのTという大通りにあって、古風な土蔵造りの店構えが、その町の名物みたいになっているのですが、別に家族の住宅が、M署管内の郊外にあったのです。そんなに遠い所でもないのですから、私はテクテクと暗い道を歩きながら、ヒョイと気がついたのは、問題の殺人があったG町の空き家は、谷村さんの宅とは眼と鼻のあいだ、ほんの三丁ほどしか隔たっていないということでした。そういう地理的な関係からしましても、絹代さんの電話の言葉が、いよいよ意味ありげに考えられてくるのです。

さて絹代さんに会ってみますと、日頃血色のいい人が、まるで紙のように青ざめて、ひどくソワソワしていましたが、私の顔を見るなり、大へんなことになりました、どうしたらいいのでしょうと、すがりつかんばかりの有様でした。いったいどうなすったのですかと聞きますと、主人が……万右衛門さんがですね、行方不明になってしまったというのです。時も時、硫酸殺人事件が発見された翌朝のこと、万右衛門さんは、夢中になって奔走していた製菓事業の株式会社創立の要件で、東京のMという製糖会社の重役に会うために、午前四時何分発の上り急行列車で出発したのだそうです。その頃はまだ特急というものがなかった時分で、東京へお昼過ぎに着くためには、そんな早い汽車を選ばなければならなかったのですよ……ちょっとお断りしておきますが、その出発したというのは、むろん絹代さんと一緒に寝泊りをしている郊外の住宅の方からでした。万右衛門さんは、その前日は、会社創立のことで、面倒な調べものをして、夜おそくまで書斎にこもっていたのだそうです……ところが、同じ日の夕方になって、そのM製糖会社から絹代さんの所へ至急電話がかかってきて、谷村さんが約束の時間においでがないが、何かさしつかえが生じたのかという問い合わせがあったのだそうです。急を要する要件があって、先方でも待ちかねていたものとみえますね。この意外な電話に、絹代さんはびっくりして、確かにけさ四時の汽車でそちらへ参りました。ほかへ寄り道などするはずはありませんが、と答えますと、先方からかさねて、実は赤坂の谷村さんの定宿《じょうやど》のほうも調べさせたのだけれど、そこにもおいでがない。谷村さんに限ってほかの宿屋へお泊りなさるはずはないのだが、どうもおかしいですねということで、うやむやに電話が切れてしまったというのです。

それから翌日は一日じゅう、つまり私が谷村さんを訪ねた晩までのあいだですね、その一日じゅう、製糖会社はもちろん、東京の宿屋やお友だちの所、静岡の取引先など、心当たりという心当たりへ何度も電話をかけて、万右衛門さんの行方を尋ねたのだそうですが、どこにも手応《てごた》えがない。まる二日というもの谷村さんの所在はまったくわからないのです。これが普通の場合なれば別に心配もしないのだけれど、と絹代さんがいうのですよ、主人の出発した前の晩には、ああいう恐ろしい事件があったのでしょう。ですから何かしら胸騒ぎがして……と奥歯に物の挟まったように言いよんでいるのです。

恐ろしい事件というのは、むろん硫酸殺人事件なのですが、では絹代さんは、もしやあの被害者を知っているのではないかしら。私は何かしらハッとして、恐る恐るそのことを尋ねてみました。すると、

「ええ、ほんとうはあの夕刊を見た時から、私にはチャンとわかっていたのです。でも、どうしても怖くって、警察へお知らせする気になれなかったものだから……」

と口ごもるのです。

「誰です？　あの空き家で殺されていたのは、いったい誰なのです」

私は思わずせきこんで尋ねました。

「ホラ、私どもとは長年のあいだ商売敵であった、もう一軒の貉《むじな》饅頭のご主人、琴野宗一さんですよ。新聞に出ていた着物の様子もそっくりだし、そればかりでなく、実はもっと確かな証拠がありますのよ」

それを聞きますと、私は何もかもわかったような気がしました。絹代さんが被害者を知りながら、今までだまっていたわけ、それほど心痛している癖に、万右衛門さんの捜索願いをしなかったわけ、一切合点《がてん》がいったのです。絹代さんは実に恐ろしい疑いを抱いていたのでした。

そのころ名古屋には、駱饅頭という同じ名のお菓子屋さんが、市内でも目抜きのT町に、ほとんど軒を並べんばかりにくっついて、二軒営業をしていました。一軒は私の懇意にしていた谷村万右衛門さん、絹代さんのご主人ですね。もう一軒は琴野宗一といって、絹代さんによれば、この事件の被害者なのですが、両方とも数代つづいた老舗でして、どちらがほんとうの元祖なのか、私も詳しいことは知りませんが、谷村のほうでも、琴野のほうでも、負けず劣らず「元祖駱饅頭」という大きな金看板を飾って、眼と鼻のあいだで元祖争いをつづけていたのでした。東京の上野K町に二軒の黒焼屋さんが、軒を並べて元祖争いをやっていることは大へん有名ですから、あなたもたぶん御存知でしょうが、つまりあれなのですね。

元祖争いというからには、両家のあいだが睦《むつ》まじくなかったことは申すまでもありませんが、駱饅頭の不仲ときては、少々桁《けた》はずれでして、何代前の先祖以来、両家の争いについてさまざまの噂話《うわさ》が伝え残されていたほどです。琴野家の職人が谷村家の仕事場へ忍び込んで、饅頭の中へ砂を混ぜた話、谷村家が祈禱師《きとうし》を頼んで、琴野家の没落を祈った話、両家の十数人の職人たちが、町のなかで大喧嘩《おおげんか》をして、血の雨を降らせた話、万右衛門さんの曾祖父《そう》に当たる人が、その当時の琴野の主人と、まるで武士のように刀を抜き合わせて果たし合いをした話、数え上げれば際限もないことですが、数代に亘《わた》ってつちかわれた両家の敵意というものは、実に恐ろしいほどでして、その呪《のろ》いの血が万右衛門、宗一両氏の体内にも燃えさかっていたのでしょう。両家の反目は当代になっていっそう激化されたように見えました。

この二人は子供の時分、級は違いましたけれど、同じ小学校に通よっていたのですが、校庭や通学の道で出くわせば、もうすぐに喧嘩だったそうです。血を流すほどのとっくみ合いをしたこともたびたびあるといいます。この争いは、各年齢を通じて、さまざまの形を取ってつづけられてきましたが、因果な二人は、恋愛においてさえも、いがみ合わなければなりませんでした。というのは、つまり谷村さんと琴野氏とが、一人の美しい娘さんを奪い合ったわけなのです。そこにはいろいろ複雑ないきさつがあったのですが、当《とう》の娘さんの心が万右衛門さんに傾いていたものですから、結局この争いは谷村さんの勝ちとなり、殺人事件の三年ほど前に、盛大な結婚式が挙げられました。その娘さんというのがつまり絹代さんなのです。

この敗北が、琴野家没落のきっかけとなりました。宗一さんは心底《しんそこ》から絹代さんを恋していたものですから、失恋からやけ気味となり、商売の方はお留守にして、花柳界を泳ぎまわるという有様。それでなくても、大仕掛けな製菓会社に圧迫されて、もう左前になっていた店のことですから、たちまちにして没落、旧幕以来の老舗もいつしか人手に渡ってしまいました。

店の没落と前後して、両親も失い、失恋以来独身を通していたので、子供とてもなく、宗一さんは今ではまったくの独りぼっちとなって、親戚《しんせき》の助力でかつかつその日を送っていたのでした。このころから琴野氏は妙に卑劣な、恥も外聞も構わないような所業をはじめました。昔の同業者を訪ねて合力を乞《こ》うて廻ったり、仇敵《きゅうてき》である谷村家をさえ足繁《しげ》く訪ねて、夕御飯などを御馳走《ごちそう》になって帰るようになったのです。谷村さんもしばらくのあいだは、先方から尾を垂れてくるのですから、いやな顔もできず、友だちのように扱っていましたが、そのうちに、琴野氏が訪ねてくるのは、実は絹代さんの顔を見たり、美しい声を聞いたりするためであることがわかってきたのです。とうとう絹代さんから万右衛門さんに、なんだか怖いような気がしますから、琴野さんを家へこないように計らってくださいと申し出たほどなのです。そこで、ある日のこと、万右衛門さんと琴野氏とのあいだに、殴り合いもしかねまじい烈しい口論があって、それ以来琴野氏はパッタリと谷村家へ足踏みしなくなったのですが、それと同時に、ある事ない事谷村さんの悪口をふれ廻りはじめました。殊にひどいのは、絹代さんの貞操を疑わせるようなことを、しかもその罪の相手は琴野氏自身であるという作り話を方々でしゃべりちらすことでした。

たとえ作り話とわかっていても、そんなことを間接に耳にしますと、万右衛門さんもつい妙な疑惑を抱かないではいられませんでした。私の家内は、絹代さんと大へんうまが合って、よくお訪ねしてはいろいろお世話になっていたのですが、そういうことが自然家内の耳にもはいるものですから、近頃谷村さん御夫婦のあいだが変だ、時々高い声で口論なすっていることさえある。あれでは奥さんがお可哀《かわい》そうだなどと、よく私に言い言いしたものでした。

そんなふうにして、先祖伝来の憎悪怨恨の悪血が、万右衛門さんの胸にも宗一さんの胸にも、だんだん烈しく沸き立って行きました。その果てには、宗一さんから万右衛門さんに当てて、呪いに充《み》ちた挑戦の手紙が頻々として舞い込むこととなったのです。谷村さんは平常は大へん物わかりのよい紳士ですが、ひとつ間違うと、まるで悪鬼のように猛《たけ》り狂う烈しい気性の持ち主でした。おそらくは先祖から伝わる闘争好きな血のさせるわざだったのでしょうね。

硫酸殺人事件は、こういう事情が、いわばその頂点に達していた時に起こったのです。宗一さんが前代未聞《みもん》のむごたらしい方法で殺されたそのちょうど翌朝、万右衛門さんが汽車に乗ったまま行方不明になってしまった。とすると、絹代さんがあのようにおののき恐れたのも決して無理ではなかったのです。

さて、お話を元に戻して、私が絹代さんに呼ばれて、被害者が琴野宗一氏に違いないとうちあけられた、あの晩のことをつづけて申し上げますが、絹代さんは、それには着物の柄が一致するばかりでなく、こういう証拠があるのだと言って、帯のあいだから細かく畳んだ紙切れを取り出し、それをひろげて見せてくれました。紙切れというのは手紙らしいもので、大体こんなことが書いてあったのです。

何月幾日の——正確な日付をいま思い出せませんが、それはつまり殺人事件が発見された当日にあたるのです。で、何月幾日の午後四時に、G町の例の空き家（例のとあるからには、その手紙の受け取り主であった万右衛門さんも、あらかじめその空き家を知っていたのでしょうね）例の空き家に待っているから、是非来てもらいたい。そこで、年来のいざこざをすっかり清算したいと思うのだ。君はよもや、この手紙を読んで、卑怯《ひきよう》に逃げ隠れなどしないだろうね。まあこんなことが、しかつめらしい文章で書いてあったのです。差出人はむろん琴野宗一氏で、文章の終りに以前琴野家の商標であった、丸の中に宗の字が書き添えてありました。

「で、御主人は、この時間に空き家へ出掛けられたのですか」

私は驚いて尋ねました。万右衛門さんは感情が激すると、そういうばかばかしいまねも仕兼ねない人ですからね。

「それがなんともいえませんのよ。主人はこの手紙を見ると顔色を変えて、ホラ、御存知でしょう。あの人の癖の、こめかみの脈が、眼に見えるほどピクピク動き出しましたの。わたし、これはいけないと思って、気ちがいみたいな人に、お取り合いなさらぬほうがいいって、くどくお止めしておいたのですけれど……」

と絹代さんはいうのです。それに、万右衛門さんは、さきにもちょっと申しましたように、その日、午後からずっと夜おそくまで、書斎にとじこもって、東京へ持って行く新設会社の目論見書《もくろみしょ》とかを書いていたので、絹代さんはすっかり安心していたのだそうですが、今になって考えると……いったい万右衛門さんは、ひと晩だって行く先を知らせないで家をあけたことのない人ですから、それが丸二日も行方不明になってみると、どうもその書斎にこもっていたというのが、絹代さんを安心させる手だったのかもしれないのです。万右衛門さんの書斎というのは、裏庭に面した日本座敷で、その縁側を降りて柴折戸《しおりど》をあければ、自由にそとへ出られたのですからね。で、恐ろしい邪推をすれば、家内の者に知られぬようにソッと忍び出して、すぐ近くのG町へ出かけて行き、また何喰わぬ顔で書斎に戻っているということも、決して不可能ではなかったのです。

万右衛門さんが、あらかじめ殺意をもって、その空き家へ出かけて行ったというのは、まったくあり得ないことでした。由緒《ゆいしょ》ある家名を捨て、美しい奥さんを捨てて、敗残の琴野氏などと命のやり取りをする気になれよう道理がありませんからね。もし出かけて行ったとすれば、ただ琴野氏の卑劣なやり方を面罵《めんば》して、拳骨《げんこつ》のひとつもお見舞い申すくらいの考えだったのでしょう。しかしそこに待ちかまえていた相手は、さっきからもいうように、世を呪い人を呪い、気ちがいのようになっていた琴野氏ですから、どんな陰謀を企《たく》らんでいなかったとも限りません。もしその時、琴野氏が硫酸の瓶を手にして、相手の顔をめちゃめちゃにしてやろうと身構えていたとしたら……これは想像ですよ。しかし非常に適切な想像ではないでしょうか。琴野氏にとって、万右衛門さんは憎んでも憎み足りない恋敵です。その恋敵の顔を癩病《らいびょう》やみのように醜くしてやるというのは、実に絶好の復讐《ふくしゅう》といわねばなりません。恋人を奪った男が、片輪者同然になって生涯悶《もだ》え苦しむのみか、女のほうでは、つまり絹代さんのほうでは、その醜い片輪者を末永く夫としてかしずいて行かねばならぬという、一挙にして二重の効果をおさめるわけですからね。さて、そこへはいって行った万右衛門さんが、事前に敵の陰謀を見抜いたとしたら、どういうことになりましょうか。勃然《ぼつぜん》として起こる激情をおさえることができたでしょうか。幾代前の先祖からつちかわれた憎悪の血潮が、分別を越えて荒れ狂わなかったでしょうか。そこに常規を逸した闘争が演じられたことは、想像にかたくないではありませんか。そして、つい勢いのおもむくところ、敵の用意した劇薬を逆に即座の武器として、あの恐ろしい結果をひき起こした。と考えても、さして不合理ではないように思われます。

絹代さんはゆうべから、一睡もしないで、そういう恐ろしい妄想を描いていたのです。そして、もうじっとしていられなくなったものですから、日頃、相当立ち入ったことまで話し合っている私を呼び出して、思い切って、その恐ろしい疑惑をうち明けなすったわけでした。

「しかし、いくら感情が激したからといって、奥さんは御承知ないかもしれませんが、琴野さんはただ硫酸をぶっかけられたのでなく、それを飲まされていたのですよ。昔、罪人の背筋を裂いて鉛の熱湯を流しこむという刑罰があったそうですが、それにも劣らぬ無残きわまる所業ではありませんか。御主人にそんな残酷なまねができたでしょうか」

私はなんの気もつかず、感じたままをいったのですが、すると、絹代さんはさも気まずそうに、上目使いに私を見て、パッと赤面されたではありませんか。私はたちまちその意味を悟りました。万右衛門さんは或《あ》る意味では非常に残酷な人だったのです。少し以前、私の家内が絹代さんのお供をして、笠置《かさぎ》の温泉へ遊びに行ったことがありまして、そのとき家内は、絹代さんの全身に、赤くなった妙な傷痕《きずあと》がたくさんついていることを知ったのです。絹代さんは、誰にもいっちゃいやよ、と断わって、家内にだけ、その傷のいわれをお話しなすったそうですが、万右衛門さんには、そういう意味の残酷性は充分あったわけで、絹代さんはそれを考えて、思わず赤面されたのに違いありません。

しかし、私はそれを見ぬ振りをして、なおも慰めの言葉をつづけました。

「あなたは大へんな取り越し苦労をしていらっしゃるのですよ。そんなことがあっていいものですか。御主人が出発されてから、まだ二日しかたっていないのですから、行方不明だかどうだかわかりもしないのです。それに、たとえあれが琴野さんだったとしても、現に赤池という気ちがいみたいな青年が、現場で捕えられているのですから、何か確かな反証でも挙がらない限り、あの男が下手人と見なければなりません。恐ろしい死骸を、平気で写生していたほどですから、あいつなれば硫酸を飲ませるぐらいのことはやったかもしれませんよ」

と、まあいろいろ気休めを並べてみたのですが、直覚的に、ほとんどそれを信じきっているらしい絹代さんは、いっこう取り合ってくれませんでした。そこで、結局は、今どう騒いでみても仕方がないのですから、私は何も聞かなかったていにして、もう一日二日様子を見ようではありませんか。なあに、谷村さんはそのうちにヒョッコリ帰ってこられるかもしれませんよ。ただ被害者が琴野宗一であるという点は、私が警察官なのですから、このままうっちゃっておくわけにも行きませんが、しかし、それは谷村さんや奥さんの名前を出さなくても、他の方面から確かめる道がいくらもありますよ。決して御心配には及びません。ということで、その晩は絹代さんと別れたのです。むろん私はその夜のうちに、被害者が琴野氏であるという新知識に基づいて、同氏が侘住《わびず》まいをしていた借家を訪ね、果たして行方不明になっているかどうかを確かめてみるつもりでした。ところが、そうして谷村家を辞して、K署へ帰ってみますと、私の留守中に何かあった様子で、署内の空気がなんとなくざわめいているではありませんか。司法主任の斎藤という警部補が……この人は当時県下でも指折りの名探偵といわれていたのですが……その斎藤氏がいきなり私の肩を叩《たた》いて、オイ被害者がわかったぞ。というのです。

よく聞いてみますと、私が会議の席をはずして間もなく、二人づれのお菓子屋さんが署を訪ねてきて、硫酸殺人事件の被害者の着物を見せてほしいと申し出たのだそうです。その着物は幸いまだ署に置いてあったものですから、すぐ見せてやりますと、二人の者は顔を見合わせて、いよいよそうだ、元駱饅頭の主人琴野宗一さんに違いない。この結城紬は、琴野さんがまだ盛んの時分、わざわざ織元へ注文した別誂《あつら》えの柄だから、広い名古屋にも、ふたつとない品だ。最近もこの一張羅を着て、私どもの店へ遊びにきたことがあるくらいですから、決して間違いはありません。という確かな証言を与えました。そこで、琴野氏の住所へ署のものが行って調べてみますと、案《あん》の定《じょう》、おとといどこかへ出かけたきり、まだ帰宅しないということが判明したのだそうです。

もうなんの疑うところもありません。被害者は琴野氏に確定しました。少なくとも被害者に関する限り絹代さんの直覚は恐ろしく的中したのです。この調子だと、加害者もやっぱりあの人の想像した通りかもしれないぞと、私はなんだか不吉な予感におびえないではいられませんでした。

「被害者が琴野とわかってみると、もう一軒の駱饅頭の本家を調べる必要があるね。なにしろ有名な敵《かたき》同士なんだから。ああ、そうそう、確かあの駱饅頭、谷村とかいったっけね、君は、あすこの主人と懇意なのじゃないかね。ひとつ君を煩《わずら》わそうか」

司法主任がなんの気もつかず、私をビクビクさせるのです。

「いや、私はどうも……」

「フン、懇意すぎて調べにくいというのかね、よしよし、それじゃおれがやろう。そして、この神秘の謎《なぞ》というやつを、ひとつ嗅《か》ぎ出してみるかな」

名探偵の司法主任は、舌なめずりをして、そんなことをいうのでした。

4

斎藤警部補は、さすが名探偵といわれたほどあって、実にテキパキと調査を進めて行きました。彼はもうその晩のうちに、谷村さんが行方不明になっていることをさぐり出し、翌日からは谷村家の店や住宅はもちろん、万右衛門さんと親交のあった同業者の宅などへ、自から出向いたり部下をやったりして、忽《たちま》ちのうちに、私が絹代さんから聞いているだけの事情を、すっかり調べ上げてしまいました。いや、それ以上のある重大な事実までもさぐり出したのです。しかもその新事実は、万右衛門さんが下手人であるということを、ほとんど確定するほどの恐ろしい力を持っていたのでした。

谷村さんが株式組織の製菓会社を起こそうとしていたことは前にも申し上げた通りですが、株式といっても一般に公募するわけではなく、新式の製菓会社に圧迫されて営業不振をかこつ市内の主だったお菓子屋さんたちが、それに対抗して新らしい活路を求めるために、各自資金を調達して、相当大規模な製菓工場を起こそうということになり、会社成立の上は、谷村さんが専務取締役に就任する予定だったのですが、それについて、工場敷地買入れ資金そのほか創立準備費用として、各お菓子屋さんの出資になる五万円〔註、今の二千万円〕ほどの現金を谷村さんが保管して、仮りに市内の銀行の当座預金にしてあったというのです。

二、三のお菓子屋さんの口から、そのことがわかったものですから、さっそく絹代さんに預金通帳のありかを尋ねますと、通帳なれば主人の書斎の小型金庫にしまってあるはずだというので、それをひらいてみたのですが、ほかの小口の預金帳は残っていましたけれど、五万円の分だけが紛失していたのです。そこで、すぐさまN銀行に問い合わせたところ、その五万円は、ちょうど殺人事件のあった翌朝、銀行がひらかれると間もなく、規定の手つづきを踏んで引き出されていることが判明しました。支払い係りは谷村さんの顔を見慣れていませんでしたので、引き出しにきたのが万右衛門さんかどうかは断言しかねるということでしたが、しかし、これによってみますと、谷村さんは五時の上り急行列車に乗ったと見せかけて、実は銀行のひらかれる時間まで、名古屋にとどまっていたことになるのです。この一事だけでも、万右衛門さんが犯人であることは、もう疑いの余地がないではありませんか。

たとえ一時の激情からとはいえ、殺人罪を犯してみれば、すぐ目の前にちらつくのは恐ろしい断頭台の幻です。万右衛門さんが逃げられるだけ逃げてみようと決心したのは、人情の自然ではありますまいか。逃亡となると、すぐ入用なものはお金です。纏《まと》まったお金さえあれば、捜査の網の目をのがれるために、あらゆる手段を尽すことができるのですからね。万右衛門さんは、あのむごたらしい罪を犯したあとで、何喰わぬ顔で自宅に帰りました。それはひとつには絹代さんにそれとなく別かれを告げるためでもあったでしょう。しかし、もっと重大な目的は、小型金庫の中から五万円の通帳を取り出すことではなかったでしょうか。

そのほかにまだ、私だけが知っていて、検事局でも警察でも知らないひとつの妙な事柄がありました。これは後になって私の家内が絹代さんの口から聞き出してきたのですが、谷村さんが東京へ行くといって家を出た前晩、つまり殺人事件が発見されたその夜ですね。万右衛門さんのその夜なかの様子が、どうもただごとではなかったというのです。何かこう、永《なが》の別かれでもするように、さもさも名残惜しげに、近頃になく絹代さんにやさしい言葉をかけて、突然気違いみたいに笑い出すかと思うと、涙をポロポロこぼして烈しいすすり泣きをはじめるという有様だったそうです。万右衛門さんという人は、先にも申しました通り、日頃から奥さんに対する愛情の表わし方が、常人とはひどく違っていたのです。そういう風変わりな人だものですから、またいつもの病気なのだろうと、さして気にも留めなかったのだそうですが、あとになって考えると、やっぱりあれには深い意味があったのだ、万右衛門さんはほんとうに今生の別かれを告げていたのだと、ひしひし思い当たりますと、絹代さんが打ち明けなすったというのです。

そんなふうにして、万右衛門さんの有罪はもはや動かしがたいものとなったのですが、それらの事情なぞよりも、もっと確かな証拠は、そうして十何日というものが経過したにもかかわらず、谷村さんの行方が少しも知れないことでした。むろん警察では、人相書きを全国の警察署に配布して、厳重な捜索を依頼していたのですけれど、それにもかかわらず、今もってなんの消息もないのを見ますと、これはもう、万右衛門さんが、あらゆる手段を尽して、故意に姿をくらましているとしか考えられないのでした。そこでやっとあの非凡な芸術家赤池青年の釈放ということになりました。彼はこの事件の発端で甚だ重要なひと役を勤めたわけですが、考えてみれば気の毒な男です。聞けばその後、ほんとうの気ちがいになって、とうとう癲狂院《てんきょういん》に入れられてしまったということですが。

このようにして旧幕以来の名古屋名物であった駱饅頭は、二軒が二軒とも、なんの因縁でしたろうか、実にみじめな終りをとげたのでありました。気の毒なのは絹代さんでした。さて御主人がいなくなって、親戚などが寄り集まって、財産しらべをしてみますと、谷村さんがああして製菓会社を起こしてみたり、いろいろやきもきしなければならなかったのも無理でないことがわかってきました。外見は派手につくろっていたものの、内実は、谷村家には負債こそあれ、絹代さんが相続するような資産など一銭だってありはしなかったのです。T町の由緒ある土蔵造りの店舗は、三番まで抵当にはいっているし、土地住宅も同じように負債の担保になっているという始末。十数本の簞笥《たんす》と、その中にはいっている幾十襲《かさ》ねの衣裳《いしょう》だけが、やっと奥さんの手に残ったのですが、絹代さんはそれを持って、泣く泣く里へ居候《いそうろう》に帰らなければならない有様でした。

さて、これでいわゆる硫酸殺人事件はすべて落着したように見えました。私などもそれを信じきっていたのです。ところが、やがて、実はそうでないことがわかってきました。この事件には、まるで探偵小説のような、非常に念入りな、奇怪至極なトリックが用いられていたことがわかってきました。それは指紋だったのです。たったひとつの指紋が事態をまるで逆転させてしまったのです。これから少し自慢話になるわけですが……その指紋を発見したのが、この私でありました。そして、たったひとつの指紋から、まるで不可能としか思えない、犯人のずば抜けたトリックを看破して、県の警察部長からお褒めの言葉をいただいたという、まあ気のいい話なのですが。

それは殺人が行なわれて半月あまりののちのことでしたが、ある日、絹代さんがいよいよ住まいを手離すことになって、女中たちを指図して部屋をかたづけているところへ、私が行き合わせたのです。そして取りかたづけのお手伝いをしながら、元の万右衛門さんの書斎をウロウロしていて、ふと眼についたのが一冊の日記帳でした。むろん万右衛門さんの日記ですよ。あの人は今頃どこに隠れているのかしら、定《さだ》めし取り返しのつかぬ後悔に責めさいなまれていることであろう……などと、感慨を催しながら、その日記の最後の記事から、だんだんに日をさかのぼって眼を通して行ったのですが、記事そのものには、別に意外な点もなく、ただ所々に、琴野宗一氏の執拗《しつよう》な所業を呪う言葉が書きつらねてあるくらいのものでしたが、その或るページを読んで、ヒョイと気がついたのは、ページの欄外の白い部分に、ベッタリと、拇指《おやゆび》に違いない一つの指紋が捺《お》されていることでした。万右衛門さんが日記を書きながら、インキで拇指を汚してそれを知らずにページを繰ったために、そんなハッキリした指紋が残されたのに違いありません。

はじめはなにげなく眺めていたのですが、やがて私はギョッとして穴のあくほどその指紋を見つめはじめました。おそらく顔色も青ざめていたことでしょう。息遣いさえ烈しくなっていたかもしれません。絹代さんが私の恐ろしい形相に気づいて、まあどうなすったのと、声をかけられたほどですからね。

「奥さん、これ、これ……」と、私はどもりながら、その指紋をゆびさして、「この指のあとはむろん御主人でしょうね」と詰問するように尋ねたものです。すると絹代さんは、

「ええ、そうですわ。主人はこの日記を決して他人にさわらせませんでしたから。それは主人のに間違いありませんわ」

とおっしゃるのです。

「では、奥さん、何かこう、御主人がふだんお使いになっていた品で、指紋の残っているようなものはないでしょうか。たとえば塗りものだとか、銀器だとか……」

「銀器でしたら、そこに煙草《たばこ》入れがありますが、そのほかには主人が手ずから扱ったような品物はちょっと思い出せませんけれど」

絹代さんはびっくりしたような顔をしています。私はいきなりその煙草入れを取って調べてみました。表面は拭《ぬぐ》ったようになんの跡もついていませんでしたが、蓋《ふた》を取って裏を見ると、その滑らかな銀板の表面に、幾つかの指紋にまじって、日記帳のと一分一厘《りん》違わない拇指紋が、まざまざと浮き上がっていたではありませんか。

あなたはきっと、ただ肉眼で見たくらいで、指紋の見分けがつくものかと、不審にお思いなさるでしょうが、われわれその道で苦労しています者には、別段拡大鏡を使わずとも、少し眼を接近させて熟視すれば、隆線の模様など大体見分けることができるのですよ。もっとも、その時はなお念のために、書斎の机の引出しにあったレンズを出して、充分調べてみたのですが、決して私の思い違いではありませんでした。

「奥さん、実に大へんなことを発見したのです。まあそこへ坐《すわ》ってください。そして、私のお尋ねすることを、よく考えて答えてください」

私はすっかり興奮してしまって、おそらく眼の色を変えて、絹代さんに詰め寄ったことと思います。その興奮が移ったのか、絹代さんも青い顔をして、不安らしく私の前に坐りました。

「エーと、先《ま》ず第一に、あの夕方ですね、御主人が出発された前日の夕方ですね、谷村さんはむろん夕ご飯をうちでお上がりになったのでしょうが、その時の様子を、できるだけ詳しくお話しくださいませんか」

私の質問はひどく唐突だったに違いありません。絹代さんは眼を丸くして、まじまじと私の顔を見ておりましたが、

「詳しくといって、何もお話しすることはありませんわ」

とおっしゃるのです。といいますのは、その日、谷村さんは書斎にとじこもったきり、夢中になって調べものをしておられたので、夕御飯なんかも絹代さんが書斎まで運んで行って、お給仕もしないで、襖《ふすま》をしめて、茶の間へ帰ったというのです。そして、しばらくしてから、頃を見計らってお膳《ぜん》を下げに行っただけだから、別にお話しすることもないということでした。これは万右衛門さんの癖でして、何か調べものをするとか、書きものや読書などに熱中している時は、朝から晩まで書斎にとじこもって、家内の人を近寄らせない、お茶なども、机のそばの火鉢に鉄瓶をかけておいて、自分で入れて飲むといったあんばいで、まるで芸術家みたいな潔癖を持っていたのです。

「で、その時、御主人はどんなふうをしていられました。何かあなたに物をいわれましたか」

「いいえ、物なんかいうものですか。そんな時こちらから話しかけようものなら、き

っとなりつけられるにきまっていますので、私もだんまりで引き下がりましたの。主人は向こうを向いて机にかじりついたまま、見向きもしませんでした」

「ああ、そうでしたか……それから、これはちょっとお尋ねしにくいのですが、こういう大事の場合ですから、思い切ってお聞きしますが、その晩ですね、御主人はなんでも一時頃まで書斎にこもっていて、それからお寝《やす》みになったということですが、そのお寝みになった時の様子をひとつ……」

　絹代さんはポッと眼の縁を赤くして……あの人はよく赤面する人でした。そうするとまたいっそう美しく見える人でした。私は今でも、あの美しい奥さんの姿が、瞼《まぶた》の裏に残っているような気がしますよ……赤くなってモジモジしていましたが、私が真顔になって催促するものですから、仕方なく答えました。

「奥の八畳に寝みますの。あの晩は、あまり遅くなるものですから、わたし、先に失礼して、ウトウトしているところへ、そうです、ちょうど一時頃でしたわ。主人がはいって参りましたの」

「そのとき部屋の電灯はつけてありましたか」

「いいえ、いつも消しておく習慣だったものですから……廊下の電灯が障子に射《さ》して、まっ暗というほどでもありませんの」

「それで、御主人は何かお話しになりましたか。いいえ、ほかのことは何もお聞きしないでもいいです。ただ、その晩寝室で御主人とのあいだに、世間話とか、家庭のこととか、何かお話があったかどうかということをうかがいたいのです」

「別になにも……そういえばほんとうに話らしい話は、何もしなかったようですわ」

「そして、四時前にはもう起きていらしったのですね。その時の様子は？」

「わたし、つい寝すごして、主人が起きて行ったのを知りませんでしたの。ちょうどその朝、電灯に故障があって、主人はロウソクの光で洋服を着たのですが、化粧室ですっかり着更《きが》えをするまで、私ちっとも知らなかったのです。そうしているところへ、前の晩からいいつけてあった人力車が参りましたので、女中と私とが、やっぱりロウソクを持って玄関のところまでお送りしましたの」

まるで講釈師みたいな変な話し方になりましたが、これは決して写実の意味ではありませんよ。話の筋をわかりやすくするための便法です。ダラダラお話ししていたのでは、御退屈を増すばかりだと思いますので、ほんとうの要点だけをつまんでいるのですよ。むろんこんな簡単な会話で、私のさぐり出そうとしていたことがわかろうはずはありません。その時の私たちの会話は、たっぷり一時間もかかったのですからね。

で、つまり、その朝、万右衛門さんは食事もしないで出掛けたのだそうです。秋の四時といえば、夜なかですから、それも尤《もっと》もなわけではありますがね。まあこういうふうにして、聞きたいだけのことをすっかり聞いてしまいました。私はドキドキしながら、手に汗を握って、この奇妙な質問をつづけていたのです。私の組み立てた途方もない妄想が的中するかどうかと、まるで一か八かのサイコロでも振るような気持でしたよ。ところが、どうでしょう。その晩の様子を聞けば聞くほど、私の妄想はだんだん現実の色を濃くしてくるではありませんか。

「すると、奥さんはあの夕方から翌朝までのあいだ、御主人の顔を、はっきりごらんなすったことは一度もないわけですね。また、話らしい話もなさらなかったのですね」

私がいよいよ最後の質問を発しますと、絹代さんは、しばらくのあいだその意味を解しかねてぼんやりしていましたが、やがて徐々に表情が変わって行きました。それはまるでお化けにでも出くわしたような無残な恐怖でした。

「まあ、何をおっしゃってますの？　それはいったいどういう意味ですの？　早く、早く、わけを聞かせてください」

「では、奥さんは自信がないのですね。あれが果たして御主人だったかどうか」

「まあ、いくらなんでも、そんなことが……」

「しかし、はっきり顔をごらんなすったわけではないでしょう。それに、あの晩に限って、御主人はどうしてそんなに無口だったのですか。よく考えてごらんなさい。夕方から朝までですよ。そのあいだ一度も話らしい話もしない一家の主人なんてあるものでしょうか。書斎にとじこもっていらしったあいだは別として、それからあと出発されるまでには、留守中言い置くこととか、なんかお話があるべきじゃないでしょうか」

「そういえば、ほんとうに無口でしたわ。旅立ちの前に、あんなに無口であったことは、一度もありませんでしたわ。まあ、わたし、どうしましょう。これはいったいどういうことでしょう。気が違いそうですわ。早くほんとうのことをおっしゃってください。早く……」

絹代さんのこの時の驚きと恐れとが、どのようなものであったか、あなたにも充分ご想像がつくと思います。さすがに私もそこまでは突っ込むことはできませんでしたし、絹代さんのほうでも、むろんそれに触れはしなかったのですが、もしあの晩の男が万右衛門さんでなかったとすると、絹代さんは実に女としての最大の恥辱にあったわけなのです。さいぜんも申しました通り、私の家内を通じて知ったところによりますと、その晩に限って、万右衛門さんの様子が、不断とは非常に違っていたというのではありませんか。突然笑い出すかと思うと、またたちまち泣き出したというではありませんか。そしてその熱い涙が絹代さんの頰をグショグショに濡《ぬ》らしたというではありませんか。それを今までは、谷村さんが殺人犯人であるために気が顚倒《てんとう》していたのだ、あの涙は奥さんとの訣別《けつべつ》の涙だったのだと、きめてしまっていましたけれど、もしその人が万右衛門さんでなかったとすれば、あの執拗な抱擁も、笑いも、涙も、まったく別な、非常にいまわしい意味を持ってくるではありませんか。

そんなばかばかしいことが起こるものだろうか。あなたはきっとそうおっしゃるでしょうね。しかし、昔からずば抜けた犯罪者たちは、まったくありそうもないことを、不可能としか思われぬことをやすやすとやってのけたではありませんか。それでこそ、彼らは犯罪史上に不朽の悪名を残すことができたのではありませんか。

絹代さんの立場は、ただ不幸というほかに言葉はありません。そういう思い違いをしたとしても、決してあの人の罪ではないのです。犯人の思いつきがあまりにも病的で、常規を逸していたのです。あらゆる物質が慣性とか惰力とかいう奇妙な力に支配されているように、人間の心理にもそれと似た力が働いています。書斎に坐りこんで調べものをしている人は、もしその着物が同じで、うしろ姿がそっくりであったとしたら、主人に違いないと思いこんでしまうのです。書斎にはいるまでは確かにその人だったのですから、別の事情が生じない限り……そして、その別の事情は生じてはいたのですが、ずっとあとになってはじめてわかったのです……書斎から出てきた人も主人だと思い込むのに、なんの無理がありましょう。それから寝室、朝の出発、すべてはこの錯覚の継続でした。大胆不敵の曲者《くせもの》は、同時にまた甚だ細心でありまして、そこには電灯の故障というような微妙なトリックまでも用意されていました。絹代さんの話によれば、あとで電灯会社の人を呼んで、調べてもらいますと、故障でもなんでもなく、どうしてはずれたのか、いつの間にやら大元のスイッチの蓋がひらいて、電流が切れていたのだということです。つまり曲者は、皆の寝静まっているあいだに台所へ行って、鴨居《かもい》の上にあるスイッチ箱の蓋をひらいておきさえすればよかったのです。普通の家庭では大元のスイッチのことなどいっこう注意しないものですから、あわただしい出発の際に、女中たちがそこまで気のつくはずはないと、チャンと計算を立てていたのに違いありません。

「では、では、あなたは、あれが主人でないとすると、いったい誰だったとおっしゃるのですか」

やっとしてから、絹代さんが泣きそうな声で恐る恐る尋ねました。

「びっくりなすってはいけませんよ。僕の想像が当たっているとすれば、いやいや、想像ではなくて、もうほとんど間違いのない事実ですが、あれは琴野宗一だったのです」

それを聞くと、絹代さんの美しい顔が、子供が泣き出す時のようにキューッとゆがみました。

「いいえ、そんなはずはありません。あなたは何をいっていらっしゃるのです。夢でもごらんなすったのですか。琴野さんはああして殺されたではありませんか。殺されたのがあの日の夕方だというではありませんか」

絹代さんにしてみれば藁《わら》にもすがりついて、この恐ろしい考えを否定したかったのに違いありません。

「いや、そうではないのです。あなたには実になんとも言いようのないほどお気の毒なことですが、殺されたのは琴野さんではなくて……琴野さんの着物を着せられた谷村さんだったのですよ。御主人だったのですよ」

私はとうとうそれをいわねばなりませんでした。絹代さんはほんとうに可哀そうでした。行方不明にもせよ、谷村さんがこの世のどこかの隅に隠れていたとすれば、どうしたことで再会できぬとも限らないのですが、そうではなくて、谷村さんこそ被害者……あのはぜた石榴《ざくろ》みたいにむごたらしく殺された当人だとすると、たとえ、夫《おっと》は恐ろしい殺人者ではなかったのだという気休めがあるにもせよ、悲痛の情はいっそう切実に迫まってくるに違いありませんからね。その上、さらにさらに残酷なことは、一と晩だけ夫に化けた男が、谷村家にとっては累代《るいだい》の仇敵、夫の万右衛門さんが蛇蝎《だかつ》のごとく忌《い》み嫌っていた男、いや、そんなことはまだどうでもいいのです。何よりも恐ろしいのは、それが万右衛門さんを殺害した——無理やり硫酸を飲ませて殺害した当の下手人であったということでした。女として、妻として、ほとんど耐えがたい事柄ではないでしょうか。

「私、どうにも信じきれません。それには確かな証拠でもありますの？ どうか何もかもおっしゃってくださいまし。私はもう覚悟しておりますから」

絹代さんはまったく色を失ったカサカサの唇で、かすかにいうのでした。

「ええ、お気の毒ですけれど、確かすぎる証拠があるのです。この日記帳と煙草入れに残された指紋は、さっきも確かめました通り、御主人の谷村さんのものに間違いないのですが、その指紋とあのＧ町の空き家で殺されていた男の指紋とが、ピッタリ一致するのですよ」

そのころ愛知県には、まだ索引指紋設備はなかったのですが、この事件の被害者は、何しろ顔がめちゃめちゃになっていて、容易に身元が判明しそうもなかったものですから、万一東京の索引指紋にある前科者であった場合を考慮して、ちゃんと指紋を採っておいたのでした。当時駈《か》け出《だ》しの刑事巡査で、しかも探偵小説好きの私のことですから、指紋などにも特別の興味を持っていました。その被害者の指紋を、ひとつひとつ、ハンブルク指紋法でもって分類してみたほどです。といっても、細かい隆線の特徴をことごとく記憶しているなんてことはできるものではありませんが、この被害者の右の拇指紋に限って、特に覚え易《やす》いわけがあったのです。それは乙種蹄状紋《ていじょうもん》……といいますのは、ひずめ型の隆線が小指のがわからはじまって、また小指の方へ戻っているあれですね。その乙種蹄状紋の、外端《がいたん》と内端《ないたん》とのあいだの線が、ちょうど七本でして、索引の値でいえば3に当たるのです。しかし、それだけでは別に覚え易くもなんともありませんけれど、その七本の隆線を斜めによぎって、ごく小さな切り傷のあとがついていたのですよ。同じ乙種蹄状紋で、同じ値で、同じ型の傷痕のある指が、この世に二つあろうとは考えられません。つまりこの指紋こそ、G町の空き家で死んでいた男が、琴野ではなくて谷村さんであったという、動かしがたい確証ではありますまいか。むろん、あとになって私は日記帳の指紋とM署に保存してあった被害者のそれとを、綿密に比較してみましたが、ふたつはまったく一分一厘違っていないことが確かめられました。

私が、この驚くべき発見と推理とを、上官に対して詳細に報告したのは申すまでもありません。そして、このたったひとつの指紋から、すでに確定的になっていた犯人推定が、まったく逆転し、当局者はもちろん、あの地方の新聞記者を心底《しんそこ》から仰天せしめたことも、また申すまでもありません。まだ若かった私は、この大手柄を、もう有頂天になって喜ばないわけにはいきませんでした。

こんなふうにお話ししますと、被害者が琴野でないことは最初からわかっていたではないか、硫酸のために顔形が見分けられないということを、どうして疑わなかったのか。そういうトリックは、探偵小説などにはザラにあるではないかと、われわれの迂闊《うかつ》をお笑いなさるかもしれませんね。ですが、それは検事局にしろ、警察にしろ、最初一応は疑ってみたのです。ところが、この犯罪にはそういう疑いをまったく許さないような、一度は疑っても、たちまちそれを忘れさせてしまうような、実に巧妙大胆な、もうひとつの大きなトリックが、ちゃんと用意されていたのでした。といいますのは、谷村家の書斎での、あのずば抜けた人間すり替えの芸当によって、当の被害者の奥さんをまんまと罠《わな》にかけて、万右衛門さんは少なくとも殺人事件の翌朝までは生きていた、その人が被害者であるはずはないと信じさせてしまったことです。絹代さんの証言によって、あの夕方、問題の空き家で谷村、琴野両氏が出会ったことは、想像にかたくはないのです。そしてその一方の谷村さんが生き残っていたとしたら、前後の事情から考えて、被害者は琴野のほかにはないということになるではありませんか。このふたりは背恰好《せかっこう》もほとんど同じでしたし、頭はどちらも短かい五分刈りにしていたのですし、着物を着更えさせて顔をつぶしてしまえば、ほとんど見分けがつきはしないのです。その上に、当の万右衛門さんはちゃんと生きていたことになっているのですから、絹代さんが現場に出向いて……犯人にはそれがいちばん恐ろしかったに違いありません……死人のからだを検分するという危険なども、起こりようがないのでした。実に何から何まで、うまいぐあいに考え抜いてあったではありませんか。しかし、探偵小説の慣用句を使いますと、犯人にはたったひとつ手抜かりがあったのです。つまり、折角顔をつぶしながら、その顔よりももっと有力な個人鑑別の手掛かりである指紋を、つぶしておかなかったことです。ある探偵小説家の口調をまねれば、この事件では、指紋というものが、琴野氏の盲点に入っていたというわけです。

それにしても、まあなんとよく考えた犯罪でしたろう。琴野氏はこの一挙にして、先祖累代の怨敵《おんてき》を思う存分残酷な……残酷であればあるほど、かえって嫌疑を免れるためには好都合だったのです……残酷な手段で亡《な》きものにすると同時に、年来あこがれの恋人と、たとえ一夜にもせよ、夫婦のように暮らし、それがまた、罪跡をくらます最も重要な手段になろうとは、なんというううまい思いつきだったのでしょう。そして第三に、金庫の中の通帳を盗み出すことによって、赤貧《せきひん》の身がたちまち大金持ちになれたのではありませんか。つまり一石にして三鳥という、まるでおとぎ話の魔法使いかなんぞのような手際《てぎわ》でした。今になって考えてみますと、犯罪の少し前、琴野が日頃の恨みを忘れたように、のめのめと谷村家へ出入りをしましたのは、ただ絹代さんの顔が見たいばかりではなかったのです。谷村さん夫婦の習慣だとか、家の間取りだとか、金庫のひらき方だとか、実印の所在だとか、電灯のスイッチのありかまでも、すっかり調べ上げておくためだったに違いありません。そして、その金庫の中へ纏まった会社創立資金が納められるのを待って、且《か》つは谷村さんが上京するという、ちょうどその夕方を選んで、いよいよ事を決行したのだと考えます。

琴野の犯行の径路などは、あなたには蛇足でしょうと思いますが、探偵小説などの手法に習って、簡単に申し添えておきますと、先ず硫酸の瓶を用意して、空き家に待ち伏せ、谷村さんがはいってくると、いきなり手足をしばり上げて、あの無残な罪を犯したのです。それから、縛った縄を一度ほどいて、すっかり着物を取り替え、再び元の縄目の上を縛りつけておいたのでしょう。そうして、谷村さんになりすました琴野は、硫酸の空瓶をどっかへ隠した上、通行者に見とがめられぬよう、細心の注意を払って、案内知った柴折戸から、谷村家の書斎にこもってしまったというわけなのです。それからのちの順序は、さいぜん詳しくお話ししたのですから、もう付け加えることはないと思います。

これで硫酸殺人事件のお話はおしまいです。どうも大へん長話になってしまって恐縮でした。あなたには御迷惑だったか知りませんが、でも、こうしてお話しさせていただいたお蔭《かげ》で、当時のことをありありと思い出すことができました。さっそく私の「犯罪捜査録」に書きとめておくことにいたしましょう。

5

「いや、迷惑どころか、大へん面白かったですよ。あなたは名探偵でいらっしゃるばかりでなく、話術家としても、どうして、大したものだと思いますよ。近来にない愉快な時間を過ごさせていただきました。ですが、お話は条理を尽してよくわかりましたが、たった一つ、まだうかがってないことがあるようですね。それは琴野という真犯人が、あとになって捕まったかどうかということです」

猪股氏は私の長話を聞き終った時、異様に私を褒めたたえながら、そんなことを尋ねるのであった。

「ところが、残念ながら、犯人を逮捕することはできなかったのです。人相書きはもちろん、琴野の写真の複製をたくさん作らせて、全国の主な警察署に配布したほどなんですが、人間一人、隠れようと思えば隠れられるものとみえますね。その後十年近くになりますけれど、いまだに犯人は挙がらないのです。琴野は、どこか警察の目の届かぬところで、もう死んでしまっているかもしれませんよ。たとえ生きていたとしても、局に当たった私自身でさえほとんど忘れているほどですから、もう捕まりっこはありますまいね」

そう答えると、猪股氏はニコニコして、私の顔をじっと見つめていたが、

「すると、犯人自身の自白はまだなかったわけですね。そこにはただあなたという優れた探偵家の推理があっただけなのですね」

と、聞き方によっては、皮肉にとれるようなことをいうのである。

私は妙な不快を感じてだまっていた。猪股氏は何か考えごとをしながら、遥《はる》か目の下の青黒い淵《ふち》をボンヤリと眺めている。もう夕暮に近く、曇った空はいよいよ薄暗く、その鈍い光によって、地上の万物をじっと圧《おさ》えつけているように感じられた。前方にかさなる山々は、ほとんどまっ黒に見え、崖《がけ》の下を覗《のぞ》くと、薄ぼんやりとした靄《もや》のよ

うなものが立ちこめていた。見る限り一物の動くものとてもない、死のような世界であった。遠くから聞こえてくる滝の響きは、何か不吉な前兆のように、私の心臓の鼓動と調子を合わせていた。

やがて、猪股氏は、淵を覗いていた眼を上げて、何か意味ありげに私を見た。色ガラスの目がねが、鈍い空を写してギラッと光った。ガラスを透して二重瞼のつぶらな眼が見えている。私は、その左のほうだけが、さいぜんからの長いあいだ、一度も瞬《まばた》きしなかったことを気づいていた。きっと義眼に違いない。別に眼が悪くもないのに色目がねなんか掛けているのは、あの義眼をごまかすためなんだな。意味もなくそんなことを考えながら、私は相手の顔を見返していた。すると、猪股氏が突然妙なことを言い出したのである。

「子供の遊びのジャンケンというのを御存知でしょう。私はあれがうまいのですよ。ひとつやってみようじゃありませんか。きっとあなたを負かしてお目にかけますよ」

私はあっけに取られて、ちょっとのあいだだまっていたが、相手が子供らしく挑でくるものだから、少しばかり癪《しゃく》にさわって、じゃあといって、右手を前に出したのである。そこで、ジャン、ケン、ポン、ジャン、ケン、ポンと、おとなのどら声が、静かな谷に響き渡ったのであるが、なるほど、やってみると、猪股氏は実に強いのだ。

最初数回はどちらともいえなかったけれど、それからあとは、断然強くなって、どんなにくやしがっても、私は勝てないのだ。私がとうとう兜《かぶと》を脱ぐと、猪股氏は笑いながら、こんなふうに説明したことである。

「どうです、かないますまい。ジャンケンだって、なかなかばかにはできませんよ。この競技には無限の奥底があるのです。その原理は数理哲学というようなものではないかと思うのですよ。先ず最初紙を出して負けたとしますね。いちばん単純な子供は敵の鋏《はさみ》に負けたのだから、次には鋏に勝つ石を出すでしょう。これが最も幼稚な方法です。それより少し賢い子供は、鋏に負けたのだから敵はきっと、自分が次に石を出すと考え、それに勝つ紙を選ぶだろう。だから、その紙に勝つ鋏を出そうと考えるでしょう。これが普通の考え方なのです。ところが、もっと賢い子供は、さらにこんなふうに考えます。最初紙で負けたのだから、次には自分が石を出すと考えて敵は紙を選ぶであろう、それ故《ゆえ》、自分は紙に勝つ鋏を出そうと考えている、ということを敵は悟るに違いない。すると敵は石を選ぶはずだ。だから自分はそれに勝つ紙を出すのだとね。こんなふうにして、いつも敵より一段奥を考えて行きさえすれば、必ずジャンケンに勝てるのですよ。そして、これは何もジャンケンに限ったことではなく、あらゆる人事の葛藤《かっとう》に応用ができるのだと思います。相手よりもひとつ奥を考えている人が、常に勝利を得ているのです。それと同じことが犯罪についても言えないでしょうか。犯人と探偵とはいつでもこのジャンケンをやっているのだと考えられないでしょうか。非常に優れた犯罪者は、検事なり警察官なりの物の考え方を綿密に研究して、もうひとつ奥を実行するに違いありません。そうすれば彼は永久に捕われることがないのではありますまいか」

そこでちょっと言葉を切った猪股氏は、私の顔を見て、またニッコリと笑ったものだ。

「エドガア・ポーの『盗まれた手紙』はむろんあなたも御存知だと思いますが、あれには私のとは少し違った意味で子供の丁《ちょう》か半かの遊びのことが書いてあります。そのあとに、丁半遊びの上手な非常に賢い子供に、秘訣を尋ねると、子供がこんなふうに答えるところがありますね……相手がどんなに賢いかばかか、善人か悪人か、今ちょうど相手がどんなことを考えているかを知りたい時には、自分の顔の表情をできるだけその人と同じようにします。そしてその表情と一致するようにして、自分の心に起こってくる気持を、よく考えてみればよいのですとね。デュパンは、その子供の答えはマキヤベリやカンパネラなどの哲学上の思索よりも、もっと深遠なものだと説いていたように思います。ところで、あなたは硫酸殺人事件を捜査なさる時、仮想の犯人に対して、表情を一致させるというようなことをお考えになったでしょうか。おそらくそうではありますまい。現にいま私とジャンケンをやっていた時にも、あなたは、そういう点にはまったく無関心のように見えましたが……」

私は相手のネチネチした長たらしい話し振りに、非常な嫌悪《けんお》を感じはじめていた。この男はいったい何を言おうとしているのであろう。

「あなたのお話をうかがっていますと、なんだか硫酸殺人事件での私の推理が間違っていた、犯人の方が一段奥を考えていたというように聞こえますが、もしやあなたは、私の推理とは違った別のお考えが、おありなさるのではありませんか」

私はつい皮肉らしく反問しないではいられなかった。すると猪股氏は、またしてもニコニコ笑いながら、こんなことをいうのである。

「そうですね。もう一歩奥を考えるものにとっては、あなたの推理を覆《くつが》えすのは、非常にたやすいことではないかと思うのです。ちょうどあなたが、たった一つの指紋から、それまでの推理を覆えされたように、やっぱりたった一とことで、あなたの推理をも、逆転させることができるかと思うのです」

私はそれを聞くと、グッと癇癪《かんしゃく》がこみあげてきた。十何年というものその道で苦労してきたこの私に対して、なんという失礼な言い方であろう。

「では、あなたのお考えを承わりたいものですね。たった一とことで私の推理を覆えして見せていただきたいものですね」

「ええ、お望みとあれば……これはほんのちょっとしたつまらないことなんです。あなたはこういうことが確信できますか、例の日記帳と煙草入れに残っていた問題の指紋ですね、その指紋にまったく作為がなかったと確信できるのですか」

「作為とおっしゃるのは？」

「つまりですね、当然谷村氏の指紋が残っているべき品物に、谷村氏のではなくて別の人の指紋が故意に捺されていた、ということは想像できないものでしょうか」

私はだまっていた。相手の意味するところが、まだ判然とはわからなかったけれども、その言葉の中に、何かしら私をギョッとさせるようなものがあったのだ。

「おわかりになりませんか。谷村氏がですね、或《あ》る計画を立てて、谷村氏の身辺の品物に……日記帳とか煙草入れとかですね、あなたはそのふた品しか注意されなかったようですが、もっと探してみたら、ほかの品物にも同じ指紋が用意されていたかもしれませんぜ……その品々に、さも谷村氏自身のものであるかのように、まったく別人の指紋を捺させておくということは、もしその相手がしょっちゅう谷村家へ出入りしている人物であったら、さして困難な仕事でもないではありませんか」

「それはできるかもしれませんが、その別人というのは、いったい誰のことをおっしゃっているのですか」

「琴野宗一ですよ」猪股氏は少しも言葉の調子を変えないで答えた。「琴野は一時しげしげと谷村家へ出入りしたというではありませんか。谷村氏は相手に疑いを起こさせないで、琴野の指紋を方々へ捺させることなど、少しもむずかしくなかったのです。それと同時に、谷村氏自身の指紋が残っていそうな滑らかな品物は、ひとつ残らず探し出して、注意深く拭《ふ》きとっておいたことは申すまでもありません」

「あれが琴野の指紋？……そういうことが成り立つものでしょうか」

私は異様な昏迷《こんめい》におちいって、今から考えると恥かしい愚問を発したものである。

「成り立ちますとも……あなたは錯覚におちいっているのです。空き家で殺されていたのが谷村氏であるという信仰が邪魔をしているのです。もしあれが谷村氏でなくて、最初の推定通り琴野であったとすれば、その死体から採った指紋はいうまでもなく琴野自身のものです。そうすれば、日記帳の指紋に作為があって、それも同じ琴野のものだったとすれば、指紋が一致するのは当然じゃありませんか」

「では犯人は？」

私はつい引き込まれて、愚問を繰り返すほかはなかった。

「むろん、日記などに琴野の指紋を捺させた人物、即《すなわ》ち谷村万右衛門です」

猪股氏は、何かそれが動かしがたい事実でもあるかのように、彼自身犯行を目撃していたかのように、人もなげに断言するのであった。

「谷村氏が金の必要に迫られていたことは、あなたにもおわかりでしょう。貉饅頭《むじなまんじゅう》はもう破産のほかはない運命だったのです。何十万〔今の何千万〕という負債は不動産を処分したくらいでおっつくものではない。そういう不面目を忍ぶよりは、五万円〔今の二千万円〕の現金を持って逃亡した方がどれほど幸福かしれません。しかしそれだけの理由ではどうも薄弱なようです。谷村氏は偶然琴野を殺したのではなく、前々から計画を立てて時機を待っていたのですからね。金銭のほかの動機といえば……細君をあんなひどい目にあわせて平気でいられる動機といえば……さしずめ女のほかにはありません。そうです、谷村氏は恋をしていたのです。しかも他人の妻と不倫の恋をしていたのです。いずれは手に手を取って、世間の目をのがれなければならぬ運命でした。第三の動機は、むろん琴野その人に対する怨恨《えんこん》です。恋と、金と、恨みと、谷村氏の場合もまた、あなたの謂《い》われる一石三鳥の名案だったのですよ。

当時、谷村氏の知合いに、あなたという探偵小説好きな、実際家というよりは、どちらかといえば、むしろ空想的な肌合いの刑事探偵がありました。もしあなたがいなかったら、彼はああいう廻りくどい計画は立てなかったことでしょう。つまり、あなたというものが、谷村の唯一《ゆいいつ》の目標だったのです。さっきの丁半遊びの子供のように、あなたと同じ表情をして、またジャンケンの場合のように、あなたの一段奥を考えて、谷村氏はすべての計画を立てました。そして、それがまったく思う壺《つぼ》にはまったのです。ずば抜けた犯罪者には、その相手役として、優れた探偵が必要なのです。そういう探偵がいてこそ、はじめて彼のトリックが役立ち、彼は安全であることができるのです。

谷村氏にとって、この異様な計画には、常人の思いも及ばない魅力がありました。あなたも御承知の通り、いや、あなたがお考えになっているよりも遥かに多分に、彼はサド侯爵《こうしゃく》の子孫でした。もう飽きてきている細君ではありましたが、あの大芝居は実にすばらしかったのです。谷村氏自身が、谷村氏に変装した琴野であるかのように装《よそお》って、物もいわず顔も見せないように細心の注意を払いながら、ある瞬間はもう琴野その人になりきってしまって、あるいは笑い、あるいは泣き、われとわが女房に世にも不思議な不義の契《ちぎ》りを結んだのでした。

あなたは、この谷村氏のサド的傾向に、もうひとつの意味があったことにお気づきでしょうか。というのは、あの残虐《ざんぎゃく》この上もない殺人方法です。あの方法こそ、彼の

サド的な独創力を示すものではありますまいか。あなたはさいぜん、はぜた石榴とい
ううまい形容をなさいましたね。そうです。谷村氏はそのはぜた石榴に、なんともい
えない恐ろしい誘惑を感じたのでした。そして、それが彼の着想のいわば出発点だっ
たのです。一人の人間を殺して、その顔を見分けられぬほどめちゃくちゃに傷つけて
おくということは、何を意味するでしょうか。少し敏感な警察官なれば、そこに被害
者の欺瞞《ぎまん》が行なわれているに違いないと悟るでありましょう。その被害者がもし琴野
の着物を着ていたならば、それは犯人が琴野の死骸《しがい》に見せかけようとしたのであって、
実は琴野以外の人物に違いないと信ずるでありましょう。ところがそう信じさせるこ
とが、谷村氏の思う壺だったのです。被害者は最初の見せかけ通り、やっぱり琴野で
しかなかったのですからね。

そういうわけですから、あの硫酸の瓶も、琴野のほうで持ってきたのではなく、谷
村氏が前もって買い入れておいて、空き家に携えて行ったのです。そして、仕事をす
ませた帰り途《みち》、道端のどぶ川の中へ投げ込んでしまったのです。それからがあのお芝
居でした。谷村氏が、谷村氏に化けた琴野になりすまして、谷村氏自身の書斎へ、ま
るで他人の部屋へ忍び込むようにしてビクビクしながらはいって行ったのです」

私は猪股氏のまるで見ていたような断定に、あきれ果ててしまった。いったいこの

男は誰なのだ。なんの目的で、こんな途方もないことを言い出したのであろう。単なる論理の遊戯にしては、あまりに詳細をきわめ、あまりに独断にすぎるではないか。

私がだまりこんでいるものだから、猪股氏はまた別のことをしゃべりはじめた。

「さあ、もう余程以前のことですが、当時私の家へよく遊びにきた大へん探偵小説好きの男があったのです。私はいつもその人と犯罪談を戦わせたものですが、ある時、殺人犯人の最も巧妙なトリックはなんであろうということが話題になって、結局私たちの意見は、被害者が即ち犯人であったというトリックがいちばん面白いときまったのでした。しかし、この被害者即ち加害者のトリックは、観念としては実に奇抜なのだけれど、具体的に考えてみると、犯人が不治の病気なんかにかかっていて、どうせない命だからというので、他殺のように見せかけて自殺をし、その殺人の嫌疑を他人物にかけておく場合か、または、被害者が数人ある殺人事件で、その被害者の中に犯人がまじっていて、犯人だけは生命に別状のない重傷を受け……つまり自ら傷つけて……嫌疑をまぬがれるという場合などが主なもので、ぞんがい平凡ではないか、という意見が出たのです。私は、いや、そうではない、それは犯人の智恵《ちえ》がまだ足りないので、優れた犯罪者なれば被害者即ち加害者のトリックだって、もっと気の利《き》いたものを案出するに違いないと主張したものでした。すると、私の友だちは、われわれが今こうして考えてみても、思い浮かばないのだから、そういうトリックがありそうに思われぬというのです。いや、そうではない、きっとあるに違いない。いや、あるはずがないと、まあ大へんな論争になったのですが、その折の私の主張がここで立証されたわけではないでしょうか。つまりですね、硫酸殺人事件では、指紋の作為と、あの夕方から朝までの思い切った変身のトリックによって、被害者は谷村氏に違いないと、この長の年月確信されていたのですが、いま申した私の推理が正しいとしますと……そして、それは正しいにきまっているのですが……真犯人は意外にも被害者と推定された谷村氏その人ではなかったですか。被害者が即ち犯人だったではありませんか。

いくらうまいトリックを用いたからといって、いったい一人の男が他人の細君の夫に化けて、その細君と一夜を過ごすなんて放れわざが現実に行なわれうるものでしょうか。小説的には実にこの上もなく面白い着想ですし、そしてあなたなどは、この着想にたちまち誘惑をお感じなすったに違いないと思うのだけれど……」

この話を聞いているうちに、私の心に、何か非常に遠い、かすかな記憶がよみがえってくる感じがした。どうも私にもそれと同じ経験があるように思われるのだ。だが猪股氏はまったく初対面の人である。その時の私の話し相手がこの猪股氏でなかったことは確かだ。では、あれはいったい誰だったのかしら。私はお化けを見ているような気がした。何かモヤモヤした大きなものが、目の前に立ちふさがっている。そいつは、ゾッとするほど恐ろしいやつに違いないのだが、しかし、もどかしいことには、どうしてもはっきりした正体が摑《つか》めないのだ。

その時、猪股氏はまたしても、実に突飛なことをはじめたのである。彼は言葉を切って、しばらく私の顔を眺めていたが、何かチラと妙な表情をしたかと思うと、いきなり両手を口の辺に持って行って、ガクガクと二枚の総入歯を引き出してしまった。すると、そのあとに、八十才のお婆《ばあ》さんの口が残った。つまり、入歯という支柱がなくなったものだから、鼻から下が極度に圧縮されて、顔全体が圧しつぶした提灯《ちょうちん》のようにペチャンコになってしまったのである。

冒頭にもしるした通り、猪股氏は禿頭ではあったけれど、それが大へん知識的に見えたのだし、その上、高い鼻と、哲学者めいた三角型の顎《あご》ひげが風情《ふぜい》を添えて、なかなかの好男子であったのだが、そうしてお座のさめた総入歯をはずすと、いったい人間の相好がこんなにまで変わるものかと思われるほど、みじめな顔になってしまった。それは歯というものを持たない八十才のお婆さんの顔でもあれば、また同時に、生れたばかりの赤ん坊のあの皺《しわ》くちゃな顔でもあった。

猪股氏はその平べったい顔のまま、色目がねをはずし、両眼をつむって、力ない唇をペチャペチャさせながら、非常に不明瞭《ふめいりよう》な言葉で、こんなことを言うのであった。

「ひとつ、よく私の顔を見てください。先ずこの私の眼を二重瞼ではないと想像してごらんなさい。眉毛《まゆげ》をグッと濃くしてごらんなさい。また、この鼻をもう少し低くして考えてごらんなさい。それからひげをなくしてしまって、そのかわりに、頭に五分刈りの濃い髪の毛を植えつけてごらんなさい……どうです、わかりませんか。あなたの記憶の中に、そういう顔が残ってはいませんかしら」

彼は、さあ見てくださいという恰好で、顔を突き出し、眼を閉じてじっとしていた。

私はいわれるままに、しばらくその架空の相貌《そうぼう》を頭の中に描いていたが、すると、写真のピントを合わせるように、そこに、実に意外な人物の顔が、ボーッと浮き上がってきた。ああ、そうだったのか。それなればこそ、猪股氏はあんな独断的な物の言い方をすることができたのか。

「わかりました。わかりました。あなたは谷村万右衛門さんですね」

私はつい叫び声を立てないではいられなかった。

「そう、僕はその谷村だよ。君にも似合わない、少しわかりが遅かったようだね」

猪股氏、いや谷村万右衛門さんは、そういって、低い声でフフフフと笑ったのである。

「ですが、どうしてそんなにお顔が変わったのです。僕にはまだ信じきれないほどですが……」

谷村さんは、それに答えるために、また入歯をはめて、明瞭な口調になって話し出した。

「僕は確か、あの時分、変装についても、君と議論をしたことがあったと思うが、その持論を実行したまでなのだよ。僕は銀行から五万円を引き出すと、ちょっとした変装をして、さっきも言ったある人の妻と、すぐシャンハイへ高飛びしたのだ。君の話にもあった通り、あれが琴野の死骸だということは、丸二日のあいだわからないでいたのだから、僕はほとんど危険を感じることはなかった。僕というものが一度疑われ出した時分には、二人はもう朝鮮にはいって、長い退屈な汽車の中にいたのだよ。僕は海の旅を恐れたのだ。汽船というやつは犯罪者にはなんだか檻《おり》のような気がして、苦手なものだね。

僕たちはシャンハイの或るシナ人の部屋を借りて、一年ほど過ごした。僕の感情については、立ち入ってお話しする気はないけれど、ともかく非常に楽しい一年であったことは間違いない。絹代は普通の意味で美しい女ではあったけれど、僕には性分が合わないのだ。僕は明子みたいな……それが僕と一緒に逃げた女の名だがね……明子みたいな陰性の妖婦《ようふ》が好みだよ。僕はあれに心底《しんそこ》から恋していた。今でもその気持はちっとも変らない。できることなら変わってほしいと思うのだけれど、どうしてもだめだ。

そのシャンハイにいるあいだに、万一の場合を考えて、大がかりな変装を試みたのだ。顔料を使ったり、つけひげやかつらを用いる変装は、僕にいわせればほんとうの変装じゃない。僕は谷村という男をこの世から抹殺してしまって、まったく別の新らしい人間をこしらえ上げようと、執念深く、徹底的にやったのだ。シャンハイにはなかなかいい病院がある。たいていは外人が経営しているんだが、僕にはそのうちからなるべく都合のいい歯科医と、眼科医と、整形外科の医者を、別々に選んで、根気よくかよったものだ。先ず人一倍濃い頭の毛をなくすることを考えた。毛を生やすのはむずかしいけれど、抜くのはわけはないのだよ。脱毛剤でさえなかなかよく利くのもあるくらいだからね。ついでに眉毛をグッと薄くしてもらった。次に鼻だ。君も知っているように、いったい僕の鼻は、低い上にあまり恰好がよくなかった。それを象牙《ぞうげ》手術でもってこんなギリシャ鼻に作り上げてしまったのだよ。それから、顔の輪郭を変えることを考えた。なあに別にむずかしいわけではない、ただ総入歯を作ればいいのだ。僕はいったい受け口で歯並みが内側のほうへ引っ込んでいた。それにむし歯が非常に多かった。そこで、さっぱりと全部の歯を抜いてしまって、痩《や》せた歯ぐきの上から、前とは正反対に厚い肉の出っ歯の総入歯をかぶせたのだ。そうすると、君がいま見ているように、相好《そうごう》がまるで変わってしまう。この入歯を取った時に、はじめて君は僕の正体を認めたくらいだからね。それからひげを蓄えたのは、ごらんの通りだが、残っているのは眼だ。眼というやつが変装にとってはいちばん厄介な代物《しろもの》だよ。僕は先ず一重の瞼を二重瞼にする手術を受けた。これはごく簡単にすんだけれど、どうもまだ安心はできない。絶えず眼病を装って黒い目がねをかけて隠していようかとも思ったが、それもなんだか面白くない。うまい方法はないかしらんといろいろ考えた末、僕は一方の目玉を犠牲にすることを思いついた。つまり義眼にするのだ。そうすれば色目がねをかけるのに、義眼を隠すためという口実がつくし、眼そのものの感じもまるで変わってしまうに違いないからね……というわけだよ。つまり僕の顔は何から何まで人工の作りものなんだ。そして谷村万右衛門の生命は僕の顔からまったく消え失《う》せてしまったのだ。しかしこの顔はこの顔でまだ見捨てがたい美しさを持っていると思わないかね。明子なんかは、よくそんなことをいって僕をからかったものだが……」

谷村さんはこの驚くべき事実を、なんでもないことのように説明しながら、右手を左の目の前に持って行くと、いきなり、その目の玉を、お椀《わん》をふせたようなガラス製の目の玉を、刳《えぐ》り出して見せたのである。そして、それを指先でもてあそびつつ、ポッカリと薄黒く窪《くぼ》んだ眼窩《がんか》を、私のほうへまともに向けて言葉をつづけた。

「そうして谷村という人間をすっかり変形してしまってから、僕たちは相携えて日本へ帰ってきた。シャンハイもいい都だけれど、日本人にはやっぱり故郷が忘れられないのでね。そして方々の温泉などを廻り歩きながら、まったく別世界の人間のように暮らしてきたものだ。僕たちはね、十年に近い月日のあいだ、世界にたった二人ぼっちだったのだよ」

片目の谷村さんは、何か悲しそうにして、深い谷を見おろしていた。

「しかし不思議ですね、僕はそんなこととは夢にも知らず、きょうに限って硫酸殺人事件のお話をするなんて……虫が知らせたというのでしょうか」

私はふとそこへ気がついた。偶然とすれば、怖いような偶然であった。

「ハハハハハ」すると谷村さんは低く笑って、「君は気がついていないのだね。偶然ではないのだよ。僕があの話をさせるようにしむけたのさ。ほら、この本だよ。きょうここへくる道で、君とこの本の話をしたっけね。あれはつまり、僕が君に硫酸殺人事件を話させる手段だったのだよ。君はさっき、このベントリーの『トレント最後の事件』の筋を忘れてしまったといったが、実は忘れきったのではなくて、君の意識の下に、ちゃんとその記憶が保存されていたのだよ『トレント最後の事件』には、犯人が自分が殺した人物に化けすまして、その人の書斎にはいって、被害者の奥さんを欺瞞するという公式のトリックが使用されている。それと君が解決したと思いこんでいた硫酸殺人事件とは、まったく同じ公式によるものではないか。だから、この本の表題を見ると、君は無意識の連想からあの話がしたくなったというわけなのだよ。この本に見覚えはないかね、ほら、ここだ。ここに赤鉛筆で感想が書き入れてあるね。この字に見覚えはないかね」

私は本の上に顔を持って行って、その赤い書き入れを見た。そして、たちまち、その意味を悟ることができた。私はすっかり忘れていたのだ。実に古い古いことであった。そのころまだ薄給の刑事だった私は、好きな探偵小説も思うように買うことができなかったので、谷村万右衛門さんのところへ行っては、新着の探偵本を借りたものだが、このベントリーの著書は、その中の一冊だった。私はそれを読んだあとで、欄外に感想を書き入れたことを思い出す。赤鉛筆の字というのは、私自身の筆跡であったのだ。

谷村さんは、それっきり話が尽きたようにだまりこんでしまった。私もだまっていた。だまったまま或る解きがたい謎《なぞ》について思い耽《ふけ》っていた……谷村さんと私との、この計画的な再会には、一体全体どういう意味があったのだろう。谷村さんは折角あれほど苦心して刑罰をのがれておきながら、今になって警察官である私に、それをすっかり懺悔《ざんげ》してしまうなんて、その裏にはどんな底意が隠されているのだろう。ああ、ひょっとしたら、谷村さんは飛んでもない思い違いをしているのではないかしら。この犯罪はまだ時効は完成していないのだ。それを年月の誤算から、時効にかかったものと信じきっているのではあるまいか。そして、私が威丈高《いたけだか》になって逮捕しようとするのを、またしても嘲笑《ちようしよう》する下心ではあるまいか。

「谷村さん、あなたはどうしてそんなことを、僕にうち明けなすったのです。もしやあなたは時効のことをお考えになっているのではありませんか」

私が急所を突いたつもりで、それをいうと、谷村さんは別に表情を変えもせず、ゆっくりした口調で答えた。

「いや、僕はそんな卑怯《ひきよう》なことなんか考えてやしない。時効の年限なんかもハッキリ知らないくらいだよ……なぜ君にこんな話をしたかというのかね。それは僕の体内に流れている、サド侯爵の血がさせたわざだろうよ。僕は完全に君に勝ったのだ。君はまんまと僕の罠にかかったのだ。それでいて、君がそのことを知らない、うまい推理をやったつもりで得意になっている。それが僕には心残りだったのだよ。君にだけは『どうだ参ったか』とひとこと言い聞かせておきたかったのだよ」

ああ、そのために谷村さんはこうした底意地のわるい方法を採ったのだな。しかし、その結果はどういうことになるのだ。果たして私は負けっきりに負けてしまわねばならないのだろうか。

「確かに僕の負けでした。その点は一言もありません。ですが、そういうことをうかがった以上は、私は警察官としてあなたを逮捕しないわけにはいきませんよ。あなたは私を打ち負かして痛快に思っていらっしゃることでしょうが、しかし一方からいえば、あなたは僕に大手柄をさせてくださったのです。つまり僕はこうして、前代未聞《みもん》の殺人鬼を捕縛するわけですからね」

言いながら、私はいきなり相手の手首をつかんだものである。すると谷村氏は、非常に強い力で私の手を振り離しながら、

「いや、それはだめだよ。僕たちは昔よく力比べをやったじゃないか。そして、いつも僕のほうが勝っていたじゃあないか。一人と一人では君なんかに負けやしないよ。君はいったい、僕がなぜこういう淋《さび》しい場所を選んだかということを気づいていない

のかね。僕はちゃんとそこまで用意がしてあったのだよ。もし君が強いて捕えようとすれば、この谷底へつき落としてしまうばかりだ。ハハハハ、だが安心したまえ、僕は逃げやしない。逃げないどころか、君の手をわずらわすまでもなく自分で処決してお目にかけるよ……実はね、僕はもうこの世に望みを失ってしまったのだ。生きていることにはなんの未練もありはしないのだよ。というわけはね、僕のたった一つの生き甲斐《がい》であった明子が、一と月ばかり前に、急性の肺炎で死んでしまったのだ。その臨終の床で、僕もやがて彼女のあとを追って、地獄へ行くことを約束したのだよ。ただ一つの心残りは、君に会って事件の真相をお話しすることだった。そして、それもいま果たしてしまった……じゃあこれでお別かれだ……」

その、オ、ワ、カ、レ、ダ……という声が、矢のように谷底に向かって落下して行った。谷村氏は私の不意を突いて、遥か目の下の青黒い淵へ飛びこんだのである。

私は息苦しく躍る心臓を押さえて、断崖《だんがい》の下を覗きこんだ。たちまち小さくなって行く白いものが、トボンと水面を乱したかと思うと、静まり返った淵の表面に、大きな波の輪が、幾つも幾つもひろがって行った。そして、一瞬間、私の物狂おしい眼は、その波の輪の中に、非常に巨大な、まっ赤にはぜ割れた一つの石榴の実を見たのであった。

やがて、淵は元の静寂に帰った。山も谷ももう夕靄に包まれはじめていた。目路《めじ》の限り動くものとて何もなかった。あの遠くの滝の音は、千年万年変わりないリズムをもって、私の心臓と調子を合わせつづけていた。

私はもうその岩の上を立ち去ろうとして、浴衣《ゆかた》の砂を払った。そして、ふと足元に眼をやると、そこの白く乾いた岩の上に、谷村さんのかたみの品が残されていた。青黒い表紙の探偵小説、探偵小説の上にチョコンと乗っかっているガラスの目玉、その白っぽいガラスの目玉が、どんよりと曇った空を見つめて、何かしら不思議な物語をささやいているかのようであった。

押絵と旅する男

この話が私の夢か私の一時的狂気の幻でなかったなら、あの押絵と旅をしていた男こそ狂人であったに違いない。だが、夢が時として、どこかこの世界と喰いちがった別の世界をチラリとのぞかせてくれるように、また、狂人が、われわれのまったく感じえぬものごとを見たり聞いたりすると同じに、これは私が、不可思議な大気のレンズ仕掛けを通して、一刹那《せつな》、この世の視野のそとにある別の世界の一隅を、ふと隙見《すきみ》したのであったかもしれない。

いつともしれぬ、ある暖かい薄曇った日のことである。それは、わざわざ魚津《うおづ》へ蜃《しん》気楼《きろう》を見に出掛けた帰り途《みち》であった。私がこの話をすると、お前は魚津なんかへ行ったことはないじゃないかと、親しい友だちに突っ込まれることがある。そういわれてみると、私はいつの幾日に魚津へ行ったのだと、ハッキリ証拠を示すことができぬ。それではやっぱり夢であったのか。だが私はかつて、あのように濃厚な色彩を持った夢を見たことがない。夢の中の景色は、白黒の映画と同じに、まったく色彩をともなわぬものであるのに、あの折の汽車の中の景色だけは、それもあの毒々しい押絵の画面が中心になって、紫と臙脂《えんじ》の勝った色彩で、まるで蛇の眼のように、生々しく私の記憶に焼きついている。着色映画の夢というものがあるのであろうか。

私はその時、生れてはじめて蜃気楼というものを見た。蛤《はまぐり》の息の中に美しい竜宮城の浮かんでいる、あの古風な絵を想像していた私は、本ものの蜃気楼を見て、膏汗《あぶらあせ》のにじむような、恐怖に近い驚きにうたれた。

魚津の浜の松並木に、豆粒のような人間がウジャウジャと集まって、息を殺して、眼界いっぱいの大空と海面とをながめていた。私はあんな静かな、唖のようにだまっている海を見たことがない。日本海は荒海と思いこんでいた私には、それもひどく意外であった。その海は、灰色で、まったく小波ひとつなく、無限の彼方《かなた》にまでうちつづく沼かと思われた。そして、太平洋の海のように、水平線はなくて、海と空とは、同じ灰色に溶け合い、厚さの知れぬ靄《もや》におおいつくされた感じであった。空だとばかり思っていた上部の靄の中を、案外にもそこが海面であって、フワフワと幽霊のような大きな白帆がすべって行ったりした。

蜃気楼とは、乳色のフィルムの表面に墨汁をたらして、それが自然にジワジワとにじんで行くのを、途方もなく巨大な映画にして、大空にうつし出したようなものであった。

はるかな能登《のと》半島の森林が、喰いちがった大気の変形レンズを通して、すぐ眼の前の大空に、焦点のよく合わぬ顕微鏡の下の黒い虫みたいに、曖昧《あいまい》に、しかもばかばかしく拡大されて、見る者の頭上におしかぶさってくるのであった。それは、妙な形の黒雲と似ていたけれど、黒雲なればその所在がハッキリわかっているのに反し、蜃気楼は不思議にも、それと見る者との距離が非常に曖昧なのだ。遠くの海上にただよう大入道のようでもあり、ともすれば、眼前一尺にせまる異形の靄かと見え、はては、見る者の角膜の表面にポッツリと浮かんだ、一点の曇りのようにさえ感じられた。この距離の曖昧さが、蜃気楼に想像以上の無気味な気違いめいた感じを与えるのだ。

曖昧な形の、まっ黒な巨大な三角形が、塔のように積み重なって行ったり、またたく間にくずれたり、横に延びて長い汽車のように走ったり、それがいくつかにくずれ、立ち並ぶアラビヤ杉の梢《こずえ》と見えたり、じっと動かぬようでいながら、いつとはなく、まったく違った形に化けて行った。

蜃気楼の魔力が、人間を気ちがいにするものであったなら、おそらく私は、少なくとも帰り途の汽車の中までは、その魔力を逃れることができなかったであろう。二時間の余も立ちつくして、大空の妖異《ようい》をながめていた私は、その夕がた魚津をたって、汽車の中に一夜を過ごすまで、まったく日常と異った気持でいたことは確かである。

もしかしたら、それは通り魔のように、人間の心をかすめおかすところの、一時的狂気のたぐいででもあったであろうか。

魚津の駅から上野への汽車に乗ったのは、夕がたの六時頃であった。不思議な偶然であろうか、あの辺の汽車はいつでもそうなのか、私の乗った二等車〔注、当時は三等まであった〕は、教会堂のようにガランとしていて、私のほかにたった一人の先客が、向こうの隅のクッションにうずくまっているばかりであった。

汽車は淋《さび》しい海岸の、けわしい崖《がけ》や砂浜の上を、単調な機械の音を響かせて、はてしもなく走っている。沼のような海上の靄の奥深く、黒血の色の夕焼が、ボンヤリと漂っていた。異様に大きく見える白帆が、その中を、夢のようにすべっていた。少しも風のない、むしむしする日であったから、ところどころひらかれた汽車の窓から、進行につれて忍び込むそよ風も、幽霊のように尻切《しりき》れとんぼであった。たくさんの短かいトンネルと雪除《よ》けの柱の列が、広漠たる灰色の空と海とを、縞目《しまめ》に区切って通り過ぎた。

親不知《おやしらず》の断崖《だんがい》を通過するころ、車内の電燈《でんとう》と空の明かるさとが同じに感じられたほど、夕闇《ゆうやみ》がせまってきた。ちょうどその時分、向こうの隅のたった一人の同乗者が、突然立ち上がって、クッションの上に大きな黒繻子《くろじゅす》の風呂敷《ふろしき》をひろげ、窓に立てかけてあった、二尺に三尺ほどの扁平《へんぺい》な荷物を、その中へ包みはじめた。それが私になんとやら奇妙な感じを与えたのである。

その扁平なものは多分絵の額《がく》に違いないのだが、それの表側の方を、何か特別の意味でもあるらしく、窓ガラスに向けて立てかけてあった。いちど風呂敷に包んであったものをわざわざ取り出して、そんなふうにそとに向けて立てかけたものとしか考えられなかった。それに、彼が再び包む時にチラと見たところによると、額の表面にえがかれた極彩色の絵が、妙になまなましく、なんとなく世の常ならず見えたことであった。

私はあらためて、この変てこな荷物の持ち主を観察した。そして、持ち主その人が、荷物の異様さにもまして、一段と異様であったことに驚かされた。

彼は非常に古風な、われわれの父親の若い時分の色あせた写真でしか見ることのできないような、襟の狭い、肩のすぼけた、黒の背広服を着ていたが、しかしそれが、背が高くて足の長い彼に、妙にシックリ似合って、はなはだ意気にさえ見えたのである。顔は細面《ほそおもて》で、両眼が少しギラギラしすぎていたほかは、一体によく整っていて、スマートな感じであった。そして、きれいに分けた頭髪が、豊かに黒々と光っているので、一見四十前後であったが、よく注意してみると、顔じゅうにおびただしい皺《しわ》があって、ひと飛びに六十ぐらいにも見えぬことはなかった。その黒々とした頭髪と、色白の顔面を縦横にきざんだ皺との対照が、はじめてそれに気づいた時、私をハッとさせたほども、非常に無気味な感じを与えた。

彼は丁寧に荷物を包み終ると、ひょいと私の方に顔を向けたが、ちょうど私の方でも熱心に相手の動作をながめていた時であったから、二人の視線がガッチリとぶっつかってしまった。すると、彼は何か恥かしそうに唇の隅を曲げて、かすかに笑ってみせるのであった。私も思わず首を動かして挨拶《あいさつ》を返した。

それから、小駅を二、三通過するあいだ、私たちはお互の隅にすわったまま、遠くから、時々視線をまじえては、気まずくそっぽを向くことを繰り返していた。そとはすっかり暗やみになっていた。窓ガラスに顔を押しつけてのぞいて見ても、時たま沖の漁船の舷燈《げんとう》が遠くポッツリと浮かんでいるほかには、まったくなんの光もなかった。はてしのない暗やみの中に、私たちの細長い車室だけが、たったひとつの世界のように、いつまでもいつまでも、ガタンガタンと動いて行った。ほの暗い車室の中に、私たち二人だけを取り残して、全世界が、あらゆる生き物が、跡方もなく消えうせてしまった感じであった。私たちの二等車には、どの駅からも一人の乗客もなかったし、列車ボーイや車掌も一度も姿を見せなかった。そういうことも今になって考えてみると、はなはだ奇怪に感じられるのである。

　私は、四十歳にも六十歳にも見える、西洋の魔術師のような風采《ふうさい》のその男が、だんだんこわくなってきた。こわさというものは、ほかにまぎれる事柄のない場合には、無限に大きく、からだじゅういっぱいにひろがって行くものである。私はついには、産毛《うぶげ》の先までもこわさにみちて、たまらなくなって、突然立ち上がると、向こうの隅のその男の方へツカツカと歩いて行った。その男がいとわしく、恐ろしければこそ、私はその男に近づいて行ったのであった。

　私は彼と向き合ったクッションへ、そっと腰をおろし、近寄ればいっそう異様に見える彼の皺だらけの白い顔を、私自身が妖怪ででもあるような一種不可思議な顚倒《てんとう》した気持で、眼を細め息を殺して、じっと覗《のぞ》きこんだものである。

　男は、私が自分の席を立った時から、ずっと眼で私を迎えるようにしていたが、そうして私が彼の顔をのぞきこむと、待ち受けていたように、顎《あご》でかたわらの例の扁平な荷物を指し示し、なんの前おきもなく、さもそれが当然の挨拶ででもあるように、

「これでございますか」

といった。その口調が、あまりあたりまえであったので、私はかえってギョッとしたほどであった。

「これがごらんになりたいのでございましょう」

私がだまっているので、彼はもう一度同じことを繰り返した。

「見せてくださいますか」

私は相手の調子に引き込まれて、つい変なことをいってしまった。私は決してその荷物を見たいために席を立ったわけではなかったのだけれど。

「喜んでお見せいたしますよ。わたくしは、さっきから考えていたのでございます。あなたはきっとこれを見にお出《い》でなさるだろうとね」

男は――むしろ老人といった方がふさわしいのだが――そう言いながら、長い指で、器用に大風呂敷をほどいて、その額《がく》みたいなものを、今度は表を向けて、窓のところへ立てかけたのである。

私は一と眼チラッとその表面を見ると、思わず眼をとじた。なぜであったか、その理由は今でもわからないのだが、なんとなくそうしなければならぬ感じがして、数秒のあいだ眼をふさいでいた。再び眼をひらいた時、私の前に、かつて見たことのないような、奇妙なものがあった。といって、私はその「奇妙」な点をハッキリと説明する言葉を持たぬのだが。

額には、歌舞伎《かぶき》芝居の御殿の背景みたいに、いくつもの部屋を打ち抜いて、極度の遠近法で、青畳と格天井《ごうてんじょう》がはるか向こうの方までつづいているような光景が、藍《あい》を主とした泥絵具で毒々しく塗りつけてあった。左手の前方には、墨黒々と不細工な書院風の窓が描かれ、おなじ色の文机《ふづくえ》が、その前に角度を無視した描き方で据えてあった。それらの背景は、あの絵馬札の絵の独特な画風に似ていたといえば、いちばんよくわかるであろうか。

その背景の中に、一尺ぐらいの背丈の二人の人物が浮き出していた。浮き出していたというのは、その人物だけが、押絵細工でできていたからである。黒ビロードの古風な洋服を着た白髪の老人が、窮屈そうにすわっていると(不思議なことには、その容貌《ようぼう》が髪の白いのをのぞくと、額《がく》の持ち主の老人にそのままなばかりか、着ている洋服の仕立方までそっくりであった)、緋鹿《ひが》の子《こ》の振袖《ふりそで》に黒繻子《じゅす》の帯のうつりのよい、十七、八の水のたれるような結い綿の美少女が、なんともいえぬ嬌羞《きょうしゅう》を含んで、その老人の洋服の膝《ひざ》にしなだれかかっている、いわば芝居の濡《ぬ》れ場《ば》に類する画面であった。

洋服の老人と色娘の対照が、はなはだ異様であったことはいうまでもないが、だが、私が「奇妙」に感じたというのはそのことではない。

背景の粗雑に引きかえて、押絵の細工の精巧なことは驚くばかりであった。顔の部分は、白絹に凹凸を作って、こまかい皺までひとつひとつ現わしてあったし、娘の髪は、ほんとうの毛髪を一本々々植えつけて、人間の髪を結うように結ってあり、老人の頭は、これも多分本ものの白髪を、丹念に植えたものに違いなかった。洋服には正しい縫い目があり、適当な場所に粟粒《あわつぶ》ほどのボタンまでつけてあるし、娘の乳のふくらみといい、腿《もも》のあたりのなまめいた曲線といい、こぼれた緋縮緬《ひぢりめん》、チラと見える肌の色。指には貝殻のような爪《つめ》が生えていた。虫目がねでのぞいてみたら、毛穴や産毛まで、ちゃんとこしらえてあるのではないかと思われたほどである。

私は押絵といえば、羽子板の役者の似顔細工しか見たことがなかったが、そして、羽子板の細工にはずいぶん精巧なものもあるのだけれど、この押絵は、そんなものとはまるで比較にならぬほど、巧緻《こうち》をきわめていたのである。おそらくその道の名人の手になったものであろうが。だが、それが私のいわゆる「奇妙」な点ではなかった。

額全体がよほど古いものらしく、背景の泥絵具はところどころはげ落ちていたし、娘の緋鹿の子も老人のビロードも、見る影もなく色あせていたけれど、はげ落ち色あせたなりに、名状し難き毒々しさを保ち、ギラギラと、見る者の眼底に焼きつくような生気を持っていたことも、不思議といえば不思議であった。だが、私の「奇妙」という意味はそれでもない。

それは、強いていうならば、押絵の人物が二つとも生きていたことである。

文楽の人形芝居で、一日の演技のうちに、たった一度か二度、それもほんの一瞬間、名人の使っている人形が、ふと神の息吹《いぶき》をかけられでもしたように、ほんとうに生きていることがあるものだが、この押絵の人物は、その生きた瞬間の人形を、命の逃げ出す隙を与えず、とっさのあいだに、そのまま板にはりつけたという感じで、永遠に生きながらえているかと見えたのである。

私の表情に驚きの色を見てとったからか、老人はいともたのもしげな口調で、ほとんど叫ぶように、

「ああ、あなたはわかってくださるかもしれません」

と言いながら、肩から下げていた、黒革のケースを、丁寧に鍵《かぎ》でひらいて、その中から、いとも古風な双眼鏡を取り出して、それを私の方へ差し出すのであった。

「これを、この遠目がねで一度ごらんくださいませ。いえ、そこからでは近すぎます。失礼ですが、もう少しあちらの方から。さよう、ちょうどその辺がようございます」

まことに異様な頼みではあったけれど、私は限りなき好奇心のとりこになって、老人のいうがままに席を立って、額《がく》から五、六歩遠ざかった。老人は私の見やすいように、両手で額を持って、電燈にかざしてくれた。今から思うと、実に変てこな気違いめいた光景であったに違いないのである。

遠目がねというのは、おそらく三、四十年も以前の舶来品《はくらいひん》であろうか、私たちが子供の時分よく目がね屋の看板で見かけたような、異様な形のプリズム双眼鏡であったが、それが手ずれのために、黒い覆《おお》い皮がはげて、ところどころ真鍮《しんちゅう》の生地が現われているという、持ち主の洋服と同様に、いかにも古風な、ものなつかしい代物《しろもの》であった。

私は珍らしさに、しばらくその双眼鏡をひねくり廻していたが、やがて、それを覗くために、両手で眼の前に持って行った時である。突然、実に突然、老人が悲鳴に近い叫び声をたてたので、私は危うく目がねを取り落とすところであった。

「いけません。いけません。それはさかさですよ。さかさでのぞいてはいけません、いけません」

老人は、まっさおになって、眼をまんまるに見ひらいて、しきりに手を振っていた。双眼鏡を逆にのぞくことが、なぜそれほど大へんなのか。私は老人の異様な挙動を理解することができなかった。

「なるほど、さかさでしたっけ」

私は双眼鏡をのぞくことに気をとられていたので、この老人の不思議な表情を、さして気にもとめず、目がねを正しい方向に持ちなおすと、急いでそれを眼にあてて、押絵の人物をのぞいたのである。

焦点が合って行くに従って、二つの円形の視野が、徐々にひとつに重なり、ボンヤリとした虹《にじ》のようなものが、だんだんハッキリしてくると、びっくりするほど大きな娘の胸から上が、それが全世界ででもあるように、私の眼界一杯にひろがった。

あんなふうなものの現われ方を、私は後にも先にも見たことがないので、読む人にわからせるのが難儀なのだが、それに近い感じを思い出してみると、たとえば舟の上から海にもぐった海女《あま》の、或《あ》る瞬間の姿に似ていたとでも形容すべきであろうか、海女の裸身が、底の方にある時は、青い水の層の複雑な動揺のために、そのからだがまるで海草のように、不自然にクネクネと曲がり、輪郭もぼやけて、白っぽいお化けみたいに見えているが、それが、スーッと浮き上がってくるにしたがって、水の層の青さがだんだん薄くなり、形がハッキリしてきて、ポッカリと水上に姿を現わすその瞬間、ハッと眼が覚めたように、水中の白いお化けが、たちまち人間の正体を暴露するのである。ちょうどそれと同じ感じで、押絵の娘は、双眼鏡の中で私の前に姿を現わし、実物大の一人の生きた娘としてうごきはじめたのである。

十九世紀の古風なプリズム双眼鏡の玉の向こう側には、まったく私たちの思いも及ばぬ別世界があって、そこに結い綿の色娘と、古風な洋服のしらが男とが、奇怪な生活をいとなんでいる。のぞいては悪いものを、私は今、魔法使いにのぞかされているのだといったような、形容のできない変てこな気持で、しかし、私は憑《つ》かれたようにその不可思議な世界に見入ってしまった。

娘は動いていたわけではないが、その全身の感じが、肉眼で見た時とは、ガラリと変って、生気に満ち、青白い顔がやや桃色に上気し、胸は脈打ち（実際私は心臓の鼓動をさえ聞いた）肉体からは縮緬の衣裳《いしよう》を通して、むしむしと若い女の生気が蒸発しているように思われた。

私はひとわたり女の全身を、双眼鏡の先で舐《な》め廻してから、その娘がしなだれかかっている仕合わせなしらが男の方へ目がねを転じた。

老人も、双眼鏡の世界で生きていたことは同じであったが、見たところ四十も違う若い女の肩に手を廻して、さも幸福そうな形でありながら、妙なことには、レンズいっぱいの大きさに写った彼の皺の多い顔が、その何百本の皺の底で、いぶかしく苦悶《くもん》の相を現わしていたのである。それは、老人の顔がレンズのために眼前一尺の近さに、異様に大きくせまっていたからでもあったろうが、見つめていればいるほど、ゾッとこわくなるような、悲痛と恐怖とのまじり合った一種異様の表情であった。

それを見ると、私はうなされたような気分になって、双眼鏡をのぞいていることが、耐え難く感じられたので、思わず眼を離して、キョロキョロとあたりを見廻した。すると、それはやっぱり淋しい夜の汽車の中で、押絵の額も、それをささげた老人の姿も元のままで、窓のそとはまっ暗だし、単調な車輪の響きも、変りなく聞こえていた。悪夢からさめた気持であった。

「あなた様は、不思議そうな顔をしておいでなさいますね」

老人は、額《がく》を元の窓のところへ立てかけて、席につくと、私にもその向こう側へ坐《すわ》るように、手まねをしながら、私の顔を見つめてそんなことをいった。

「私の頭が、どうかしているようです。いやに蒸しますね」

私はてれ隠しみたいな挨拶をした。すると老人は、猫背になって、顔をぐっと私の方へ近寄せ、膝の上で細長い指を、合図でもするようにヘラヘラと動かしながら、低い低いささやき声になって、

「あれらは、生きておりましたろう」

といった。そして、さも一大事を打ち明けるという調子で、いっそう猫背になって、ギラギラした眼をまん丸に見ひらいて、私の顔を穴のあくほど見つめながら、こんなことをささやくのであった。

「あなたは、あれらの、ほんとうの身の上話を聞きたいとはおぼしめしませんかね」

私は汽車の動揺と、車輪の響きのために、老人の低い、つぶやくような声を、聞き違えたのではないかと思った。

「身の上話とおっしゃいましたか」

「身の上話でございますよ」老人はやっぱり低い声で答えた。「ことに、一方の、しらがの老人の身の上話をで、ございますよ」

「若い時分からのですか」

私も、その晩は、なぜか妙に調子はずれなものの言い方をした。

「はい、あれが二十五歳の時の、お話でございますよ」

「ぜひ伺いたいものですね」

私は、普通の生きた人間の身の上話をでも催促するように、ごくなんでもないことのように、老人をうながしたのである。すると、老人は顔の皺を、さもうれしそうにゆがめて、「ああ、あなたは、やっぱり聞いてくださいますね」と言いながら、さて、次のような世にも不思議な物語をはじめたのであった。

「それはもう、生涯の大事件ですから、よく記憶しておりますが、明治二十八年四月の、兄があんなに(といって押絵の老人をゆびさし)なりましたのが、二十七日の夕方のことでございました。当時、私も兄も、まだ部屋住みで、住居は日本橋通三丁目でして、おやじは呉服商を営んでおりましたがね。なんでも浅草の十二階ができて間もなくのことでございましたよ。だもんですから、兄なんぞは、毎日のようにあの凌《りょう》雲閣《うんかく》へ登って喜んでいたものです。と申しますのが、兄は妙に異国物《いこくもの》が好きな新しがり屋でござんしたからね。この遠目がねにしろ、やっぱりそれで、兄が外国船の船長の持ちものだったというやつを、横浜のシナ人町の、変てこな道具屋の店先で、めっけてきましてね。当時にしちゃあ、ずいぶん高いお金を払ったと申しておりましたっけ」

老人は「兄が」というたびに、まるでそこにその人がすわってでもいるように、押絵の老人の方に眼をやったり、ゆびさしたりした。老人は彼の記憶にあるほんとうの兄と、その押絵の白髪の老人とを混同して、押絵が生きて彼の話を聞いてでもいるような、すぐそばに第三者を意識したような話し方をした。だが、不思議なことに、私はそれを少しもおかしいとは感じなかった。私たちはその瞬間、自然の法則を超越して、われわれの世界とどこかでくいちがっているところの、別の世界に住んでいたらしいのである。

「あなたは、十二階へお登りなすったことがおありですか。ああ、おありなさらない。それは残念ですね。あれは一体、どこの魔法使いが建てましたものか、実に途方もない変てこれんな代物でございましたよ。表面はイタリーの技師のバルトンと申すものが設計したことになっていましたがね。まあ考えてごらんなさい。その頃の浅草公園といえば、名物がまず蜘蛛《くも》男の見世物、娘剣舞に、玉乗り、源水のコマ廻しに、のぞきからくりなどで、せいぜい変ったところが、お富士さまの作りものに、メーズといって、八陣隠れ杉の見世物ぐらいでございましたからね。そこへあなた、ニョキニョキと、まあとんでもない高い煉瓦《れんが》造りの塔ができちまったんですから、驚くじゃござんせんか。高さが四十六間と申しますから、一丁に少し足りないぐらいの、べらぼうな高さで、八角型の頂上が、唐人の帽子みたいにとんがっていて、ちょっと高台へ登りさえすれば、東京中どこからでも、その赤いお化けが見られたものです。

今も申す通り明治二十八年の春、兄がこの遠目がねを手にいれて間もないころでした。兄の身に妙なことが起こって参りました。おやじなんぞ、兄め気でも違うのじゃないかって、ひどく心配しておりましたが、私もね、お察しでしょうが、ばかに兄思いでしてね、兄の変てこれんなそぶりが、心配でたまらなかったものです。どんなふうかと申しますと、兄はご飯もろくろくたべないで、家内の者とも口をきかず、家にいる時はひと間にとじこもって考えごとばかりしている。からだは痩《や》せてしまい、顔は肺病やみのように土気色で、眼ばかりギョロギョロさせている。もっとも、ふだんから顔色のいい方じゃあござんせんでしたがね、それが一倍青ざめて、沈んでいるのですから、ほんとうに気の毒なようでした。その癖ね、そんなでいて、毎日欠かさず、まるで勤めにでも出るように、おひるっから日暮れ時分まで、フラフラとどっかへ出かけるんです。どこへ行くのかって聞いてみても、ちっとも言いません。母親が心配して、兄のふさいでいるわけを、手をかえ品をかえて尋ねても、少しも打ち明けません。そんなことが一と月ほどもつづいたのですよ。

あんまり心配だものだから、私はある日、兄はいったいどこへ出かけるのかと、ソッとあとをつけました。そうするように母親が私に頼むもんですからね。その日も、ちょうどきょうのようにどんよりした、いやな日でござんしたが、おひるすぎから、兄はそのころ自分の工夫で仕立てさせた、当時としてはとびきりハイカラな、黒ビロードの洋服を着ましてね、この遠目がねを肩から下げ、ヒョロヒョロと日本橋通りの馬車鉄道の方へ歩いつ行くのです。私は兄に気どられぬように、そのあとをてけて行ったわけですよ。よござんすか。しますとね、兄は上野行きの馬車鉄道を待ち合わせて、ヒョイとそれに乗り込んでしまったのです。当今の電車と違って、次の車に乗ってあとをつけるというわけにはいきません。何しろ車台が少のうござんすからね。私は仕方がないので、母親にもらったお小遣をふんぱつして、人力車に乗りました。人力車だって、少し威勢のいい挽《ひ》き子なれば、馬車鉄道を見失なわないようにあとをつけるなんぞ、わけなかったものでございますよ。

兄が馬車鉄道を降りると、私も人力車を降りて、またテクテクと跡をつける。そうして、行きついたところが、なんと浅草の観音様じゃございませんか。兄は仁王門からお堂の前を素通りして、お堂裏の見世物小屋のあいだを、人波をかき分けるようにして、さっき申し上げた十二階の前まできますと、石の門をはいって、お金を払って『凌雲閣』という額のあがった入口から、塔の中へ姿を消してしまいました。まさか兄がこんなところへ、毎日々々通よっていようとは、夢にも存じませんので、私はあきれはてて、子供心にね、私はその時まだはたちにもなってませんでしたので、兄はこの十二階の化物に魅入られたんじゃないかなんて、変なことを考えたものですよ。

私は十二階へは、父親につれられて、一度登ったきりで、その後行ったことがありませんので、なんだか気味がわるいように思いましたが、兄が登って行くものですから、仕方がないので、私も一階ぐらいおくれて、あの薄暗い石の段々を登って行きました。窓も大きくござんせんし、煉瓦の壁が厚うござんすので、穴蔵のように冷え冷えといたしましてね。それに日清《にっしん》戦争の当時ですから、その頃は珍らしかった戦争の油絵が、一方の壁にずらっとかけ並べてあります。まるで狼《おおかみ》みたいにおっそろしい顔をして、吠《ほ》えながら突貫している日本兵や、剣つき鉄砲に脇腹《わきばら》をえぐられて、ふき出す血のりを両手で押えて、顔や唇を紫色にしてもがいているシナ兵や、ちょんぎられた弁髪の頭が風船玉のように空高く飛び上がっているところや、なんとも言えない毒々しい、血みどろの油絵が、窓からの薄暗い光線でテラテラと光っているのでございますよ。そのあいだを、陰気な石の段々が、カタツムリの殻みたいに、上へ上へと際限もなくつづいておるのでございます。

頂上は八角形の欄干《らんかん》だけで、壁のない、見晴らしの廊下になっていましてね、そこへたどりつくと、にわかにパッと明かるくなって、今までの薄暗い道中が長うござんしただけに、びっくりしてしまいます。雲が手の届きそうな低いところにあって、見渡すと、東京中の屋根がごみみたいにゴチャゴチャしていて、品川のお台場が、盆石のように見えております。眼まいがしそうなのを我慢して、下をのぞきますと、観音様のお堂だって、ずっと低いところにありますし、小屋掛けの見世物が、おもちゃのようで、歩いている人間が、頭と足ばかりに見えるのです。

頂上には、十人あまりの見物がひとかたまりになって、おっかなそうな顔をして、ボソボソ小声でささやきながら、品川の海の方をながめておりましたが、兄はと見ると、それとは離れた場所に、一人ぼっちで、遠目がねを眼にあてて、しきりと観音様の境内を眺め廻しておりました。それをうしろから見ますと、白っぽくどんよりとした雲ばかりの中に、兄のビロードの洋服姿が、クッキリと浮き上がって、下の方のゴチャゴチャしたものが何も見えぬものですから、兄だということはわかっていましても、なんだか西洋の油絵の中の人物みたいな気持がして、神々《こうごう》しいようで、言葉をかけるのもはばかられたほどでございましたっけ。

でも、母のいいつけを思い出しますと、そうもしていられませんので、私は兄のうしろに近づいて『兄さん何を見ていらっしゃいます』と声をかけたのでございます。兄はビクッとして振り向きましたが、気まずい顔をして何も言いません。私は『兄さんのこの頃のご様子には、お父さんもお母さんも大へん心配していらっしゃいます。毎日々々どこへお出掛けなさるのかと不思議に思っておりましたら、兄さんはこんなところへきていらしったのでございますね。どうかそのわけをいってくださいまし。日頃仲よしの私にだけでも打ち明けてくださいまし』と近くに人のいないのを幸いに、その塔の上で、兄をかきくどいたものですよ。

なかなか打ち明けませんでしたが、私が繰り返し繰り返し頼むものですから、兄も根負けをしたとみえまして、とうとう一カ月来の胸の秘密を私に話してくれました。ところが、その兄の煩悶《はんもん》の原因と申すものが、これがまた、まことに変てこれんな事柄だったのでございます。兄が申しますには、一と月ばかり前に、十二階へ登りまして、この遠目がねで観音様の境内をながめておりました時、人ごみのあいだに、チラッと、ひとりの娘の顔を見たのだそうでございます。その娘が、それはもうなんともいえない、この世のものとは思えない美しい人で、日頃女にはいっこう冷淡であった兄も、その遠目がねの中の娘だけには、ゾッと寒気がしたほども、すっかり心を乱されてしまったと申します。

そのとき兄は、ひと眼見ただけで、びっくりして、遠目がねをはずしてしまったものですから、もう一度見ようと思って、同じ見当を夢中になって探したそうですが、目がねの先が、どうしてもその娘の顔にぶっつかりません。遠目がねでは近くに見えても、実際は遠方のことですし、たくさんの人ごみの中ですから、一度見えたからといって、二度目に探し出せるときまったものではございませんからね。

それからと申すもの、兄はこの目がねの中の美しい娘が忘れられず、ごくごく内気な人でしたから、古風な恋わずらいをわずらいはじめたのでございます。今のお人はお笑いなさるかもしれませんが、そのころの人間は、まことにおっとりしたものでして、行きずりにひと眼見た女を恋して、わずらいついた男なども多かった時代でございますからね。いうまでもなく、兄はそんなご飯もろくろくたべられないような、衰えたからだを引きずって、またその娘が観音様の境内を通りかかることもあろうかと、悲しい空頼みから、毎日々々、勤めのように、十二階に登っては、目がねをのぞいていたわけでございます。恋というものは不思議なものでございますね。

兄は私に打ち明けてしまうと、また熱病やみのように目がねをのぞきはじめましたっけが、私は兄の気持にすっかり同情いたしましてね、千にひとつも望みのないむだな探しものですけれど、およしなさいと止めだてする気も起こらず、あまりのことに涙ぐんで、兄のうしろ姿をじっと眺めていたものですよ。するとその時……ああ、私は、あの妖《あや》しくも美しかった光景を、いまだに忘れることができません。三十五、六年も昔のことですけれど、こうして眼をふさぎますと、その夢のような色どりが、まざまざと浮かんでくるほどでございます。

さっきも申しました通り、兄のうしろに立っていますと。見えるものは空ばかりで、モヤモヤした、むら雲のなかに、兄のほっそりとした洋服姿が絵のように浮き上がって、むら雲の方で動いているのを、兄のからだが宙に漂うかと見誤まるばかりでございましたが、そこへ、突然花火でも打ち上げたように、白っぽい大空の中を、赤や青や紫の無数の玉が、先を争って、フワリフワリと昇って行ったのでございます。お話ししたのではわかりますまいが、ほんとうに絵のようで、また何かの前兆のようで、私はなんとも言えない妖しい気持になったものでした。なんであろうと、急いで下をのぞいてみますと、どうかしたはずみで、風船屋が粗相をして、ゴム風船を一度に空へ飛ばしたものとわかりましたが、その時分は、ゴム風船そのものが、今よりはずっと珍らしゅうござんしたから、正体がわかっても、私はまだ妙な気持がしておりましたものですよ。

妙なもので、それがきっかけになったというわけでもありますまいが、ちょうどその時、兄が非常に興奮した様子で、青白い顔をポッと赤らめ、息をはずませて、私の方へやって参り、いきなり私の手をとって『さあ行こう。早く行かぬと間に合わぬ』と申して、グングン私を引っぱるのでございます。引っぱられて、塔の段々をかけ降りながら、わけを訊《たず》ねますと、いつかの娘さんが見つかったらしいので、青畳を敷いた広い座敷にすわっていたから、これから行っても大丈夫元のところにいると申すのでございます。

兄が見当をつけた場所というのは、観音堂の裏手の、大きな松の木が目印で、そこに広い座敷があったと申すのですが、さて、二人でそこへ行って、探してみましても、松の木はちゃんとありますけれど、その近所には、家らしい家もなく、まるで狐《きつね》につままれたあんばいなのですよ。兄の気の迷いだと思いましたが、しおれ返っている様子が、あんまり気の毒なものですから、気休めに、その辺の掛茶屋などを尋ね廻ってみましたけれども、そんな娘さんの影も形もありません。

探しているあいだに、兄と別かれ別かれになってしまいましたが、掛茶屋を一巡して、しばらくたって元の松の木の下へ戻って参りますとね、そこにはいろいろな露店が並んで、一軒の覗きからくり屋が、ピシャンピシャンと鞭《むち》の音を立てて、商売をしておりましたが、見ますと、その覗きの目がねを、兄が中腰になって、一所懸命のぞいていたじゃございませんか。兄さん何をしていらっしゃる、といって肩をたたきますと、ビックリして振り向きましたが、その時の兄の顔を、私はいまだに忘れることができませんよ。なんと申せばよろしいか、夢を見ているようなとでも申しますか、顔の筋がたるんでしまって、遠いところを見ている眼つきになって、私に話す声さえも、変にうつろに聞こえたのでございます。そして、『お前、私たちが探していた娘さんはこの中にいるよ』と申すのです。

そういわれたものですから、私も急いでおあしを払って、覗きの目がねをのぞいてみますと、それは八百屋《やおや》お七の覗きからくりでした。ちょうど吉祥寺の書院で、お七が吉三《きちさ》にしなだれかかっている絵が出ておりました。忘れもしません、からくり屋の夫婦者はしわがれ声を合わせて、鞭で拍子を取りながら『膝でつっつらついて、眼で知らせ』と申す文句を歌っているところでした。ああ、あの『膝でつっつらついて、眼で知らせ』という変な節廻しが、耳についているようでございます。

のぞき絵の人物は押絵になっておりましたが、その道の名人の作であったのでしょうね。お七の顔の生き生きとしてきれいであったこと。私の眼にさえほんとうに生きているように見えたのですから、兄があんなことを申したのもまったく無理はありません。兄が申しますには『たとえこの娘さんがこしらえものの押絵だとわかっていても、私はどうもあきらめられない。悲しいことだがあきらめられない。たった一度でいい、私もあの吉三のように、押絵の中の男になって、この娘さんと話がしてみたい』と、ぼんやりとそこに突っ立ったまま、動こうともしないのでございます。考えてみますと、その覗きからくりの絵は、光線をとるために上の方があけてあるので、それがななめに十二階の頂上からも見えたものに違いありません。

その時分には、もう日が暮れかけて、人足《ひとあし》もまばらになり、覗きの前にも、二、三人のおかっぱの子供が、未練らしく立ち去りかねてウロウロしているばかりでした。昼間からどんよりと曇っていたのが、日暮れには、今にも一と雨きそうに雲が下がってきて、一そう抑えつけられるような、気でも狂うのじゃないかと思うような、いやな天候になっておりました。そして、耳の底にドロドロと太鼓の鳴っているような音が聞こえてくるのですよ。その中で、兄はじっと遠くの方を見据えて、いつまでも立ちつくしておりました。そのあいだが、たっぷり一時間はあったように思われます。もうすっかり暮れきって、遠くの玉乗りの花ガスがチロチロと美しく輝き出した時分に、兄は、ハッと眼がさめたように、突然私の腕をつかんで『ああ、いいことを思いついた。お前、お頼みだから、この遠目がねをさかさにして、大きなガラス玉の方を眼にあてて、そこから私を見ておくれでないか』と、変なことを言い出しました。なぜですって尋ねても、『まあいいから、そうしておくれな』と申して聞かないのでございます。私はいったい目がね類をあまり好みません。遠目がねにしろ、顕微鏡にしろ、遠いところのものが眼の前にとびついてきたり、小さな虫けらが、けだものみたいに大きくなる、お化けじみた作用が薄気味わるいのですよ。で、兄の秘蔵の遠目がねも、あまりのぞいたことがなく、のぞいたことが少ないだけに、余計それが魔性の器械に思われたものです。しかも、日が暮れて人顔もさだかに見えぬ、うすら淋しい観音堂の裏で、遠目がねをさかさにして兄をのぞくなんて、気ちがいじみてもいますれば、薄気味わるくもありましたが、兄がたって頼むものですから、仕方なく、言われた通りにしてのぞいたのですよ。さかさにのぞくのですから、二、三間むこうに立っている兄の姿が、二尺くらいに小さくなって、小さいだけに、ハッキリと薄闇の中に浮き出して見えるのです。ほかの景色は何もうつらないで、小さくなった兄の洋服姿だけが、目がねのまん中にチンと立っているのです。それが、多分兄があとじさりに歩いて行ったのでしょう、みるみる小さくなって、一尺くらいの人形みたいなかわいらしい姿になってしまいました。そして、その姿が、スーッと宙に浮いたかと見ると、アッと思う間に、闇の中へ溶け込んでしまったのでございます。

私はこわくなって（こんなことを申すと、年甲斐《としがい》もないとおぼしめしましょうが、その時は、ほんとうにゾッと、こわさが身にしみたものですよ）、いきなり目がねを離して、『兄さん』と呼んで、兄の見えなくなった方へ走り出しました。どうしたわけか、探しても探しても兄の姿が見えません。時間から申しても、遠くへ行ったはずはないのに、どこを尋ねてもわかりません。なんと、あなた、こうして私の兄は、それっきりこの世から姿を消してしまったのでございますよ……それ以来というもの、私はいっそう遠目がねという魔性の器械を恐れるようになりました。ことに、このどこの国の船長ともわからぬ、異人の持ちものであった遠目がねが、特別にいやでして、ほかの目がねは知らず、この目がねだけは、どんなことがあっても、さかさに見てはならぬ、さかさにのぞけば凶事が起こると、固く信じているのでございます。あなたがさっき、これをさかさにお持ちなすった時、私があわててお止め申したわけがおわかりでございましょう。

ところが、長いあいだ探し疲れて、元の覗き屋の前へ戻って参った時でした。私はハタとあることに気がついたのです。と申すのは、兄は押絵の娘に恋こがれたあまり、魔性の遠目がねの力を借りて、自分のからだを押絵の娘と同じくらいの大きさに縮めて、ソッと押絵の世界へ忍び込んだのではあるまいかということでした。そこで、私はまだ店をかたづけないでいた覗き屋に頼みまして、吉祥寺の場を見せてもらいましたが、なんとあなた、案《あん》の定《じょう》、兄は押絵になって、カンテラの光の中で、吉三のかわりに、うれしそうな顔をして、お七を抱きしめていたではありませんか。

でもね、私は悲しいとは思いませんで、そうして本望を達した兄の仕合わせが、涙の出るほどうれしかったものですよ。私はその絵をどんなに高くてもよいから、必ず私に譲ってくれと、覗き屋に固い約束をして（妙なことに、小姓吉三のかわりに洋服姿の兄がすわっているのを、覗き屋は少しも気がつかない様子でした）、家へ飛んで帰って、いちぶしじゅうを母に告げましたところ、父も母も、何をいうのだ、お前は気でも違ったのじゃないかと申して、なんといっても取り上げてくれません。おかしいじゃありませんか。ハハ、ハハハハハ」

老人は、そこで、さも滑稽《こっけい》だといわぬばかりに笑い出した。そして、変なことには、私もまた老人に同感して、いっしょになってゲラゲラと笑ったのである。

「あの人たちは、人間は押絵なんぞになるものじゃないと思いこんでいたのですよ。でも押絵になった証拠には、その後、兄の姿がふっつりと、この世から見えなくなってしまったではありませんか。それをも、あの人たちは、家出したのだなんぞと、まるで見当違いなあて推量をしているのですよ。おかしいですね。結局、私はなんといわれても構わず、母にお金をねだって、とうとうその覗き絵を手に入れ、それを持って、箱根から鎌倉の方へ旅をしました。それはね、兄に新婚旅行がさせてやりたかったからですよ。こうして汽車に乗っておりますと、その時のことを思い出してなりません。やっぱり、きょうのように、この絵を窓に立てかけて、兄や兄の恋人に、その景色を見せてやったのですからね。兄はどんなに仕合わせでございましたろう。娘の方でも、兄のこれほどの真心を、どうしていやに思いましょう。二人はほんとうの新婚者のように、恥かしそうに顔を赤らめ、お互の肌と肌とを触れ合って、さもむつまじく、つきぬ睦言《むつごと》を語り合ったものでございますよ。

その後、父は東京の商売をたたみ、富山近くの故郷に引っ込みましたので、それにつれて、私もずっとそこに住んでおりますが、あれからもう三十年の余になりますので、久々で兄にも変った東京を見せてやりたいと思いましてね、こうして兄といっしょに旅をしているわけでございますよ。

ところが、あなた、悲しいことには、娘の方は、いくら生きているとはいえ、もともと人のこしらえたものですから、年をとるということがありませんけれど、兄の方は、押絵になっても、それは無理やり姿を変えたまでで、根が寿命のある人間のことですから、私たちと同じように年をとって参ります。ごらんくださいまし、二十五歳の美少年であった兄が、もうあのようにしらがになって、顔にはみにくい皺が寄ってしまいました。兄の身にとっては、どんなに悲しいことでございましょう。相手の娘はいつまでも若くて美しいのに、自分ばかりが汚なく老い込んで行くのですもの。恐ろしいことです。兄は悲しげな顔をしております。数年以前から、いつもあんな苦しそうな顔をしております。

それを思うと、私は兄が気の毒でしようがないのでございますよ」

老人は黯然《あんぜん》として押絵の中の老人を見やっていたが、やがて、ふと気がついたように、

「ああ、とんだ長話をいたしました。しかし、あなたはわかってくださいましたでしょうね。ほかの人たちのように、私を気ちがいだとはおっしゃいませんでしょうね。ああ、それで私も話し甲斐があったと申すものですよ。どれ兄さんたちもくたびれた

でしょう。それに、あなたを前においてあんな話をしましたので、さぞかし恥かしがっておいででしょう。では、今、やすませてあげますよ」

と言いながら、押絵の額《がく》を、ソッと黒い風呂敷に包むのであった。その刹那《せつな》、私の気のせいだったのか、押絵の人形たちの顔が、少しくずれて、ちょっと恥かしそうに、唇の隅で、私に挨拶の微笑を送ったように見えたのである。

老人はそれきりだまり込んでしまった。私もだまっていた。汽車はあいも変らず、ゴトンゴトンと鈍い音を立てて闇の中を走っていた。

十分ばかりそうしていると、車輪の音がのろくなって、窓のそとにチラチラと、二つ三つの燈火が見え、汽車は、どことも知れぬ山間の小駅に停車した。駅員がたった一人、ポッツリとプラットフォームに立っているのが見えた。

「ではお先へ、私はひと晩ここの親戚《しんせき》へ泊りますので」

老人は額の包みをかかえてヒョイと立ち上がり、そんな挨拶を残して、車のそとへ出て行ったが、窓から見ていると、細長い老人のうしろ姿は（それがなんと押絵の老人そのままの姿であったことか）簡略な柵《さく》のところで、駅員に切符を渡したかと見ると、そのまま、背後の闇の中へ溶けこむように消えていったのである。

目《め》羅《ら》博士

一

私は探偵小説の筋を考えるために、方々をぶらつくことがあるが、東京を離れない場合は、たいてい行先がきまっている。浅草公園、花やしき、上野の博物館、同じく動物園、隅田川の乗合汽船、両国の国技館（あの丸屋根が往年のパノラマ館を連想させ、私をひきつける）。今もその国技館の「お化け大会」というやつを見て帰ったところだ。久しぶりで「八幡《やわた》の藪《やぶ》知らず」をくぐって、子供の時分のなつかしい思い出にふけることができた。

ところで、お話は、やっぱりその、原稿の催促がきびしくて家にいたたまらず、一週間ばかり東京市内をぶらついていたとき、ある日、上野の動物園で、ふと妙な人物に出合ったことからはじまるのだ。

もう夕方で、閉館時間が迫ってきて、見物たちはたいてい帰ってしまい、館内はひっそりかんと静まり返っていた。

芝居や寄席《よせ》なぞでもそうだが、最後の幕はろくろく見もしないで、下足場《げそくば》の混雑ばかり気にしている江戸っ子形気はどうも私の気風に合わぬ。

動物園でもその通りだ。東京の人は、なぜか帰りいそぎをする。まだ門がしまったわけでもないのに、場内はガランとして、人けもない有様だ。

私はサルの檻《おり》の前に、ぼんやりたたずんで、つい今しがたまで雑沓《ざっとう》していた、園内の異様な静けさを楽しんでいた。

サルどもも、からかってくれる相手がなくなったためか、ひっそりと淋《さび》しそうにしている。

あたりがあまりに静かだったので、しばらくして、ふと、うしろに人のけはいを感じた時には、何かしらゾッとしたほどだ。

それは髪を長く伸ばした、青白い顔の青年で、折目のつかぬ服を着た、いわゆる「ルンペン」という感じの人物であったが、顔付のわりには快活に、檻の中のサルにからかったりしはじめた。

よく動物園にくるものとみえて、サルをからかうのが手に入ったものだ。餌《えさ》を一つやるにも、思う存分芸当をやらせて、さんざん楽しんでから、やっと投げ与えるというふうで、非常に面白いものだから、私はニヤニヤ笑いながら、いつまでもそれを見物していた。

「サルってやつは、どうして、相手のまねをしたがるのでしょうね」

男が、ふと私に話しかけた。彼はそのとき、蜜柑《みかん》の皮を上に投げては受け取り、投げては受け取りしていた。檻の中の一匹のサルも彼と全く同じやり方で、蜜柑の皮を投げたり受け取ったりしていた。

私が笑ってみせると、男はまた言った。

「まねっていうことは、考えてみると怖いですね。神様が、サルにああいう本能をお与えなすったことがですよ」

私は、この男、哲学者ルンペンだなと思った。

「サルがまねするのはおかしいけど、人間がまねするのはおかしくありませんね。神様は人間にもサルと同じ本能を、いくらかお与えなすった。これは考えてみると怖いですよ。あなた、山の中で大サルに出会った旅人の話をご存じですか」

男は話好きと見えて、だんだん口数が多くなる。私は、人見知りをするたちで、他人から話しかけられるのはあまり好きでないが、この男には妙な興味を感じた。青白い顔とモジャモジャした髪の毛が、私をひきつけたのかもしれない。或《あ》るいは、彼の哲学者ふうな話し方が気にいったのかもしれない。

「知りません。大サルがどうかしたのですか」

私は進んで相手の話を聞こうとした。

「人里離れた深山でね、独り旅の男が、大サルに出会ったのです。そして、脇《わき》ざしをサルに取られてしまったのですよ。サルはそれを抜いて、面白半分に振り廻してかかってくる。旅人は町人なので、一本とられてしまったら、もう刀はないものだから、命さえ危くなったのです」

夕暮のサルの檻の前で、青白い男が妙な話をはじめたという、一種の情景が私を喜ばせた。私は「フンフン」と合槌《あいづち》をうった。

「取り戻そうとするけれど、相手は木登りの上手なサルのことだから、手のつけようがないのです。だが、旅の男は、なかなか頓智《とんち》のある人で、うまい方法を考えついた。彼はその辺に落ちていた木の枝を拾って、それを刀になぞらえ、いろいろな恰好《かっこう》をしてみせた。サルの方では、神様から人まねの本能を授けられている悲しさに、旅人の仕草を一々まねはじめたのです。そして、とうとう自殺をしてしまったのです。なぜって、旅人が、サルの興に乗ってきたところを見すまし、木の枝でしきりと自分の頸《けい》部《ぶ》をなぐって見せたからです。サルはそれをまねて抜身で自分の頸をなぐったから、たまりません。血を出して、血が出てもまだわれとわが頸《くび》をなぐりながら、絶命してしまったのです、旅人は刀を取り返した上に、大ザル一匹お土産ができたというお話ですよ。ハハハハハ」

男は話し終って笑ったが、妙に陰気な笑い声であった。

「ハハハハ、まさか」

私が笑うと、男はふとまじめになって、

「いいえ、ほんとうです。サルってやつは、そういう悲しい恐ろしい宿命を持っているのです。ためしてみましょうか」

男は言いながら、その辺に落ちていた木切れを、一匹のサルに投げ与え、自分はついていたステッキで頸を切るまねをして見せた。

するとどうだ。この男よっぽどサルを扱い慣れていたと見え、サルは木切れを拾って、いきなり自分の頸をキュウキュウこすりはじめたではないか。

「ホラね、もしあの木切れが、ほんとうの刀だったらどうです。あの小ザル、とっくにお陀仏《だぶつ》ですよ」

広い園内はガランとして、人っ子一人いなかった。茂った樹々《きぎ》の下蔭《したかげ》には、もう夜の闇《やみ》が、陰気な隈《くま》を作っていた。私はなんとなく身内がゾクゾクしてきた。私の前に立っている青白い青年が普通の人間でなくて、魔法使いかなんかのように思われてきた。

「まねというものの恐ろしさがおわかりですか。人間だって同じですよ。人間だって、まねをしないではいられぬ、悲しい恐ろしい宿命を持って生れているのですよ。タルドという社会学者は、人間生活を「模倣」の二字でかたずけようとしたほどではありませんか」

今はもう一々覚えていないけれど、青年はそれから、「模倣」の恐怖についていろいろと説をはいた。彼は又、鏡というものに、異常な恐れを抱いていた。

「鏡をじっと見つめていると、怖くなりやしませんか。僕はあんな怖いものはないと思いますよ。なぜ怖いか。鏡の向こう側に、もう一人の自分がいて、サルのように人まねをするからです」

そんなことを言ったのも覚えている。

動物園の閉門の時間がきて、係りの人に追い立てられて、私たちはそこを出たが、出てからも別れてしまわず、もう暮れきった上野の森を、話しながら、肩を並べて歩いた。

「僕知っているんです。あなた江戸川さんでしょう。探偵小説の」

暗い木の下道を歩いていて、突然そう言われたときに、私は又してもギョッとした。相手がえたいのしれぬ、恐ろしい男に見えてきた。と同時に、彼に対する興味も一段と加わってきた。

「愛読しているんです。近頃のは正直に言うと面白くないけれど。以前のは、珍らしかったせいか、非常に愛読したものですよ」

男はズケズケ物を言った。それも好もしかった。

「ああ、月が出ましたね」

青年の言葉は、ともすれば急激な飛躍をした。ふと、こいつ気ちがいではないかと疑われるほどであった。

「きょうは十四日でしたかしら。ほとんど満月ですね。降りそそぐような月光というのは、これでしょうね。月の光って、なんて変なものでしょう。月光が妖術《ようじゅつ》を使うという言葉を、どっかで読みましたが、ほんとうですね。同じ景色が、昼間とはまるで違ってみえるではありませんか。あなたの顔だって、そうですよ。さっき、サルの檻の前に立っていらっしったあなたとは、すっかり別の人に見えますよ」

そう言って、ジロジロ顔を眺められると、私も変になって、相手の顔の、隈《くま》になった両眼が、黒ずんだ唇が、何かしら妙な怖いものに見え出したものだ。

「月といえば、鏡に縁がありますね。水月という言葉や、『月が鏡となればよい』という文句ができてきたのは、月と鏡と、どこか、共通点がある証拠ですよ。ごらんなさい、この景色を」

彼が指さす眼下には、いぶし銀のようにかすんだ、昼間の二倍の広さに見える不忍《しのばずの》池《いけ》がひろがっていた。

「昼間の景色がほんとうのもので、いま月光に照らされているのは、その昼間の景色が鏡に写っている、鏡の中の影だとは思いませんか」

青年は、彼自身も又、鏡の中の影のように、薄ぼんやりした姿で、ほの白い顔で、そんなことを言った。

「あなたは、小説の筋を探していらっしゃるのではありませんか。僕一つ、あなたにふさわしい筋を持っているのですが、僕自身の経験した事実談ですが、お話ししましょうか。聞いてくださいますか」

事実、私は小説の筋を探していた。しかし、そんなことは別にしても、この妙な男の経験談が聞いてみたいように思われた。今までの話し振りから想像しても、それは決して、ありふれた、退屈な物語ではなさそうに感じられた。「聞きましょう。どこかで、ご飯でもつき合ってくださいませんか。静かな部屋で、ゆっくり聞かせてください」

私が言うと、彼はかぶりを振って、

「ご馳走《ちそう》を辞退するのではありません。僕は遠慮なんかしません。しかし、僕のお話は、明かるい電燈《でんとう》には不似合いです。あなたさえお構いなければ、ここで、ここの捨て石に腰かけて、妖術使いの月光をあびながら、巨大な鏡に映った不忍池を眺めながら、お話ししましょう。そんなに長い話ではないのです」

私は青年の好みが気に入った。そこで、あの池を見はらす高台の、林の中の捨て石に、彼と並んで腰をおろし、青年の異様な物語を聞くことにした。

二

「ドイルの小説に、『恐怖の谷』というのがありましたね」

青年は唐突にはじめた。

「あれは、どっかのけわしい山と山が作っている峡谷のことでしょう。だが、恐怖の谷は何も自然の峡谷ばかりではありませんよ。この東京のまん中の、丸の内にだって恐ろしい谷間があるのです。

高いビルディングとビルディングとのあいだにはさまっている細い道路。そこは自然の峡谷よりも、ずっと嶮《けわ》しく、ずっと陰気です。文明の作った幽谷《ゆうこく》です。科学の作った谷底です。その谷底の道路から見た、両側の六階七階の殺風景なコンクリート建築は、自然の断崖《だんがい》のように、青葉もなく、季節々々の花もなく、眼に面白いでこぼこもなく、文字通り斧《おの》でたち割った、巨大な鼠色《ねずみいろ》の裂け目にすぎません。見上げる空は帯のように細いのです。日も月も、一日のあいだにホンの数分間しか、まともには照らないのです。その底からは昼間でも星が見えるくらいです。不思議な冷たい風が、絶えず吹きまくっています。

そういう峡谷の一つに、大地震以前まで、僕は住んでいたのです。建物の正面は丸の内のS通りに面していました。正面は明かるくて立派なのです。しかし、一度背面に廻ったら、別のビルディングと背中合わせで、お互いに殺風景な、コンクリート丸出しの、窓のある断崖が、たった二間巾《はば》ほどの通路をはさんで、向き合っています。都会の幽谷というのは、つまりその部分なのです。

ビルディングの部屋々々は、たまには住宅兼用の人もありましたが、たいていは昼間だけのオフィスで、夜はみな帰ってしまいます。昼間賑《にぎ》やかなだけに、夜の淋しさといったらありません。丸の内のまん中で、フクロウが鳴くかと怪しまれるほど、ほんとうに深山の感じです。例のうしろ側の峡谷も、夜こそ文字通り峡谷です。

僕は、昼間は玄関番を勤め、夜はそのビルディングの地下室に寝泊まりしていました。四、五人泊まり込みの仲間があったけれど、僕は絵が好きで、暇さえあれば独りぼっちで、カンバスを塗りつぶしていました。自然ほかの連中とは口も利《き》かないような日が多かったのです。

その事件が起こったのは、今いううしろ側の峡谷なのですから、そこの有様を少しお話ししておく必要があります。そこには建物そのものに、実に不思議な、気味のわるい暗合があったのです。暗合にしては、あんまりぴったり一致しすぎているので、僕はその建物を設計した技師の、気まぐれないたずらではないかと思ったものです。

というのは、その二つのビルディングは、同じくらいの大きさで、両方とも五階でしたが、表側や、側面《そくめん》は、壁の色なり装飾なり、まるで違っているくせに、峡谷のがわの背面だけは、どこからどこまで、寸分違《たが》わぬ作りになっていたのです。屋根の形から、鼠色の壁の色から、各階に四つずつひらいている窓の構造から、まるで写真に写したようにそっくりなのです。もしかしたら、コンクリートのひび割れまで、同じ形をしていたかもしれません。

その峡谷に面した部屋は、一日に数分間（というのはちと大げさですが）まあほんの瞬《また》くひましか日がささぬので、自然借り手がつかず、殊《こと》に一ばん不便な五階などは、いつも空き部屋になっていましたので、僕は暇なときには、カンバスと絵筆を持って、よくその空き部屋へ入り込んだものです。そして、窓からのぞくたびごとに、向こうの建物が、まるでこちらの写真のように、よく似ていることを、無気味に思わないではいられませんでした。何か恐ろしい出来事の前兆みたいに感じられたのです。そして、その僕の予感が、間もなく的中する時がきたではありませんか。五階の北の端の窓で、首くくりがあったのです。しかも、それが、少し時を隔てて、三度もくり返されたのです。

最初の自殺者は、中年の香料ブローカーでした。その人ははじめ事務所を借りにきたときから、なんとなく印象的な人物でした。商人のくせに、どこか商人らしくない、陰気な、いつも何か考えているような男でした。この人はひょっとしたら、裏側の峡谷に面した、日のささぬ部屋を借りるかもしれないと思っていると、案の定、そこの五階の北の端の、一ばん人里離れた（ビルディングの中で、人里はおかしいですが、いかにも人里離れたという感じの部屋でした）一ばん陰気な、したがって室料も一ばん廉《やす》い二た部屋つづきの室を選んだのです。

そうですね、引っ越してきて、一週間もいましたかね、とにかく極く僅《わず》かのあいだでした。

その香料ブローカーは、独身者だったので、一方の部屋を寝室にして、そこへ安物のベッドを置いて、夜は、例の幽谷を見おろす、陰気な断崖の、人里離れた岩窟《がんくつ》のようなその部屋に、独りで寝泊まりしていました。そして、ある月のよい晩のこと、窓のそとに出っ張っている、電線引込み用の小さな横木に細引をかけて、首をくって自殺をしてしまったのです。

朝になって、その辺一帯を受け持っている道路掃除の人夫が、遥《はる》か頭の上の、断崖のてっぺんにブランブラン揺れている縊死者《いしゃ》を発見して、大騒ぎになりました。

彼がなぜ自殺をしたのか、結局わからないままに終りました。いろいろ調べてみても、別段事業が思わしくなかったわけでも、借金に悩まされていたわけでもなく、独身者のことゆえ、家庭的な煩悶《はんもん》があったというでもなく、そうかといって、痴情の自殺、例えば失恋というようなことでもなかったのです。

『魔がさしたんだ、どうも、最初きた時から、妙に沈み勝ちな、変な男だと思った』

人々はそんなふうにかたづけてしまいました。一度はそれですんでしまったのです。ところが、間もなく、その同じ部屋に、次の借り手がつき、その人は寝泊まりしていたわけではありませんが、ある晩徹夜の調べものをするのだといって、その部屋にとじこもっていたかと思うと、翌朝は、またブランコ騒ぎです。全く同じ方法で、首をくくって自殺をとげたのです。

やっぱり、原因は少しもわかりませんでした。今度の縊死者は、香料ブローカーと違って、極く快活な人物で、その陰気な部屋を選んだのも、ただ室料が低廉《ていれん》だからという単純な理由からでした。

恐怖の谷にひらいた呪《のろ》いの窓。その部屋へはいると、なんの理由もなく、ひとりでに死にたくなってくるのだという怪談めいた噂《うわさ》が、ヒソヒソとささやかれました。

三度目の犠牲者は、普通の部屋借り人ではありませんでした。そのビルディングの事務員に、一人の豪傑がいて、おれが一つためしてみると言い出したのです。化物屋敷を探検でもするような意気込みだったのです」

青年が、そこまで話しつづけたとき、私は少々彼の物語に退屈を感じて、口をはさんだ。

「で、その豪傑も同じように首をくくったのですか」

青年はちょっと驚いたように、私の顔を見たが、

「そうです」

と不快らしく答えた。

「一人が首をくくると、同じ場所で、何人も何人も首をくくる。つまりそれが、模倣の本能の恐ろしさだということになるのですか」

「ああ、それで、あなたは退屈なすったのですね。違います。違います。そんなつまらないお話ではないのです」

青年はホッとした様子で、私の思い違いを訂正した。

「魔の踏切りで、いつも人死にがあるというような、あの種類の、ありふれたお話ではないのです」

「失敬しました。どうか先をおつづけください」

私はいんぎんに、私の誤解をわびた。

三

「事務員は、たった一人で、三晩というものその魔の部屋で夜あかしをしました。しかし何事もありません。彼は悪魔払いでもした顔で大威張りです。そこで、僕は言ってやりました。『あなたの寝た晩は、三晩とも、曇っていたじゃありませんか。月が出なかったじゃありませんか』とね」

「ホホウ、その自殺と月とが、何か関係でもあったのですか」

私はちょっと驚いて、聞き返した。

「ええ、あったのです。最初の香料ブローカーも、その次の部屋借り人も、月の冴《さ》えた晩に死んだことを、僕は気づいていました。月が出なければ、あの自殺は起こらないのだ。それも狭い峡谷に、ほんの数分間、白銀色の妖光がさし込んでいる、そのあいだに起こるのだ。月光の妖術なのだ。と僕は信じきっていたのです」

青年は言いながら、おぼろに白い顔を上げて、月光に包まれた脚下の不忍池を眺めた。

そこには、青年のいわゆる巨大な鏡に写った、池の景色が、ほの白く、妖しげに横たわっていた。

「これです。この不思議な月光の魔力です。月光は、冷たい火のような、陰気な激情を誘発します。人の心が燐《りん》のように燃えあがるのです。その不可思議な激情が、例えば『月光の曲』を生むのです。詩人ならずとも、月に無常を教えられるのです。『芸術的狂気』という言葉が許されるならば、月は人を『芸術的狂気』に導くものではありますまいか」

青年の話術が、少々ばかり私を辟易《へきえき》させた。

「で、つまり、月光が、その人たちを縊死させたとおっしゃるのですか」

「そうです。半ばは月光の罪でした。しかし、月の光がただちに人を自殺させるわけはありません。もしそうだとすれば、今、こうして満身に月の光をあびている私たちはもうそろそろ、首をくくらねばならぬ時分ではありますまいか」

鏡に写ったように見える青白い青年の顔が、ニヤニヤと笑った。私は、怪談を聞いている子供のようなおびえを感じないではいられなかった。

「その豪傑事務員は、四日目の晩も、魔の部屋で寝たのです。そして、不幸なことには、その晩は月が冴えていたのです。

私は真夜中に、地下室の蒲団《ふとん》の中で、ふと眼をさまし、高い窓からさし込む月の光を見て、何かしらハッとして、思わず起き上がりました。そして、寝間着のまま、エレベーターの横の狭い階段を、夢中で五階まで駈《か》けのぼったのです。真夜中のビルディングが、昼間の賑やかさに引きかえて、どんなに淋しく、物凄《ものすご》いものだか、ちょっと御想像もつきますまい。何百という小部屋を持った、大きな墓場です。話に聞く、ローマのカタコムです。全くのくら闇ではなく、廊下の要所々々には、電燈がついているのですが、そのほの暗い光が一層恐ろしいのです。

やっと五階の、例の部屋にたどりつくと、私は、夢遊病者のように、廃墟《はいきょ》のビルディングをさまよっている自分自身が怖くなって、狂気のようにドアを叩《たた》きました。その事務員の名を呼びました。

だが、中からはなんの答えもないのです。私自身の声が、廊下にこだまして、淋しく消えて行くほかには。

引手を廻すと、ドアはなんなくあきました。室内には、隅の大テーブルの上に、青い傘の卓上電燈が、しょんぼりとついていました。その光で見廻しても、誰もいないのです。ベッドはからっぽなのです。そして、例の窓が、一杯にひらかれていたのです。

窓のそとには、向こう側のビルディングが、五階の半ばから屋根にかけて、逃げ去ろうとする月光の、最後の光をあびて、おぼろ銀に光っていました。こちらの窓の真向こうにそっくり同じ形の窓が、やっぱりあけはなされて、ポッカリと黒い口をあいています。何もかも同じなのです。それが怪しい月光に照らされて、一層そっくりに見えるのです。

僕は恐ろしい予感にふるえながら、それを確かめるために、窓のそとへ首をさし出したのですが、すぐその方を見る勇気がないものだから、先《ま》ず遥かの谷底を眺めました。月光は向こう側の建物のホンの上部を照らしているばかりで、建物と建物との作るはざまは、まっ暗に奥底も知れぬ深さに見えるのです。

それから、僕は、いうことを聞かぬ首を、無理に、ジリジリと、右の方へねじむけて行きました。建物の壁は、蔭《かげ》になっているけれど、向こう側の月あかりが反射して、物の形が見えぬほどではありません。ジリジリと眼界を転ずるにつれて、果たして、予期していたものが、そこに現われてきました。黒い洋服を着た男の足です。ダラリと垂れた手首です。伸びきった上半身です。深くくびれた頸です。二つに折れたように、ガツクリと垂れた頭です。豪傑事務員は、やっぱり月光の妖術にかかって、その電線の横木に首を吊《つ》っていたのでした。

僕は大急ぎで、窓から首を引っこめました。僕自身妖術にかかっては大変だと思ったのかもしれません。ところが、その時です。首を引っこめようとして、ヒョイと向こう側を見ると、そこの、同じようにあけはなされた窓から、まっ黒な四角な穴から、人間の顔がのぞいていたではありませんか。その顔だけが月光を受けて、クッキリと浮き上がっていたのです。月の光の中でさえ、黄色く見える、しぼんだような、むしろ畸形《きけい》な、いやないやな顔でした。そいつが、じっとこちらを見ていたではありませんか。

僕はギョッとして、一瞬間、立ちすくんでしまいました。あまり意外だったからです。なぜといって、まだお話ししなかったかもしれませんが、その向こう側のビルディングは所有者と、担保に取った銀行とのあいだにもつれた裁判事件が起こっていて、その当時は、全く空き家になっていたからです。人っ子一人住んでいなかったからです。

真夜中の空き家に人がいる。しかも、問題の首吊りの窓の真正面の窓から、黄色い、物の怪《もののけ》のような顔をのぞかせている。ただごとではありません。もしかしたら、僕は幻を見ているのではないかしら。そして、あの黄色いやつの妖術で、今にも首が吊りたくなるのではないかしら。

ゾーッと、背中に水をあびたような恐怖を感じながらも、僕は向こう側の黄色いやつから眼を離しませんでした。よく見ると、そいつは痩《や》せ細った、小柄の、五十ぐらいの爺《じい》さんなのです。爺さんはじっと僕の方を見ていましたが、やがて、さも意味ありげに、ニヤリと大きく笑ったかと思うと、ふっと窓の闇の中へ見えなくなってしまいました。その笑い顔のいやらしかったこと、まるで相好が変って、顔じゅうが皺《しわ》くちゃになって、口だけが、裂けるほど、左右に、キューッと伸びたのです」

四

「翌日、同僚や、別のオフィスの小使い爺さんなどに尋ねてみましたが、あの向こう側のビルディングは空き家で、夜は番人さえいないことが明らかになりました。やっぱり僕は幻を見たのでしょうか。

三度もつづいた、全く理由のない、奇怪千万な自殺事件については、警察でも、一応は取調べましたけれど、自殺ということは、一点の疑いもないのですから、ついそのままになってしまいました。しかし僕は理外の理を信じる気にはなれません。あの部屋で寝るものが、揃《そろ》いも揃って、気ちがいになったというような荒唐無稽《こうとうむけい》な解釈では満足ができません。あの黄色いやつが曲者《くせもの》だ。あいつが三人の者を殺したのだ。ちょうど首吊りのあった晩、同じ真向こうの窓から、あいつがのぞいていた。そして、意味ありげにニヤニヤ笑っていた。そこに何かしら恐ろしい秘密が伏在しているのだ。僕はそう思いこんでしまったのです。

ところが、それから一週間ほどたって、僕は驚くべき発見をしました。

ある日の事、使いに出た帰りがけ、例の空きビルディングの表側の大通りを歩いていますと、そのビルディングのすぐ隣に、三菱《みつびし》何号館とかいう、古風な煉瓦《れんが》作りの、小型の、長屋風の貸事務所が並んでいるのですが、そのとある一軒の石段をピョイピョイと飛ぶように登って行く、一人の紳士が、僕の注意を惹《ひ》いたのです。

それはモーニングを着た、小柄の、少々猫背の老紳士でしたが、横顔にどこか見覚えがあるような気がしたので、立ち止まって、じっと見ていますと、紳士は事務所の入口で、靴をふきながら、ヒョイと僕の方を振り向いたのです。僕はハッとばかり、息が止まるような驚きを感じました。なぜって、その立派な老紳士が、いつかの晩、空きビルディングの窓からのぞいていた黄色い顔の怪物と、そっくりそのままだったからです。

紳士が事務所の中へ消えてしまってから、そこの金看板を見ると、目羅《めら》眼科、目羅聊斎《りょうさい》としるしてありました。僕はその辺にいた小使いを捉《とら》えて、今はいって行ったのが目羅博士その人であることを確かめました。

医学博士ともあろう人が、真夜中、空きビルディングに入りこんで、しかも首吊り男を見てニヤニヤ笑っていたという、この不可思議な事実を、どう解釈したらよいのでしょう。僕は烈《はげ》しい好奇心を起こさないではいられませんでした。それからというもの、僕はそれとなく、できるだけ多くの人から、目羅聊斎の経歴なり、日常生活なりを聞き出そうとつとめました。

目羅氏は古い博士のくせに、あまり世にも知られず、お金儲《もう》けも上手でなかったとみえ、老年になっても、そんな貸事務所などで開業していたくらいですが、非常な変り者で、患者の取扱いなども、いやに不愛想で、時としては気違いめいて見えることさえあるということでした。奥さんも子供もなく、ずっと独身で通して、今も、その事務所を住まいに兼用して、そこに寝泊まりしているということもわかりました。又、彼は非常な読書家で、専門以外の古めかしい哲学書だとか、心理学や犯罪学などの書物を、たくさん持っているという噂も聞き込みました。

『あすこの診察室の奥の部屋にはね、ガラス箱の中に、ありとあらゆる形の義眼がズラリと並べてあって、その何百というガラスの眼玉が、じっとこちらを睨《にら》んでいるのだよ。義眼もあれだけ並ぶと、実に気味のわるいものだね。それから、眼科にあんなものがどうして必要なのか、骸骨《がいこつ》だとか、等身大の蠟《ろう》人形などが、二つも三つも、ニョキニョキと立っているのだよ』

僕のビルディングの或《あ》る商人が、目羅氏の診察を受けたときの奇妙な経験を聞かせてくれました。

僕はそれから、暇さえあれば、博士の動静に注意をおこたりませんでした。また一方、空きビルディングの、例の五階の窓も、時々こちらからのぞいてみましたが、別段変ったこともありません。黄色い顔は一度も現われなかったのです。

どうしても目羅博士が怪しい。あの晩、向こう側の窓から覗《のぞ》いていた黄色い顔は博士に違いない。だが、どう怪しいのだ。もしあの三度の首吊りが自殺でなくて、目羅博士の企《たく》らんだ殺人事件であったと仮定しても、では、なぜ、いかなる手段によって、と考えてみると、パッタリ行詰まってしまうのです。それでいて、やっぱり目羅博士が、あの事件の加害者のように思われて仕方がないのです。

毎日々々僕はそのことばかり考えていました。ある時は、博士の事務所の裏の煉瓦塀によじ登って、窓越しに、博士の私室をのぞいたこともあります。その私室に、例の骸骨だとか、蠟人形だとか、義眼のガラス箱などが置いてあったのです。

でも、どうしてもわかりません、峡谷を隔てた向こう側のビルディングから、どうしてこちらの部屋の人間を、自由にすることができるのか、わかりようがないのです。催眠術？　いや、それはだめです。死というような重大な暗示は、全く無効だと聞いています。

ところが、最後の首吊りがあってから、半年ほどたって、やっと僕の疑いを確かめる機会がやってきました。例の魔の部屋に借り手がついたのです。借り手は大阪からきた人で、怪しい噂を少しも知りませんでしたし、ビルディングの事務所にしては、少しでも室料の稼ぎになることですから、何も言わないで貸してしまったのです。まさか、半年もたった今ごろ、また同じことがくり返されようとは、考えもしなかったのでしょう。

しかし、少なくも僕だけは、この借り手も、きっと首を吊るに違いないと信じきっていました。そして、どうかして、僕の力で、それを未然に防ぎたいと思ったのです。僕は、その日から、仕事はそっちのけにして、目羅博士の動静ばかりうかがっていました。そして、僕はとうとう、それを嗅《か》ぎつけたのです。博士の秘密を探り出したのです」

五

「大阪の人が引越してきてから、三日目の夕方のこと、博士の事務所を見張っていた僕は、彼が何か人眼を忍ぶようにして、往診の鞄《かばん》も持たず、徒歩で外出するのを見のがしませんでした。むろん尾行したのです。すると、博士は意外にも、近くの大ビルディングの中にある、有名な洋服店にはいって、たくさんの既製品の中から、一着の背広服を選んで買い求め、そのまま事務所へ引き返しました。

いくらはやらぬ医者だからといって、博士自身がレディメードを着るはずはありません。といって、助手に着せる服なれば、何も主人の博士が、人眼を忍んで買いに行くことはないのです。こいつは変だぞ。一体あの洋服は何に使うのだろう。僕は博士の消えた事務所の入口を、うらめしそうに見守りながら、しばらくたたずんでいましたが、ふと気がついたのは、さっきお話しした、裏の塀に登って、博士の私室を隙見《すきみ》することとです。ひょっとしたら、あの部屋で、何かしているのが見られるかもしれないと思うと、僕はもう、事務所の裏側へ駈け出していました。

塀にのぼって、そっとのぞいてみると、やっぱり博士はその部屋にいたのです。しかも、実に異様なことをやっているのが、ありありと見えたのです。

黄色い顔のお医者さんが、そこで何をしていたと思います。蠟人形にね、ホラ、さっきお話しした等身大の蠟人形ですよ。あれに、いま買ってきた洋服を着せていたのです。それを何百というガラスの眼玉が、じっと見つめていたのです。

探偵小説家のあなたには、ここまでいえば、何もかもおわかりになったことでしょうね。僕もその時ハッと気がついたのです。そして、その老医学者のあまりにも奇怪な着想に、驚嘆してしまったのです。

蠟人形に着せられた既製洋服は、なんと、あなた、色合いから縞柄《しまがら》まで、例の魔の部屋の新らしい借り手の洋服と、寸分違わなかったではありませんか。博士は、それを、たくさんの既製品の中から探し出して、買ってきたのです。

もうぐずぐずしてはいられません。ちょうど月夜の時分でしたから、今夜にも、あの恐ろしい椿事《ちんじ》が起こるかもしれないのです。なんとかしなければ、なんとかしなければ。僕は地だんだを踏むようにして、頭の中を探し廻りました。そしてハッと、われながら驚くほどの、すばらしい手段を思いついたのです。あなたもきっと、それをお話ししたら、手を打って感心してくださるでしょうと思います。

僕はすっかり準備をととのえて夜になるのを待ち、大きな風呂敷《ふろしき》包みを抱えて、魔の部屋へと上がって行きました。新来の借り手は、夕方には自宅へ帰ってしまうので、ドアに鍵《かぎ》がかかっていましたが、用意の合鍵でそれをあけて部屋にはいり、机によって、夜の仕事に取りかかるふうを装《よそお》いました。例の青い傘の卓上電燈が、その部屋の借り手になりすました私の姿を照らしています。服は、その人のものとよく似た縞柄のを、同僚の一人が持っていましたので、僕はそれを借りて着こんでいたのです。髪の分け方なども、その人に見えるように注意しました。そして、例の窓に背中を向けてじっとしていたのです。

いうまでもなく、それは、向こうの窓の黄色い顔のやつに、僕がそこにいることを知らせるためですが、僕の方からは、決してうしろを振り向かぬようにして、相手に存分隙を与える工夫をしました。

三時間もそうしていたでしょうか。果たして僕の想像が的中するかしら。そして、こちらの計画がうまく奏効するだろうか。実に待ち遠しい、ドキドキする三時間でした。もう振り向こうか、振り向こうかと、辛抱がしきれなくなって、幾度頸を廻しかけたかもしれません。が、とうとうその時がきたのです。

腕時計が十時十分を指していました。ホウ、ホウと二た声、フクロウの鳴き声が聞こえたのです。ははあ、これが合図だな。フクロウの鳴き声で、窓のそとをのぞかせる工夫だな。丸の内のまん中でフクロウの声がすれば、誰しものぞいてみたくなるだろうからな。と悟ると、僕はもう少しもためらわず、椅子《いす》を立って、窓際《まどぎわ》へ近寄り、ガラス戸をひらきました。

向こう側の建物は、一杯に月の光をあびて、銀鼠色《ぎんねずいろ》に輝いていました。前にもお話しした通り、それがこちらの建物と、そっくりそのままの構造なのです。なんという変な気持でしょう。こうしてお話ししたのでは、とても、あの気違いめいた気持はわかりません。突然、眼界一杯の、べら棒に大きな、鏡の壁ができた感じです。その鏡に、こちらの建物がそのまま写っている感じです。構造の相似《そうじ》の上に、月光の妖術が加わって、そんなふうに見せるのです。

僕の立っている窓は、真正面に見えています。ガラス戸のあいているのも同じです。それから僕自身は……オヤ、この鏡は変だぞ。僕の姿だけ、のけものにして、写してくれないのかしら……ふとそんな気持になるのです。ならないではいられぬのです。そこに身の毛もよだつ陥穽《かんせい》があるのです。

はてな、おれはどこへ行ったのかしら。確かにこうして、窓際に立っているはずだが。キョロキョロと向こうの窓を探します。探さないではいられぬのです。

すると、僕は、ハッと、僕自身の影を発見します。しかし、窓の中ではありません。そとの壁の上にです。電線用の横木から、細引でぶら下がった自分自身をです。

『ああ、そうだったか。おれはあすこにいたのだった』

こんなふうに話すと、滑稽《こっけい》に聞こえるかもしれませんね。あの気持は口ではいえません。悪夢です。そうです。悪夢の中で、そうするつもりはないのに、ついそうなってしまうあの気持です。鏡を見ていて、自分は眼をあいているのに、鏡の中の自分が、眼をとじていたとしたら、どうでしょう。自分も同じように眼をとじないではいられなくなるではありませんか。

で、つまり鏡の影と一致させるために、僕は首を吊らずにはいられなくなるのです。向こう側では自分自身が首を吊っている。それに、ほんとうの自分が、安閑《あんかん》と立ってなぞいられないのです。

首吊りの姿が、少しも怖《おそ》ろしくも醜くも見えないのです。ただ美しいのです。

絵なのです。自分もその美しい絵になりたい衝動を感じるのです。もし月光の妖術の助けがなかったら、目羅博士のこの幻怪なトリックは、全く無力であったかもしれません。

むろんおわかりのことと思いますが、博士のトリックというのは、例の蠟人形に、こちらの部屋の住人と同じ洋服を着せて、こちらの電線横木と同じ場所に木切れをとりつけ、そこへ細引でブランコをさせて見せるという、簡単な事柄にすぎなかったのです。

全く同じ構造の建物と妖しい月光とが、それにすばらしい効果を与えたのです。このトリックの恐ろしさは、あらかじめ、それを知っていた僕でさえ、うっかり窓わくへ片足をかけて、ハッと気がついたほどでした。

僕は麻酔からさめるときと同じ、あの恐ろしい苦悶《くもん》と戦いながら、用意の風呂敷包みをひらいて、じっと向こうの窓を見つめていました。

待ち遠しい数秒間……だが、僕の予想は的中しました。僕の様子を見るために、向こうの窓から、例の黄色い顔が、すなわち目羅博士が、ヒョイとのぞいたのです。

待ち構えていた僕です。その一刹那《せつな》を捉えないでどうするものですか。

風呂敷の中の物体を、両手で抱き上げて、窓わくの上へチョコンと腰かけさせました。

それが何であったか、ご存じですか。やっぱり蠟人形なのですよ。僕は、例の洋服屋からマネキン人形を借り出してきたのです。それに、モーニングを着せておいたのです。目羅博士が常用しているのと、同じようなやつをね。

そのとき月光は谷底近くまでさしこんでいましたので、その反射で、こちらの窓も、ほの白く、物の姿はハッキリ見えたのです。

僕は果たし合いのような気持で、向こうの窓の怪物を見つめていました。畜生、これでもか、これでもかと心の中で念じながら。

するとどうでしょう。人間はやっぱりサルと同じ宿命を、神様から授かっていたのです。

目羅博士は、彼自身が考え出したトリックと、同じ手にかかってしまったのです。小柄の老人は、みじめにも、ヨチヨチと窓わくをまたいで、こちらのマネキンと同じように、そこへ腰かけたではありませんか。

僕は人形使いでした。

マネキンのうしろに立って、手を上げれば、向こうの博士も手を上げました。

足を振れば、博士も振りました。

そして、次に、僕が何をしたと思います。ハハハハ、人殺しをしたのですよ。窓わくに腰かけているマネキンを、うしろから、力一杯つきとばしたのです。人形はカランと音を立てて、窓のそとへ消えました。

と、ほとんど同時に、向こう側の窓からも、こちらの影のように、モーニング姿の老人が、スーッと風を切って、遥かの谷底へと、墜落して行ったではありませんか。

そして、クシャッという、物をつぶすような音が、かすかに聞こえてきました……目羅博士は死んだのです。

僕はかつての夜、黄色い顔が笑ったような、あの醜い笑いを笑いながら、右手に握っていた紐《ひも》を、たぐりよせました。スルスルと、紐について、借り物のマネキン人形が、窓わくを越して、部屋の中へ帰ってきました。

それを下へ落としたままにしておいて、殺人の嫌疑をかけられては大変ですからね」

語り終って、青年は、その黄色い顔の博士のように、ゾッとする微笑を浮かべて、私をジロジロと眺めた。

「目羅博士の殺人の動機ですか。それは探偵小説家のあなたには申し上げるまでもないことです。なんの動機がなくても、人は殺人のために殺人を犯すものだということを知り抜いていらっしゃるあなたにはね」

青年はそう言いながら、立ち上がって、私の引き留める声も聞こえぬ顔に、サッサと向こうへ歩いて行ってしまった。

私は、もやの中へ消えて行く、彼のうしろ姿を見送りながら、さんさんと降りそそぐ月光をあびて、ボンヤリと捨て石に腰かけたまま動かなかった。

青年と出会ったことも、彼の物語も、はては青年その人さえも、彼のいわゆる「月光の妖術」が生み出した、あやしき幻ではなかったのかと、あやしみながら。

人でなしの恋

一

門野《かどの》、ご存知でいらっしゃいましょう。十年以前になくなった先《せん》の夫なのでございます。こんなに月日がたちますと、門野と口に出して言ってみましても、いっこう他人様のようで、あの出来事にしましても、なんだか、こう夢ではなかったかしら、なんて思われるほどでございます。

門野家へ私がお嫁入りをしましたのは、どうした御縁からでございましたかしら。申すまでもなく、お嫁入り前に、お互いに好き合っていたなんて、そんなみだらなのではなく、仲人《なこうど》が母を説きつけて、母がまた私に申し聞かせて、それを、おぼこ娘の私は、どう否《いな》やが申せましょう、おきまりでございますわ、畳にのの字を書きながら、ついうなずいてしまったのでございます。

でも、あの人が私の夫になるかたかと思いますと、狭い町のことで、それに先方も相当の家柄なものですから、顔ぐらいは見知っていましたけれど、噂《うわさ》によれば、なんとなく気むずかしいかたのようだがとか、あんな綺麗《きれい》なかたのことだから、ええ、ご承知かもしれませんが、門野というのは、それはそれは、凄《すご》いような美男子で、いいえ、おのろけではございません、美しいといいますうちにも、病身なせいもあったのでございましょう、どこやら陰気で、青白く、透きとおるような、ですから、一そう水ぎわ立った殿御ぶりだったのでございますが、それが、ただ美しい以上に、何かこう凄いような感じだったのでございます。

そのように綺麗なかたのことですから、きっとほかに美しい娘さんもおありでしょうし、もしそうでないとしましても、私のようなこのお多福《たふく》が、どうまあ一生可愛《かわい》がってもらえよう、などと、いろいろ取り越し苦労もしますれば、従ってお友だちだとか、召使いなどの、そのかたの噂話にも聞き耳を立てるといった調子なのでございます。

そんなふうにして、だんだん洩《も》れ聞いたところを寄せ集めてみますと、心配をしていた、一方のみだらな噂などはこれっぱかりもない代りには、もう一つの気むずかし屋の方は、どうして一と通りでないことがわかってきたのでございます。

いわば変人とでも申すのでございましょう。お友だちなども少なく、多くはうちの中に引っこみ勝ちで、それに一ばんいけないのは、女ぎらいという噂すらあったのでございます。それも、遊びのおつき合いをなさらぬための、そんな噂なら別条はないのですけれど、ほんとうの女ぎらいらしく、私との縁談にしましてからが、もともと親御《おやご》さんたちのお考えで、仲人《なこうど》に立ったかたは、私の方よりは、かえって先方のご本人を説きふせるのに骨が折れたほどだと申すのでございます。

もっとも、そんなハッキリした噂を聞いたわけではなく、誰かがちょっと口をすべらせたのから、私が、お嫁入りの前の娘の敏感で、独り合点をしていたのかもしれません。いいえ、いざお嫁入りをして、あんな目にあいますまでは、ほんとうに私の独り合点にすぎないのだと、しいてもそんなふうに、こちらの都合のよいように、気休めを考えていたことでございます。これで、いくらか、うぬぼれもあったのでございますわね。

あの時分の娘々《むすめむすめ》した気持を思い出しますと、われながら可愛らしいようでございます。一方ではそんな不安を感じながら、でも、隣町の呉服屋へ衣裳《いしょう》を見立てに参ったり、それをうちじゅうの手で裁縫したり、道具類だとか、こまごました手廻りの品々を用意したり、その中へ先方からは立派な結納が届く、お友だちにはお祝いの言葉やら、羨望《せんぼう》の言葉やら、誰かに会えばひやかされるのがなれっこになってしまって、それがまた恥かしいほど嬉《うれ》しくて、うちじゅうにみちみちた華やかな空気が、十九の娘をもう有頂天にしてしまったのでございます。

一つは、どのような変人であろうが、気むずかし屋さんであろうが、いま申す水ぎわ立った殿御振りに、私はすっかり魅せられていたのでもございましょう。それに又、そんな性質のかたに限って、情が濃《こま》やかなのではないか、私なら私一人を守って、すべての愛情を私一人に注ぎつくして、可愛がってくださるのではないか、などと、私はまあなんてお人よしにできていたのでございましょう。そんなふうに思ってもみるのでございました。

はじめのあいだは、遠い先のことのように、指折り数えていた日取りが、夢の間に近づいて、近づくに従って、甘い空想がずっと現実的な恐れに代って、いざ当日、御婚礼の行列が門前に勢揃《せいぞろ》いをいたします。その行列がまた、自慢に申すのではありませんが、十幾吊《つ》りの私の町にしては飛びきり立派なものでしたが、その中にはさまって、車に乗る時の心持というものは、どなたも味わいなさることでしょうけれど、ほんとうにもう、気が遠くなるようでございましたっけ。まるで屠所の羊でございますわね。精神的に恐ろしいばかりでなく、もう身内がずきずき痛むような、それはもう、なんと申してよろしいのやら……

二

何がどうなったのですか、ともかくも夢中でご婚礼をすませて、一日二日は、夜さえ眠ったのやら眠らなかったのやら、舅《しゅうと》、姑《しゅうとめ》がどのようなかたなのか、召使いたちが幾人いるのか、挨拶《あいさつ》もし、挨拶されていながらも、まるで頭に残っていないという有様なのでございます。

するともう、里帰り、夫と車を並べて、夫のうしろ姿を眺めながら走っていても、それが夢なのか現《うつつ》なのか……まあ、私はこんなことばかりおしゃべりしていまして、ご免くださいまし、肝心のお話がどこかへ行ってしまいますわね。

そうして、ご婚礼のごたごたが一段落つきますと、案ずるよりは生むが易《やす》いと申しますか、門野は噂ほどの変人というでもなく、かえって世間並よりは物柔らかで、私などには、それは優しくしてくれるのでございます。

私はほっといたしますと、今までの苦痛に近い緊張が、すっかりほぐれてしまいまして、人生というものは、こんなにも幸福なものであったのかしら、なんて思うようになってまいったのでございます。

それに舅、姑お二人とも、お嫁入り前に母親が心づけてくれましたことなど、まるでむだに思われるほどよいおかたですし、ほかには、門野は一人子だものですから、小姑などもなく、かえって気抜けのするくらい、お嫁さんなんて気苦労のいらぬものだと思われたのでございました。

門野の男ぶりは、いいえ、そうじゃございませんのよ、これがやっぱり、お話のうちなのでございますわ。そうして一しょに暮らすようになってみますと、遠くから垣《かい》間見《まみ》ていたのと違って、私にとっては生れてはじめての、この世にたった一人のかたなのですもの、それは当たり前でございましょうけれど、日がたつにつれて、だんだん立ちまさって見え、その水ぎわ立った男ぶりが、類《たぐい》なきものに思われはじめたのでございます。

いいえ、お顔が綺麗だとか、そんなことばかりではありません。恋なんてなんと不思議なものでございましょう。門野の世間並をはずれたところが、変人というほどではなくても、なんとやら憂鬱《ゆううつ》で、しょっちゅう一途《いちず》に物を思いつづけているような、しんねりむっつりとした、それで、器量はと申せば、今いう透きとおるような美男子なのでございますよ、それがもう、いうにいわれぬ魅力となって、十九の小娘を、さんざんに責めさいなんだのでございます。

ほんとうに世界が一変したのでございます。二《ふ》た親のもとで育てられていた十九年を、現実世界にたとえますなら、ご婚礼の後の、それが不幸にもたった半年ばかりのあいだではありましたけれど、そのあいだはまるで夢の世界か、おとぎ話の世界に住んでいる気持でございました。大げさに申しますれば、浦島太郎が乙姫《おとひめ》さまのご寵愛《ちようあい》を受けたという竜宮世界、あれでございますわ。

世間ではお嫁入りはつらいものとなっていますのに、私はまるで正反対ですわね。いいえ、そう申すよりは、そのつらいところまで行かぬうちに、あの恐ろしい破綻《はたん》が参ったという方が当たっているのかもしれませんけれど。

その半年のあいだを、どのようにして暮らしましたことやら、ただもう楽しかったと申すほかに、こまごましたことなど忘れてもおりますし、それに、このお話には大して関係のないことですから、おのろけめいた思い出話は止《よ》しにいたしましょうけれど、門野が私を可愛がってくれましたことは、それはもう世間のどのような女房思いのご亭主でも、とてもまねもできないほどでございました。

むろん私は、それをただありがたいことに思って、いわば陶酔してしまって、なんの疑いをいだく余裕もなかったのでございますが、この門野が私を可愛がりすぎたということには、あとになって考えますと、実に恐ろしい意味があったのでございます。

といって、何も可愛がりすぎたのが破綻の元だと申すわけではありません。あの人は、真心をこめて、私を可愛がろうと努力していたにすぎないのでございます。それが決して、だましてやろうというような心持ではなかったのですから、あの人が努力すればするほど、私はそれを真に受けて、真からたよって行く、身も心も投げ出してすがりついて行く、というわけでございました。

ではなぜ、あの人がそんな努力をしましたか、もっとも、これらのことは、ずっとずっと後になって、やっと気づいたのでありますけれど、それには、実に恐ろしい理由があったのでございます。

三

「変だな」と気づいたのは、ご婚礼からちょうど半年ほどたった時分でございました。今から思えば、あの時、門野の力が、私を可愛がろうとする努力が、いたましくも尽きはててしまったものに違いありません。その隙《すき》に乗じて、もう一つの魅力が、グングンとあの人を、そちらの方へひっぱり出したのでございましょう。

男の愛というものが、どのようなものであるか、小娘の私が知ろうはずはありません。門野のような愛しかたこそ、すべての男の、いいえ、どの男にもまさった愛しかたに違いないと、長いあいだ信じきっていたのでございます。ところが、これほど信じきっていた私でも、やがて、少しずつ、少しずつ、門野の愛になんとやら偽りの分子が含まれていることを、感づきはじめないではいられませんでした。

夜ごとのねやのエクスタシイは形の上にすぎなくて、心では、何か遥《はる》かなものを追っている、妙に冷たい空虚を感じたのでございます。私を眺める愛撫《あいぶ》のまなざしの奥には、もう一つの冷たい眼が、遠くの方を凝視しているのでございます。愛の言葉をささやいてくれます、あの人の声音すら、なんとやらうつろで、器械仕掛けの声のようにも思われるのでございます。

でも、まさか、その愛情が最初からすべて偽りであったなどとは、当時の私には思いも及ばぬことでした。これはきっと、あの人の愛が私から離れてどこかの人に移りはじめたしるしではあるまいか、そんなふうに、疑ってみるのが、やっとだったのでございます。

疑いというものの癖として、一度そうしたきざしが現われますと、ちょうど夕立雲がひろがる時のような、恐ろしい早さでもって、相手の一挙一動、どんな微細な点までも、それが私の心一ぱいに、深い深い疑惑の雲となって、群がり立つのでございます。

あの時のお言葉の裏にはきっとこういう意味を含んでいたに違いない。いつやらのご不在は、あれはいったいどこへいらしったのであろう。こんなこともあった、あんなこともあった。疑い出しますと際限がなく、よく申す、足の下の地面が突然なくなって、そこへ大きなまっ暗な空洞がひらけて、果てしれぬ地獄へ吸い込まれて行く感じなのでございます。

ところが、それほどの疑惑にもかかわらず、私は、何一つ、疑い以上のハッキリしたものを摑《つか》むことはできないのでございました。門野が家をあけると申しましても、ごくわずかの間で、それがたいていは行き先が知れているのですし、日記帳だとか手紙類、写真までも、こっそり調べてみましても、あの人の心持を確かめ得るような跡は、少しも見つかりはしないのでございます。

ひょっとしたら、娘心のあさはかにも、根もないことを疑って、むだな苦労を求めているのではないかしら。幾度か、そんなふうに反省してみましても、一度根を張った疑惑は、どう解こうすべもなく、ともすれば、私の存在をさえ忘れ果てた形で、ぼんやりと一つ所を見つめて、物思いにふけっているあの人の姿を見るにつけ、やっぱり何かあるに違いない、きっときっと、それにきまっている。では、もしや、あれではないのかしら。

と言いますのは、門野はさっきから申しますように、非常に憂鬱なたちだものですから、自然引っ込み思案で、一間《ひとま》にとじこもって本を読んでいるような時間が多く、それも書斎では気が散っていけないと申し、裏に建っていました土蔵の二階へ上がって、幸いそこに先祖から伝わった古い書物がたくさん積んでありましたので、薄暗い所で、夜などは昔ながらの雪洞《ぼんぼり》をともして、一人ぼっちで書見をするのが、あの人のもっと若い時分からの、一つの楽しみになっていたのでございます。それが、私がまいってから半年ばかりというものは、忘れたように、土蔵のそばへ足ぶみもしなくなっていたのが、ついそのころになって、又しても、しげしげと土蔵へはいるようになってまいったのでございます。このことに何か意味がありはしないか。私はふとそこへ気がついたのでございました。

四

土蔵の二階で、書見をするというのは少し風変りとは申せ、別段とがむべきことでもなく、なんの怪しいわけもないと、一応はそう思うのですけれど、また考えなおせば、私としましては、できるだけ気をくばって、門野の一挙一動を監視もし、あの人の持ち物なども調べましたのに、なんの変ったところもなく、それで、一方ではあの抜けがらの愛情、うつろな眼、そして時には私の存在をすら忘れたかと見える物思いでございましょう。もう蔵の二階を疑いでもするほかには、なんのてだても残っていないのでございます。

それに妙なのは、あの人が蔵へ行きますのが、きまって夜ふけなことで、時には隣に寝ています私の寝息をうかがうようにして、こっそりと床の中をぬけ出して、お小用にでもいらっしったのかと思っていますと、そのまま長いあいだ帰っていらっしゃらない。縁側に出てみれば、土蔵の窓にぼんやりとあかりがついているのでございます。なんとなく凄いような、いうにいわれない感じに打たれることがしばしばなのでございます。

土蔵だけはお嫁入りの当時、一とまわり中を見せてもらいましたのと、時候の変り目に一、二度はいったばかりで、たとえ、そこへ門野がとじこもっていましても、まさか、蔵の中に私をうとうとしくする原因がひそんでいようとも考えられませんので、別段あとをつけてみたこともなく、従って蔵の二階だけが、これまで、私の監視をのがれていたのでございますが、それをすら、今は疑いの眼をもって見なければならなくなったのでございます。

お嫁入りをしましたのが春のなかば、夫に疑いをいだきはじめましたのがその秋のちょうど名月時分でございました。今でも不思議に覚えていますのは、門野が縁側に向こうむきにうずくまって、青白い月光に洗われながら、長いあいだじっと物思いにふけっていた、あのうしろ姿、それを見て、どういうわけか、妙に胸を打たれましたのが、あの疑惑のきっかけになったのでございます。

それから、やがてその疑いが深まって行き、ついには、あさましくも、門野のあとをつけて、土蔵の中へはいるまでになったのが、その秋の終りのことでございました。なんというはかない縁でありましょう。あのようにも私を有頂天にさせた夫の深い愛情が（先にも申す通り、それは決してほんとうの愛情ではなかったのですけれど）たった半年のあいだにさめてしまって、私は今度は玉手箱をあけた浦島太郎のように、生れてはじめての陶酔境から、ハッと眼覚めると、そこには恐ろしい疑惑と嫉妬《しっと》の無間《むげん》地獄が、口をあけて待っていたのでございます。

でも最初は、土蔵の中が怪しいなどとハッキリ考えていたわけではなく、疑惑に責められるまま、たった一人の時の夫の姿を垣間見《かいまみ》て、できるならば迷いを晴らしたい、どうかそこに私を安心させるようなものがあってくれますようにと祈りながら、一方ではそのような泥棒じみた行ないが恐ろしく、といって一度思い立ったことを、今さら中止するのはどうにも心残りなままに、ある晩のこと、袷《あわせ》一枚ではもう肌寒いくらいで、その頃まで庭に鳴きしきっていました秋の虫ども、いつか声をひそめ、それにちょうど闇夜《やみよ》で、庭下駄で土蔵への道々、空を眺めますと、星はきれいでしたけれど、それが非常に遠く感じられ、不思議に物淋《ものさび》しい晩のことでありましたが、私はとうとう土蔵へ忍びこんで、そこの二階にいるはずの夫の隙見を企てたのでございます。

もう母屋《おもや》では、ご両親をはじめ召使いたちも、とっくに床についておりました。田舎町の広い屋敷のことでございますから、まだ十時ごろというのに、シーンと静まり返って、蔵まで参りますのに、まっ暗な茂みを通るのが、こわいようでございました。その道が又、お天気でもじめじめしたような地面で、茂みの中には、大きなガマが住んでいて、グルル……グルル……と、いやな鳴き声さえ立てるのでございます。それをやっと辛抱して、蔵の中へたどりついても、そこも同じようにまっ暗で、樟脳《しょうのう》のほのかな薫りにまじって、冷たい、かび臭い、蔵特有の一種の匂《にお》いが、ゾーッと身を包むのでございます。

もし心の中に嫉妬の火が燃えていなかったら、十九の小娘にどうまああのようなまねができましょう。ほんとうに恋ほど恐ろしいものはございませんわね。

闇の中を手探りで、二階への階段まで近づき、そっと上をのぞいてみますと、暗いのも道理、梯子段《はしごだん》を登った所の落とし戸が、ピッタリ締まっているのでございます。

私は息を殺して、一段々々と音のせぬように注意しながら、やっとのことで梯子の上まで登り、ソッと落とし戸を押し試みてみましたが、門野の用心深いことには、上から締まりをして、ひらかぬようになっているではございませんか。ただ、ご本を読むのなら、何も錠までおろさなくてもと、そんなちょっとしたことまでが、気がかりの種になるのでございます。

どうしようかしら。ここを叩《たた》いてあけていただこうかしら。いやいや、この夜ふけに、そんなことをしたなら、はしたない心のうちを見すかされ、なおさら疎《うと》んじられはしないかしら。でも、このような、蛇の生殺しのような状態が、いつまでもつづくのだったら、とても私には耐えられない。いっそ思い切ってここをあけていただいて、母屋から離れた蔵の中を幸いに、今夜こそ、日頃の疑いを夫の前にさらけ出して、あの人のほんとうの心持を聞いてみようかしら。

などと、とつおいつ思いどまって、落とし戸の下にたたずんでいましたとき、ちょうどそのとき、実に恐ろしいことが起こったのでございます。

五

その晩、どうして私は蔵の中へなど参ったのでございましょう。夜ふけに蔵の二階で、何事があろうはずもないことは、常識で考えてもわかりそうなものですのに、ほんとうにばかばかしいような、疑心暗鬼から、ついそこへ参ったというのは、理窟《りくつ》では説明のできない、何かの感応があったのでございましょうか。俗にいう虫の知らせでもあったのでございましょうか。この世には、時々常識では判断のつかないような、意外なことが起こるものでございます。

そのとき、私は蔵の二階から、ひそひそばなしの声を、それも男女二人の話し声を、洩れ聞いたのでございました。男の声はいうまでもなく門野のでしたが、相手の女は一体全体何者でございましょうか。

まさかと思っていました私の疑いが、あまりに明らかな事実となって現われたのをみますと、世慣れぬ小娘の私は、ただもうハッとして、腹立たしいよりは恐ろしく、恐ろしさと、身も世もあらぬ悲しさに、ワッと泣き出したいのを、わずかに喰いしめて、瘧《おこり》のように身をおののかせながら、でも、そんなでいて、やっぱり上の話し声に聞き耳を立てないではいられなかったのでございます。

「このような逢う瀬《おうせ》をつづけていては、あたし、あなたの奥様にすみませんわね」

細々とした女の声は、それがあまりに低いために、ほとんど聞きとれぬほどでありましたが、聞こえぬところは想像でおぎなって、やっと意味を取ることができたのでございます。声の調子で察しますと、女は私よりは三つ四つ年かさで、しかし私のようにこんな太っちょうではなく、ほっそりとした、ちょうど泉鏡花《いずみきょうか》さんの小説に出てくるような、夢のように美しい方に違いないのでございます。

「私もそれを思わぬではないが」

と、門野の声がいうのでございます。

「いつもいって聞かせる通り、私はもうできるだけのことをして、あの京子を愛しようと努めたのだけれど、悲しいことには、それがやっぱりだめなのだ。若い時から馴染《なじみ》を重ねたお前のことが、どう思い返しても、思い返しても、私にはあきらめかねるのだ。京子にはお詫《わ》びのしようもないほどすまぬけれど、すまないすまないと思いながら、やっぱり、私はこうして、夜毎《よごと》にお前の顔を見ないではいられぬのだ。どうか私の切ない心のうちを察しておくれ」

門野の声ははっきりと、妙に切り口上に、せりふめいて、私の心に食い入るように響いてくるのでございます。

「嬉しうございます。あなたのような美しいかたに、あのご立派な奥様をさしおいて、それほどに思っていただくとは、私はまあ、なんという果報者でしょう。嬉しうございますわ」

そして、極度に鋭敏になった私の耳は、女が門野の膝《ひざ》にでももたれたらしいけはいを感じるのでございます。それから何かいまわしい衣《きぬ》ずれの音や、口づけの音までも。まあ御想像なすってくださいませ。私のその時の心持がどのようでございましたか。もし今の年でしたら、なんのかまうことがあるものですか、いきなり戸を叩き破ってでも、二人のそばへ駈《か》けこんで、恨みつらみのありったけを並べもしたでしょうけれど、何を申すにも、まだ小娘の当時では、とてもそのような勇気が出るものではございません。込み上げてくる悲しさを、袂《たもと》の端でじっと抑えて、おろおろと、その場を立ち去りもえせず、死ぬる思いをつづけたことでございます。

やがて、ハッと気がつきますと、ハタハタと、板の間を歩く音がして、誰かが落し戸の方へ近づいてまいるのでございます。今ここで顔を合わせては、私にしましても、あんまり恥かしいことですから、私は急いで梯子段を降りると、蔵のそとへ出て、その辺の暗闇へそっと身をひそめ、一つにはそうして女めの顔をよく見覚えてやりましょうと、恨みに燃える眼をみはったのでございます。

ガタガタと落とし戸をひらく音がして、パッと明かりがさし、雪洞《ぼんぼり》を片手に、それでも足音を忍ばせておりてきましたのは、まがうかたなき私の夫、そのあとにつづくやつめと、いきまいて待てど暮らせど、もうあの人は、蔵の大戸をガラガラと閉めて、私の隠れている前を通りすぎ、庭下駄の音が遠ざかって行ったのに、女は降りてくるけはいもないのでございます。

蔵のことゆえ一方口で、窓はあっても、皆金網が張りつめてありますので、ほかに出口はないはず。それが、こんなに待っても、戸のひらくけはいも見えぬのは、あまりといえば不思議なことでございます。だいいち、門野が、そんな大切な女を一人あとに残して、立ち去るわけもありません。これはもしや、長いあいだの企《たく》らみで、蔵のどこかに、秘密な抜け穴でもこしらえてあるのではなかろうか。

そう思えば、まっ暗な穴の中を、恋に狂った女が、男に逢《あ》いたさ一心で、怖さを忘れ、ゴソゴソと這《は》っている景色が、幻のように眼に浮かび、そのくら闇の中に一人でいるのが怖くなってまいりました。また夫が私のいないのを不審に思ってはと、それも気がかりなものですから、ともかくも、その晩は、それだけで、母屋の方へ引き返すことにいたしました。

六

それ以来、私は幾度闇夜の蔵へ忍んで行ったことでございましょう。そして、そこで、夫たちのさまざまの睦言《むつごと》を立ち聞きしては、どのように、身も世もあらぬ思いをしたことでございましょう。

そのたびごとに、どうかして相手の女を見てやりましょうと、いろいろに苦心をしたのですけれど、いつも最初の晩の通り、蔵から出てくるのは夫の門野だけで、女の姿なぞはチラリとも見えはしないのでございます。

ある時はマッチを用意して行きまして、夫が立ち去るのを見すまし、ソッと蔵の二階へ上がって、マッチの光でその辺を探しまわったこともありましたが、どこへ隠れる暇もないのに、女の姿はもう影もささぬのでございます。

またある時は、夫の隙をうかがって、昼間、蔵の中へ忍び込み、隅から隅をのぞきまわって、もしや抜け道でもありはしないか、又ひょっとして、窓の金網でも破れてはいないかと、さまざまに調べてみたのですけれど、蔵の中には、鼠《ねずみ》一匹逃げ出す隙間も見当たらぬのでございました。

なんという不思議でございましょう。それを確かめますと、私はもう、悲しさ口惜しさよりも、いうにいわれぬ無気味さに、思わずゾッとしないではいられませんでした。そうしてその翌晩になれば、どこから忍んで参るのか、やっぱり、いつもの艶《なま》めかしいささやき声が、夫との睦言を繰り返し、又幽霊のように、いずことも知れず消え去ってしまうのでございます。

もしや何かの生霊《いきりょう》が、門野に魅入っているのではないでしょうか。生来憂鬱で、どことなく普通の人と違ったところのある、蛇を思わせるような門野には（それゆえに又、私はあれほども、あの人に魅せられていたのかもしれません）そうした生霊というような異形のものが、魅入りやすいのではありますまいか。などと考えますと、はては、門野自身が、何かこう魔性のものにさえ見え出して、なんとも形容のできない、変な気持になってまいるのでございます。

いっそのこと、里へ帰って、一部始終を話そうか。それとも、門野の親御さまたちに、このことをお知らせしようか。私はあまりの怖さ無気味さに幾たびかそれを決心しかけたのですけれど、でも、まるで雲をつかむような、怪談めいた事柄を、うかつに言い出しては、頭から笑われそうで、かえって恥をかくようなことがあってはならぬと、娘心にもやっとこらえて、一日二日は、その決心を延ばしていたのでございますわね。考えてみますと、その時分から、私はずいぶんきかん坊でもあったのでございます。

そして、ある晩のことでございました。私はふと妙なことに気づいたのでございます。それは、蔵の二階で門野たちのいつもの逢う瀬がすみまして、門野がいざ二階を降りるという時に、パタンと軽く、何かの蓋《ふた》のしまる音がして、それからカチカチと錠前でもおろすらしいけはいがしたのでございます。よく考えてみれば、この物音は、ごくかすかではありましたが、いつの晩にも必ず聞いたように思われるのでございます。

蔵の二階でそのような音を立てるものは、そこに幾つも並んでいます長持のほかにはありません。さては相手の女は長持の中に隠れているのではないかしら。生きた人間ならば、食事もとらなければならず、第一、息苦しい長持の中に、そんな長いあいだ忍んでいられよう道理はないはずですけれど、なぜか、私には、それがもう間違いのない事実のように思われてくるのでございます。

そこへ気がつきますと、もう、じっとしてはいられません。どうかして、長持の鍵《かぎ》を盗み出して、長持の蓋をあけて、相手の女めを見てやらないでは気がすまぬ。なあに、いざとなったら、喰いついてでも、ひっ掻《か》いてでも、あんな女に負けてなるものか。もうその女が長持の中に隠れているときまりでもしたように、私は歯ぎしりを噛《か》んで、夜の明けるのを待ったものでございます。

その翌日、門野の手文庫から鍵を盗み出すことは、案外やすやすと成功いたしました。その時分には私はもうまるで夢中ではありましたけれど、それでも、十九の小娘にしましては、身にあまる大仕事でございました。それまでとても、眠られぬ夜がつづき、さぞかし顔色も青ざめ、からだも痩《や》せ細っていたことでありましょう。幸いご両親とは離れた部屋に起き伏ししていましたのと、夫の門野は、あの人自身のことで夢中になっていましたのとで、その半月ばかりのあいだを、怪しまれもせずすごすことができたのでございましょう。

さて、鍵を持って、昼間でも薄暗い、冷たい土の匂いのする、土蔵の中へ忍び込んだときの気持、それがまあ、どんなでございましたか。よくまああのようなまねができたものだと、今思えば、いっそ不思議な気もするのでございます。

ところが鍵を盗み出す前でしたか、それとも蔵の二階へ上がりながらでありましたか、千々《ちぢ》に乱れる心の中で、私はふと滑稽《こっけい》なことを考えたものでございます。どうでもよいことではありますけれど、ついでに申し上げておきましょうか。それは、先日からのあの話し声は、もしや門野が独りで、声色を使っていたのではないかという疑いでございました。まるで落とし話のような想像ではありますが、例えば小説を書きますためとか、お芝居を演じますためとかに、人に聞こえない蔵の二階で、そっとせりふのやり取りを稽古していらっしゃるのではあるまいか、そして、長持の中には女なぞではなくて、ひょっとしたら、芝居の衣裳でも隠してあるのではないかという、途方もない疑いでございました。

ホホホホホ、私はのぼせ上がっていたのでございますわね。意識が混乱して、ふとそのような、わが身に都合のよい妄想が浮かび上がるほど、それほど私の頭は乱れきっていたのでございました。なぜと申して、あの睦言の意味を考えましても、そのようなばかばかしい声色を使う人が、どこの世界にあるものでございますか。

七

門野家は町でも知られた旧家だものですから、蔵の二階には、先祖以来のさまざまの古めかしい品々が、まるで骨董屋《こっとうや》の店先のように並んでいるのでございます。三方の壁には今申す丹《に》塗《ぬ》りの長持が、ズラリと並び、一方の隅には、昔風の縦に長い本箱が、五つ六つ、その上には、本箱にはいりきらぬ黄表紙、青表紙が、虫の食った背中を見せて、ほこりまみれに積み重ねてあります。棚の上には、古びた軸物の箱だとか、大きな紋のついた両掛け、葛籠《つづら》の類、古めかしい陶器類、それらにまじって、異様に眼を惹《ひ》きますのは、鉄漿《おはぐろ》の道具だという巨大なお椀《わん》のような塗り物、塗り盥《たらい》、それには皆、年数がたって赤くなっていますけれど、一々金紋が蒔絵《まきえ》になっているのでございます。

それから一ばん無気味なのは、階段を上がったすぐの所に、まるで生きた人間のように鎧櫃《よろいびつ》の上に腰かけている、二つの飾り具足、一つは黒糸縅《くろいとおどし》のいかめしいので、もう一つあれが緋縅《ひおどし》と申すのでしょうか、黒ずんで、ところどころ糸が切れてはいましたけれど、それが昔は、火のように燃えて、さぞかし立派なものだったのでしょう、兜《かぶと》もちゃんと頂いて、それに鼻から下を覆《おお》う、あの恐ろしい鉄の面までも揃っているのでございます。

昼でも薄暗い蔵の中で、それをじっと見ていますと、今にも籠手《こて》、脛当《すねあ》てが動き出して、ちょうど頭の上に懸けてある、大身の槍《やり》を取るかとも思われ、いきなりキャッと叫んで、逃げ出したい気持さえいたすのでございます。

小さな窓から、金網を越して、淡い秋の光がさしてはいますけれど、その窓があまりに小さいため、蔵の中は、隅の方になると、夜のように暗く、そこに蒔絵だとか、金具だとかいうものだけが、魑魅魍魎《ちみもうりょう》の眼のように、怪しく、鈍く、光っているのでございます。その中で、あの生霊の妄想を思い出しでもしようものなら、女の身で、どうまあ辛抱ができましょう。その怖さ恐ろしさを、やっとこらえて、ともかくも、長持をひらくことができましたのは、やっぱり、恋という曲者《くせもの》の強い力でございましょうね。

まさかそんなことがと思いながら、でもなんとなく薄気味わるくて、一つ一つ長持の蓋をひらく時には、からだじゅうから冷たいものがにじみ出し、ハッと息も止まる思いでございました。ところが、その蓋を持ち上げて、まるで棺桶《かんおけ》の中でも覗《のぞ》く気で、思いきって、グッと首を入れてみますと、予期していました通り、或《あ》るいは予期に反して、どれもこれも古めかしい衣類だとか、夜具、美しい文庫類などがはいっているばかりで、なんの疑わしいものも出てはこないのでございます。でも、あのきまったように聞こえてきた、蓋のしまる音は、錠前のおりる音は、一体なにを意味するのでありましょう。おかしい、おかしいと思いながら、ふと眼にとまったのは、最後にひらいた長持の中に、幾つかの白木の箱がつみ重なっていて、その表に、床《ゆか》しいお家流で「お雛様《ひなさま》」だとか「五人囃子《ばやし》」だとか「三人上戸《さんにんじょうご》」だとか、書きしるしてある雛人形の箱でございました。私は、どこにも恐ろしいものがいないことを確かめて、いくらか安心していたのでもありましょう、その際ながら、女らしい好奇心から、ふとそれらの箱をあけて見る気になったものでございます。

一つ一つそとに取り出して、これがお雛様、これが左近の桜、右近の橘《たちばな》と、見て行くに従って、そこに、樟脳の匂いと一緒に、なんとも古めかしく、物懐《ものなつ》かしい気持がただよって、昔もののきめこまやかな人形の肌が、いつとなく、私を夢の国へ誘って行くのでございました。

私はそうして、しばらくのあいだは、雛人形で夢中になっていましたが、やがてふと気がつきますと、長持の一方のがわに、ほかのと違って、三尺以上もあるような長方形の白木の箱が、さも貴重品といった感じで、置かれてあるのでございます。その表には、同じくお家流で「拝領」としるされてあります。なんであろうと、そっと取り出して、それをひらいて中の物を一と眼見ますと、ハッと何かの気に打たれて、私は思わず顔をそむけたのでございます。

そして、その瞬間に、霊感というのはああした場合を申すのでございましょうね、数日来の疑いが、もう、すっかり解けてしまったのでございます。

八

それほど私を驚かせたものが、ただ一個の人形にすぎなかったと申せば、あなたはきっと「なあんだ」とお笑いなさるかもしれません。ですが、それは、あなたが、まだほんとうの人形というものを、昔の人形師の名人が精根を尽くして、こしらえ上げた芸術品を、御存知ないからでございます。

あなたはもし、博物館の片隅なぞで、ふと古めかしい人形に出あって、そのあまりの生々《なまなま》しさに、なんとも知れぬ戦慄《せんりつ》をば感じなすったことはないでしょうか。それがもし女児人形や稚児《ちご》人形であった時には、それの持つ、この世のほかの夢のような魅力に、びっくりなすったことはないでしょうか。あなたはおみやげ人形といわれるもののの、不思議な凄味を御存知でいらっしゃいましょうか。或いはまた、往昔、衆道《しゅどう》の盛んでございました時分、好き者《しゃ》たちが、なじみの色若衆の似顔人形を刻ませて、日夜愛撫したという、あの奇態な事実を御存知でいらっしゃいましょうか。

いいえ、そのような遠いことを申さずとも、例えば、文楽の浄瑠璃《じょうるり》人形にまつわる不思議な伝説、近代の名人安本亀八《やすもとかめはち》の生人形《いきにんぎょう》なぞをご承知でございましたなら、私がその時、ただ一個の人形を見て、あのように驚いた心持を、充分お察しくださることができると存じます。

私が長持の中で見つけました人形は、後になって門野のお父さまに、そっとお尋ねして知ったのでございますが、殿様から拝領の品とかで、安政の頃の名人人形師立木《たちき》と申す人の作と申すことでございます。俗に京人形と呼ばれておりますけれど、実は浮世人形とやらいうものなそうで、身のたけ三尺あまり、十歳ばかりの小児の大きさで、手足も完全にでき、頭には昔風の島田を結い、昔染めの大柄友染が着せてあるのでございます。

これも後に伺ったのですけれど、それが立木という人形師の作風なのだそうで、そんな昔のできにもかかわらず、その娘人形は、不思議と近代的な顔をしているのでございます。

まっ赤に充血して何かを求めているような、厚味のある唇、唇の両脇《わき》で二段になった豊頬《ほうきょう》、物言いたげにパッチリひらいた二重瞼《まぶた》、その上に鷹揚《おうよう》に頬笑んでいる濃い眉《まゆ》、そして何よりも不思議なのは、羽二重で紅綿を包んだように、ほんのりと色づいている、微妙な耳の魅力でございました。

その花やかな、情慾《じょうよく》的な顔が、時代のために幾ぶん色があせて、唇のほかは妙に青ざめ、手垢《てあか》がついたものか、滑らかな肌がヌメヌメと汗ばんで、それゆえに、一そう悩ましく、艶めかしく見えるのでございます。

薄暗く、樟脳臭い土蔵の中で、その人形を見ました時には、ふっくらと恰好《かっこう》よくふくらんだ乳のあたりが、呼吸をして、今にも唇がほころびそうで、そのあまりの生々しさに、私はハッと身震いしたほどでございました。

まあ、なんということでございましょう、私の夫は、命のない、冷たい人形を恋していたのでございます。この人形の不思議な魅力を見ましては、もう、そのほかに謎《なぞ》の解きようはありません。人嫌いな夫の性質、蔵の中の睦言、長持の蓋のしまる音、姿を見せぬ相手の女、いろいろの点を考え合わせて、その女と申すのは、実はこの人形であったと解釈するほかはないのでございます。

これは後になって、二、三の方から伺ったことを、寄せ集めて、想像しているのでございますが、門野は生れながらに夢見勝ちな、不思議な性癖を持っていて、人間の女を恋する前に、ふとしたことから、長持の中の人形を発見して、それの持つ強い魅力に魂を奪われてしまったのでございましょう。

あの人は、ずっと最初から、蔵の中で本なぞ読んではいなかったのでございます。あるかたから伺いますと、人間が人形とか仏像とかに恋したためしは、昔から決して少なくはないと申します。不幸にも私の夫がそうした男で、さらに不幸なことには、その夫の家に偶然稀代《きたい》の名作人形が保存されていたのでございます。

人でなしの恋、この世のほかの恋でございます。そのような恋をするものは、一方では、生きた人間では味わうことのできない、悪夢のような、或いは又おとぎ話のような、不思議な歓楽に魂をしびらせながら、しかし又一方では、絶え間なき罪の呵責《かしやく》に責められて、どうかしてその地獄を逃れたいと、あせりもがくのでございます。門野が私を娶《めと》ったのも、無我夢中に私を愛しようと努めたのも、皆そのはかない苦悶《くもん》の跡にすぎぬのではないでしょうか。

そう思えば、あの睦言の「京子にすまぬ云々《うんぬん》」という言葉の意味も解けてくるのでございます。夫が人形のために女の声色を使っていたことも、疑う余地はありません。ああ、私は、なんという月日のもとに生れた女でございましょう。

九

さて私の懺悔《ざんげ》話と申しますのは、実はこれからあとの、恐ろしい出来事についてでございます。長々とつまらないおしゃべりをしました上に、「まだつづきがあるのか」

と、さぞ、うんざりなさいましょうが、いいえ、御心配には及びません。その要点と申しますのは、ほんのわずかな時間で、すっかりお話しできることなのでございますから。

びっくりなすってはいけません。その恐ろしい出来事と申しますのは、実はこの私が人殺しの罪を犯したお話でございます。

そのような大罪人が、どうして処罰をも受けないで安穏に暮らしているかと申しますと、その人殺しは私自身直接に手を下したわけではなく、いわば、間接の罪なのですから、たとえあのとき、私がすべてを自白していましても、罪を受けるほどのことはなかったのでございます。

とはいえ、法律上の罪はなくとも、私は明らかにあの人を死に導いた下手人でございます。それを、娘心のあさはかにも、一時の恐れにとりのぼせて、つい白状しないですごしましたことは、返す返すも申しわけなく、それ以来ずっと今日まで、私は一夜としてやすらかに眠ったことはありません。今こうして懺悔話をいたしますのも、亡《な》き夫への、せめてもの罪亡《ほろ》ぼしでございます。

しかし、その当時の私は、恋に眼がくらんでいたのでございましょう。私の恋敵《こいがたき》が、相手もあろうに生きた人間ではなくて、いかに名作とはいえ、冷たい一個の人形だとわかりますと、そんな無生の泥人形に見替えられたかと、もう口惜しくて、口惜しいよりは畜生道の夫の心があさましく、もしこのような人形がなかったなら、こんなことにもなるまいと、はては立木という人形師さえうらめしく思われるのでございました。

ええ、ままよこの人形めの、なまめかしいしゃっ面《つら》を、叩きのめして、手足を引きちぎってしまったなら、門野とて、まさか相手のない恋もできはすまい。そう思うと、もう一刻も猶予《ゆうよ》がならず、その晩、念のために、もう一度夫と人形との逢う瀬を確かめた上、翌早朝、蔵の二階へ駈け上がって、とうとう人形をめちゃめちゃに引っちぎり、眼も鼻も口もわからぬように叩きつぶしてしまったのでございます。こうしておいて、夫のそぶりを注意すれば、まさかそんなはずはないのですけれど、私の想像が間違っていたかどうかわかるわけなのでございます。

そうして、ちょうど人間の轢死人《れきしにん》のように、人形の首、胴、手足とばらばらになって、きのうに変る醜いむくろをさらしているのを見ますと、私はやっと胸をさすることができたのでございます。

十

その夜、何も知らぬ門野は、又しても私の寝息をうかがいながら、雪洞《ぼんぼり》をつけて、縁外の闇へと消えました。申すまでもなく人形との逢う瀬を急ぐのでございます。私は眠ったふりをしながら、そっとそのうしろ姿を見送って、一応は小気味のよいような、しかし又なんとなく悲しいような、不思議な感情を味わったことでございます。

人形の死骸《しがい》を発見したとき、あの人はどのような態度を示すでしょう。異常な恋の恥かしさに、そっと人形のむくろを取り片づけて、そ知らぬふりをしているか、それとも、下手人を探し出して、おこりつけるか、怒《いか》りのあまり叩かれようと、どなられようと、もしそうであったなら、私はどんなに嬉《うれ》しかろう。門野がおこるからには、あの人は人形と恋なぞしていなかったしるしなのですもの。私はもう気もそぞろに、じっと耳をすまして、土蔵の中のけはいをうかがったのでございます。

そうして、どれほど待ったことでしょう。待っても待っても、夫は帰ってこないのでございます。壊れた人形を見た上は、蔵の中になんの用事もないはずのあの人が、もういつもほどの時間もたったのに、なぜ帰ってこないのでしょう。もしかしたら、相手はやっぱり人形ではなくて、生きた人間だったのでしょうか。それを思うと気が気でなく、私はもう辛抱がしきれなくて、床から起き上がりますと、もう一つの雪洞《ぼんぼり》を用意して、闇のしげみを蔵の方へと走るのでございました。

蔵の梯子段を駈け上がりながら、見れば、例の落とし戸は、いつになくひらいたまま、それでも上には雪洞がともっているとみえ、赤茶けた光が、階段の下までも、ぼんやり照らしております。ある予感にハッと胸を躍らせて、一と飛びに階上へ飛び上がって、「旦那《だんな》さま」と叫びながら、雪洞のあかりにすかしてみますと、ああ、私の不吉な予感は的中したのでございました。

そこには夫のと、人形のと、二つのむくろが折り重なって、板の間は血潮の海、二人のそばに家重代の名刀が、血を啜《すす》ってころがっていたのでございます。人間と土くれとの情死、それが滑稽に見えるどころか、なんともしれぬ厳粛なものが、サーッと私の胸を引きしめて、声も出ず涙も出ず、ただもう茫然《ぼうぜん》と、そこに立ちつくすほかはないのでございました。

見れば、私に叩きひしがれて、なかば残った人形の唇から、さも人形自身が血を吐いたかのように、血潮の筋が一としずく、その首を抱いた夫の腕の上にタラリと垂れて、そして人形は、断末魔の無気味な笑いを笑っているのでございました。

白昼夢

あれは、白昼の悪夢であったか、それとも現実の出来事であったか。

晩春の生暖かい風が、オドロオドロと、ほてった頰に感ぜられる、むし暑い日の午後であった。

用事があって通ったのか、散歩のみちすがらであったのか、それさえぼんやりとして思いだせぬけれど、私は、ある場末《ばすえ》の、見るかぎりどこまでも、どこまでも、まっすぐにつづいている、広い、ほこりっぽい大通りを歩いていた。

洗いざらした単衣物《ひとえもの》のように白茶けた商家が、だまって軒《のき》を並べていた。三尺のショーウインドーに、ほこりでだんだら染めにした小学生の運動シャツが下がっていたり、碁盤のように仕切った薄っぺらな木箱の中に、赤や黄や白や茶色などの、砂のような種物《たねもの》を入れたのが、店一杯に並んでいたり、狭い薄暗い家じゅうが、天井からどこから、自転車のフレームやタイヤで充満していたり、そして、それらの殺風景な家々のあいだにはさまって、細い格子戸《こうしど》の奥にすすけた御神燈《ごしんとう》の下がった二階家が、そんなに両方から押しつけちゃ厭《いや》だわという恰好《かっこう》をして、ボロンボロンと猥褻《わいせつ》な三味線の音を洩《も》らしていたりした。

「アップク、チキリキ、アッパッパア……アッパッパア……」

お下げを埃《ほこり》でお化粧した女の子たちが、道のまん中に輪を作って歌っていた。アッパッパアアア……という涙ぐましい旋律が、霞《かす》んだ春の空へのんびりと蒸発して行った。

男の子らは縄飛びをして遊んでいた。長い縄のつるが、ねばり強く地をたたいては、空に上がった。田舎縞《いなかじま》の前をはだけた一人の子が、ピョイピョイと飛んでいた。その光景は、高速度撮影の映画のように、いかにも悠長に見えた。

時々、重い荷馬車がゴロゴロと、道路や家々を震動させて私を追い越した。

ふと私は、行く手に当たって何かが起こっているのを知った。十四、五人のおとなや子供が、道ばたに不規則な半円を描いて立ち止まっていた。

それらの人々の顔には、みな一種の笑いが浮かんでいた。笑劇を見ている人の笑いが浮かんでいた。ある者は大口をあいてゲラゲラ笑っていた。

好奇心が、私をそこへ近づかせた。

近づくにしたがって、大勢の笑顔と際立《きわだ》った対照を示している一つのまじめくさった顔を発見した。その青ざめた顔は、口をとがらせて、何事か熱心に弁じ立てていた。

香具師《やし》の口上にしてはあまりに熱心すぎた。宗教家の辻説法《つじせっぽう》にしては見物の態度が不謹慎だった。いったい、これは何事がはじまっているのだ。

私は知らず知らず半円の群集にまじって、聴聞者《ちょうもんしゃ》の一人となっていた。

演説者は、青っぽいくすんだ色のセルに、黄色の角帯をキチンと締めた、風采《ふうさい》のよい、見たところ相当教養もありそうな四十男であった。かつらのように綺麗《きれい》に光らせた頭髪の下に、中高《なかだか》のらっきょう形の青ざめた顔、細い眼、立派な口ひげで隈《くま》どったまっ赤な唇、その唇が不作法につばきを飛ばしてパクパク動いているのだ。汗をかいた高い鼻、そして、着物の裾《すそ》からは、砂ほこりにまみれたはだしの足が覗《のぞ》いていた。

「……おれはどんなにおれの女房を愛していたか」

演説は今や高調に達しているらしく見えた。男は無量の感慨をこめてこう言ったまま、しばらく見物たちの顔から顔を見まわしていたが、やがて、自問に答えるようにつづけた。

「殺すほど愛していたのだ！」

「……悲しいかな、あの女は浮気者だった」

ドッと見物のあいだに笑い声が起こったので、その次の「いつほかの男とくッつくかもしれなかった」という言葉はあぶなく聞き洩らすところだった。

「いや、もうとっくにくッついていたかもしれないのだ」

そこで又、前にもました高笑いが起こった。

「おれは心配で心配で」彼はそういって歌舞伎《かぶき》役者のように首を振って、「商売も手につかなんだ。おれは毎晩寝床の中で女房に頼んだ。手をあわせて頼んだ」笑い声、「どうか誓ってくれ。おれよりほかの男には心を移さないと誓ってくれ……しかし、あの女はどうしても私の頼みを聞いてはくれない。まるで商売人のような巧みな嬌態《きょうたい》で、手練手管《てれんてくだ》で、その場その場をごまかすばかりです。だが、それが、その手練手管が、どんなに私を惹《ひ》きつけたか……」

誰かが「ようよう、ご馳走《ちそう》さまっ」と叫んだ。そして、笑い声。

「みなさん」男はそんな半畳などを無視してつづけた。

「あなた方が、もし私の境遇にあったら、いったいどうしますか。これが殺さないでいられましょうか！

……あの女は耳隠しがよく似合いました。自分で上手に結《ゆ》うのです……鏡台の前に坐《すわ》っていました。結い上げたところです。綺麗にお化粧した顔が私の方をふり向いて、赤い唇でニッコリ笑いました」

男はここで一つ肩をゆすり上げて見えを切った。濃い眉《まゆ》が両方から迫って凄《すご》い表情に変った。赤い唇が気味わるくヒン曲った。

「……おれは今だと思った。この好もしい姿を永久におれのものにしてしまうのは今だと思った。

用意していた千枚通しを、あの女の匂《にお》やかな襟足へ力まかせにたたき込んだ。笑顔の消えぬうちに、大きい糸切歯が唇から覗いたまんま……死んでしまった」

にぎやかな広告の楽隊が通り過ぎた。大ラッパが頓狂《とんきょう》な音を出した。「ここはお国を何百里、離れて遠き満州の」子供らが節に合わせて歌いながら、ゾロゾロとついて行った。

「諸君、あれはおれのことを触れまわっているのだ。真柄太郎は人殺しだ、人殺しだ、そういって触れまわっているのだ」

また笑い声が起こった。楽隊の太鼓の音だけが、男の演説の伴奏でもあるように、いつまでも、いつまでも聞こえていた。

「……おれは女房の死骸《しがい》を五つに切り離した。いいかね、胴が一つ、手が二本、足が二本、これでつまり五つだ……惜しかったけれど仕方がない……よく肥《ふと》ったまっ白な足だ……あなた方はあの水の音を聞かなかったですか」男は俄《にわ》かに声を低めて言った。首を前につき出し眼をキョロキョロさせながら、さも一大事を打ち明けるのだといわぬばかりに、「三七二十一日のあいだ、私の家の水道はザーザーとあけっぱなしにしてあったのですよ。五つに切った女房の死体をね、四斗樽《しとだる》の中へ入れて、冷していたのですよ。これがね、みなさん」

ここで彼の声は聞こえないくらいに低められた。

「秘訣《ひけつ》なんだよ。秘訣なんだよ。死骸を腐らせない……屍蠟《しろう》というものになるんだ」

「屍蠟……」。ある医書の「屍蠟」の項が、私の眼の前にその著者の黴《かび》くさい絵姿と共に浮かんできた。一体全体、この男は何を言おうとしているのだ。なんともしれぬ恐怖が、私の心臓を風船玉のように軽くした。

「……女房の脂《あぶら》ぎった白い胴体や手足が、可愛《かわい》い蠟細工になってしまった」

「ハハハハハ、おきまりをいってらあ。お前それを、きのうから何度おさらいするんだい」

誰かが不作法に呶鳴《どな》った。

「オイ、諸君」男の調子がいきなり大声に変った。「おれがこれほどいうのがわからんのか。君たちはおれの女房は家出をしたと信じきっているだろう。ところがな、オイ、よく聞け、あの女はこのおれが殺したんだぞ。どうだ、びっくりしたか。ワハハハハ」

……断ち切ったように笑い声がやんだかと思うと、一瞬間もとのきまじめな顔が戻ってきた。男はまた、ささやき声ではじめた。

「それでもう、女はほんとうに私のものになりきってしまったのです。ちっとも心配はいらないのです。キッスのしたい時にキッスができます。抱きしめたい時には抱きしめることもできます。私はもう、これで本望ですよ。……だがね、用心しないとあぶない。私は人殺しなんだからね。いつおまわりに見つかるかもしれない。そこで、おれはうまいことを考えてあったのだよ。隠し場所をね……おまわりだろうが刑事だろうが、こいつにはお気がつくまい。ほら、君、見てごらん。その死骸はちゃんとおれの店先に飾ってあるのだよ」

男の眼が私を見た。私はハッとして後を振り向いた。今の今まで気のつかなかったすぐ鼻の先に、白いズックの日覆《ひおお》い……「ドラッグ」……「請合薬」……見覚えのある丸ゴシックの書体、そして、その奥のガラス張りの中の人体模型、その男は、何々ドラッグという商号を持った、薬屋の主人であった。

「ね、いるでしょう。もっとよく私の可愛い女を見てやってください」

何がそうさせたのか。私はいつの間にか日覆いの中へはいっていた。

私の眼の前のガラス箱の中に女の顔があった。彼女は糸切歯をむき出してニッコリ笑っていた。いまわしい蠟細工の腫物《はれもの》の奥に、真実の人間の皮膚が黒ずんで見えた。作り物でない証拠には、一面にうぶ毛がはえていた。

スーッと心臓が喉《のど》のところへ飛び上がった。私は倒れそうになるからだを、危うくささえて日覆いからのがれ出した。そして、男に見つからないように注意しながら、群集のそばを離れた。

……ふり返って見ると、群集のうしろに一人の警官が立っていた。彼もまた、他の人たちと同じようにニコニコ笑いながら、男の演説を聞いていた。

「何を笑っているのです。君は職務の手前それでいいのですか。あの男のいっていることがわかりませんか。嘘《うそ》だと思うなら、その日覆いの中へはいってごらんなさい。東京の町のまん中で、人間の死骸がさらしものになっているじゃありませんか」

無神経な警官の肩をたたいて、こう告げてやろうかと思った。けれど、私にはそれを実行するだけの気力がなかった。私は眩暈《めまい》を感じながらヒョロヒョロと歩き出した。

行く手には、どこまでもどこまでも果てしのない、白い大道がつづいていた。陽炎《かげろう》が、立ち並ぶ電柱を海草のようにゆすっていた。

踊る一寸法師

「オイ、緑《ろく》さん、何をぼんやりしているんだな。ここへ来て、お前も一杯お相伴《しょうばん》にあずかんねえ」

肉襦袢《にくじゅばん》の上に、紫繻子《じゅす》に金糸でふち取りをした猿股《さるまた》をはいた男が、鏡を抜いた酒樽《さかだる》の前に立ちはだかって、妙にやさしい声で言った。

その調子が、なんとなく意味ありげだったので、酒に気をとられていた一座の男女が、一斉に緑《ろく》さんの方を見た。

舞台の隅の、丸太の柱によりかかって遠くの方から同僚たちの酒宴の様子を眺めていた一寸法師の緑《ろく》さんは、そういわれると、いつもの通り、さもさも好人物らしく、大きく口を曲げて、ニヤニヤと笑った。

「おら、酒はだめなんだよ」

それを聞くと、少し酔いの廻った軽業師たちは、面白そうに声を出して笑った。男たちの塩辛声と、肥《ふと》った女どものかんだかい声とが、広いテント張りの中に反響した。

「お前の下戸はいわなくたってわかってるよ。だが、きょうは特別じゃねえか。大当たりのお祝いだ。なんぼ片輪者だって、そう、つき合いをわるくするもんじゃねえ」

紫繻子の猿股が、もう一度やさしく繰り返した。色の黒い唇の厚い、四十かっこうの頑丈な男だ。

「おらあ、酒はだめなんだよ」

やっぱりニヤニヤ笑いながら、一寸法師が答えた。十一、二才の子供の胴体に、三十男の顔をくっつけたような怪物だ。頭の鉢が福助のようにひらいて、らっきょう型の顔には、クモが足をひろげたような深いしわと、ギョロリとした大きな眼と、丸い鼻と、笑う時には耳までさけるのではないかと思われる大きな口と、そして、鼻の下の薄黒い不精ひげとが、不調和についていた。青白い顔に唇だけは妙にまっ赤だった。

「緑《ろく》さん、わたしのお酌なら、受けてくれるわね」

美人玉乗りのお花が、酒のために赤くほてった顔に、微笑を浮かべて、さも自信ありげに口を入れた。

村じゅうの評判になったこのお花の名前は、わたしも覚えていた。

一寸法師は、お花に正面から見つめられて、ちょっとたじろいだ。彼の顔には一刹《せつ》那《な》不思議な表情が現われた。あれが怪物の羞恥《しゅうち》であろうか。しかし、しばらくもじもじしたあとで、彼はやっぱり同じことを繰り返した。

「おらあ、酒はだめなんだよ」

顔は相変わらず笑っていたが、それは喉《のど》にひっかかったような、低い声だった。

「そういわないで、まあ一杯やんなよ」

紫繻子の猿股は、ノコノコ歩いて行って、一寸法師の手を取った。

「さあ、こうしたら、もう逃がしっこないぞ」

彼はそういって、グングンその手を引っぱった。

巧みな道化役者にも似合わない、豆蔵の緑さんは、十八娘のように無気味な嬌羞《きょうしゅう》を示して、そこの柱につかまったまま動こうともしない。

「よせったら、よせったら」

それを無理に、紫繻子が引っ張るので、そのたびに、つかまっている柱がしなって、テント張りの小屋全体が、大風のようにゆれ、アセチリン瓦斯《ガス》ランプが、ぶらんこのように動いた。

わたしはなんとなく気味がわるかった。執拗《しつよう》に丸太の柱につかまっている一寸法師とそれをまた、いこじに引きはなそうとしている紫繻子、その光景に一種無気味な前兆が感じられた。

「花ちゃん、豆蔵のことなぞどうだっていいから、さあ、一つお歌いよ。ねえ。お囃《はや》しさん」

　気がつくと、わたしのすぐそばで、八字ひげをはやして、そのくせ妙ににやけた口をきく、手品使いの男が、しきりとお花にすすめていた。新米らしいお囃しのおばさんは、これもやっぱり酔っぱらっていて、猥褻《わいせつ》に笑いながら、調子を合わせた。

「お花さん、歌うといいわ。騒ぎましょうよ」

「よし、おれが騒ぎ道具を持ってこよう」

　若い軽業師が、彼も肉襦袢一枚で、いきなり立ち上がって、まだ争っている一寸法師と、紫繻子のそばを通り越して、丸太を組み合わせて作った二階の楽屋へ走って行った。

　その楽器のくるのを待たないで、八字ひげの手品使いは、酒樽のふちをたたきながら、胴間声をはり上げて、三曲万歳《まんざい》を歌い出した。玉乗り娘の二、三が、ふざけた声で、それに合わせた。そういう場合、いつも槍玉《やりだま》に上がるのは一寸法師の緑さんだった。下品な調子で彼を読み込んだ万歳節が次から次へと歌われた。

　てんでんに話し合ったり、ふざけ合っていた連中が、だんだんその歌の調子に引き入れられて、ついに全員の合唱となった。気がつかぬ間に、さっきの若い軽業師が持ってきたのであろう、三味線、太鼓、鉦《かね》、拍子木などの伴奏がはいっていた。耳を聾《ろう》せんばかりの、不思議な一大交響楽が、テントをゆるがして、歌詞の句切り句切りには、恐ろしい怒号と拍手が起こった。男も女も、酔いが廻るにつれて狂的にはしゃぎまわった。

その中で、一寸法師と紫繻子は、まだ争いつづけていた。緑さんはもう丸太を離れて、エヘエヘ笑いながら、小猿のように逃げまわっていた。そうなると彼はなかなか敏捷《びんしょう》だった。大男の紫繻子は、低能の一寸法師にばかにされて、少々癇癪《かんしゃく》を起こしていた。

「この豆蔵め、今に、吠《ほ》え面《づら》かくな」

彼はそんな威嚇《いかく》の言葉をどなりながら追っかけた。

「ごめんよ、ごめんよ」

三十面《づら》の一寸法師は、小学生のように、真剣に逃げまわっていた。彼は紫繻子にとっつかまって、酒樽の中へ首を押しつけられるのが、どんなにか恐ろしかったのであろう。

その光景は、不思議にもわたしにカルメンの殺し場を思い出させた、闘牛場から聞こえてくる、狂暴な音楽と喊声《かんせい》につれて、追いつ追われつしているホセとカルメン、どうしたわけか、たぶん服装のせいであったろう、わたしはそれを連想した。一寸法師はまっ赤な道化役者の衣裳《いしよう》をつけていた。それを肉襦袢の紫繻子が追っかけるのだ。三味線と鉦と拍子木が、そして、やけくそな三曲万歳が、それを囃し立てるのだ。

「さあ、とっつかまえたぞ、こん畜生」

ついに紫繻子が喊声を上げた。可哀《かわい》そうな緑さんは、彼の頑丈な両手の中で、青くなってふるえていた。

「どいた、どいた」

彼はもがく一寸法師を頭の上にさし上げて、こちらへやってきた。皆は歌うのをやめて、その方を見た。二人の荒々しい鼻息が聞こえた。

アッと思う間に、まっ逆さまにつり下げられた一寸法師の頭が、ザブッと酒樽の中につかった。緑さんの短い両手が、空にもがいた。バチャバチャと酒のしぶきが飛び散った。

紅白だんだら染めの肉襦袢や、肉色の肉襦袢や、或《あ》るいは半裸体の男女が、互いに手を組み膝《ひざ》を合わせて、ゲラゲラ笑いながら見物していた。誰もこの残酷な遊戯をとめようとはしなかった。

存分酒を飲まされた一寸法師は、やがて、そこへ横ざまにほうり出された。彼は丸くなって、百日咳《ぜき》のように咳《せ》き入った。口から、鼻から、耳から、黄色い液体が、ほとばしった。彼のこの苦悶《くもん》を囃すように、又しても三曲万歳の合唱がはじまった。聞くにたえぬ悪口が繰り返された。

一としきり咳き入ったあとは、ぐったりと死体のように横たわっている一寸法師の上を、肉襦袢のお花が踊りまわった。肉つきのいい、彼女の足が、しばしば彼の上をまたいだ。

拍手と喊声と拍子木の音とが、耳を聾するばかりにつづけられた。もはやそこには、一人として正気な者はいなかった。誰も彼も気ちがいのようにどなった。お花は、早調子の万歳節に合わせて、狂暴なジプシー踊りを踊りつづけた。

一寸法師の緑さんは、やっと眼をひらくことができた。無気味な顔が、猩々《しょうじょう》のようにまっ赤になっていた。彼は肩で息をしながら、ヒョロヒョロと立ち上がろうとした。と、ちょうどそのとき、踊りつかれた玉乗り女の大きなお尻《しり》が、彼の目の前にただよってきた。故意か偶然か、彼女は一寸法師の顔の上へ尻餅《しりもち》をついてしまった。

仰向きにおしつぶされた緑さんは、苦しそうなうめき声を立てて、お花のお尻の下でもがいた。酔っぱらったお花は、緑さんの顔の上で馬乗りのまねをした。三味線の調子に合わせて、「ハイ、ハイ」とかけ声をしながら、平手でピシャピシャと緑さんの頬をたたいた。一同の口からばか笑いが破裂した。けたたましい拍手が起こった。

だが、そのとき、緑さんは大きな肉塊の下じきになって、息もできず、半死半生の苦しみをなめていたのだ。

しばらくしてやっと赦《ゆる》された一寸法師は、やっぱりニヤニヤと、愚かな笑いを浮かべて、半身を起こした。そして、冗談のような調子で、

「ひでえなあ」

とつぶやいたばかりだった。

「オー、鞠《まり》投げをやろうじゃねえか」

突然、鉄棒の巧みな青年が立ち上がって叫んだ。皆が「鞠投げ」の意味を熟知している様子だった。

「よかろう」

一人の軽業師が答えた。

「よせよ、よせよ、あんまり可哀そうだよ」

八字ひげの手品使いが、見かねたように口を入れた。彼だけは、綿ネルの背広を着て、赤いネクタイを結んでいた。

「さあ、鞠投げだ、鞠投げだ」

手品使いの言葉なんか耳にもかけず、かの青年は一寸法師の方へ近づいて行った。

「おい、緑さんはじめるぜ」

そういうが早いか、青年は不具者を引っぱり起こして、その眉間《みけん》を平手でグンとついた。一寸法師は、つかれた勢いで、さも鞠のようにクルクル廻りながら、うしろへよろけて行った。すると、そこにもう一人の青年がいて、これを受けとめ、不具者の肩をつかんで自分の方へ向けると、又グンと額をついた。可哀そうに緑さんは、再びグルグル廻りながら前の青年のところへ戻ってきた。それから、この不思議な、残忍なキャッチボールが、いつまでもくり返された。

いつの間にか、合唱は出雲拳《いずもけん》の節に変わっていた。拍子木と三味線が、やけに鳴らされた。フラフラになった不具者は、執念深い微笑をもって、彼の不思議な役目をつづけていた。

「もうそんなくだらないまねはよせ。これからみんなで芸づくしをやろうじゃないか」

不具者の虐待《ぎゃくたい》に飽きた誰かが叫んだ。

無意味な怒号と狂喜のような拍手がそれに答えた。

「持ち芸じゃだめだぞ。みんな、隠し芸を出すのだ。いいか」

紫繻子の猿股が、命令的にどなった。

「まず、皮切りは緑さんからだ」

誰かが意地わるくそれに和した。ドッと拍手が起こった。疲れきって、そこに倒れていた緑さんは、この乱暴な提議をも、底知れぬ笑顔で受けた。彼の無気味な顔は泣くべき時にも笑っていた。

「それならいいことがあるわ」

美人玉乗りのお花がフラフラと立ち上がって叫んだ。

「豆ちゃん。お前、ひげさんの大魔術をやるといいわ。一寸だめし五分だめし、美人の獄門てえのを、ね、いいだろ。おやりよ」

「エヘヘヘヘヘ」

不具者は、お花の顔を見つめて笑った。無理に飲まされた酒で、彼の眼は妙にドロンとしていた。

「ね、豆ちゃんは、あたいに惚《ほ》れてるんだね。だから、あたいの言いつけなら、なんだって聞くだろ。あたいがあの箱の中へはいってあげるわ。それでもいやかい」

「ヨウヨウ、一寸法師の色男！」

又しても、われるような拍手と、笑声。

豆蔵とお花、美人獄門の大魔術、この不思議な取り合わせが、酔っぱらいどもを喜ばせた。多勢が乱れた足どりで、大魔術の道具立てをはじめた。舞台の正面と左右に黒い幕がおろされた。床には黒い敷物がしかれた。そして、その前に、棺桶《かんおけ》のような木箱と、一箇のテーブルが持ち出された。

「さあ、はじまり、はじまり」

三味線と鉦と拍子木が、おきまりの前奏曲をはじめた。その囃に送り出されて、お花と、彼女に引き立てられた不具者とが、正面に現われた。お花はピッタリ身についた肉色シャツ一枚だった、緑さんはダブダブの赤い道化服をつけていた。そして、彼の方は、相も変わらず、大きな口でニヤリニヤリと笑っていた。

「口上を言うんだよ、口上を」

誰かがどなった。

「困るな、困っちまうな」

一寸法師は、ブツブツそんなことをつぶやきながら、それでも、なんだかしゃべりはじめた。

「エー、ここもとご覧に供しまするは、神変不思議の大魔術、美人の獄門とござりまして、これなる少女をかたえの箱の中へ入れ、十四本の日本刀をもちまして、一寸だめし五分だめし、四方八方より田楽《でんがく》刺しにいたすのでござります。エーと、が、それのみにてはお慰みが薄いようでござります。かように斬《き》りさいなみましたる少女の首を、ザックリ切断いたし、これなるテーブルの上に、晒《さら》し首とござあい。ハッ」

「あざやか、あざやか」「そっくりだ」賞讃とも揶揄《やゆ》ともつかぬ叫び声が、やけくそな拍手にまじって聞こえた。

白痴のように見える一寸法師だけれど、さすがに商売がら、舞台の口上はうまいものだ。いつも八字ひげの手品使いがやるのと、口調から文句から、寸分違《たが》わない。

やがて、美人玉乗りのお花は、あでやかに一揖《いちゆう》して、しなやかなからだを、その棺桶ようの箱の中へ隠した。一寸法師はそれに蓋《ふた》をして、大きな錠前をおろした。

一と束の日本刀が、そこへ投げ出されてあった。緑さんは、一本、一本、それを拾い、一本ずつ床につき立てて、にせものでないことを示した上、箱の前後左右にあけられた小さな孔《あな》へ、つき通していった。一刀ごとに、箱の中から物凄《ものすご》い悲鳴が……毎日見物たちを戦慄《せんりつ》させているあの悲鳴が……聞こえてきた。

「キャー、助けてえ、助けてえ、助けてえ、アレー、こん畜生、こん畜生、こいつはほんとうにわたしを殺す気だよ。アレー、助けてえ、助けてえ……」

「ワハハハ」「あざやか、あざやか」「そっくりだ」見物たちは大喜びで、てんでにどなったり、手をたたいたりした。

一本、二本、三本、刀の数はだんだん増して行った。

「今こそ思い知ったか、このすべため」一寸法師は芝居がかりではじめた。「よくもよくもこのおれをばかにしたな。片輪ものの一念がわかったか、わかったか、わかったか」

「アレー、アレー、助けてえ、助けてえ、助けてえ――」

そして、田楽刺しにされた箱が、生あるもののように、ガタガタと震動した。

見物たちは、この真に迫まった演出に夢中になった。百雷のような拍手がつづいた。

そして、ついに十四本目の一刀がつきさされた。お花の悲鳴は、さも瀕死《ひんし》の怪我人《けがにん》のようなうめき声に変わって行った。もはや文句をなさぬヒーヒーという音であった。やがて、それも絶え入るように消えてしまうと、今まで動いていた箱がピッタリと静止した。

一寸法師はゼイゼイと肩で呼吸をしながら、その箱を見つめていた。彼の額は、水につかったように汗でぬれていた。彼はいつまでも、いつまでも、そうしたまま動かなかった。

見物たちも妙にだまりこんでいた。死んだような沈黙を破るものは、酒のために烈《はげ》しくなった皆の息づかいばかりだった。

しばらくすると、緑さんは、そろりそろりと、用意のダンビラを拾い上げた。それは青竜刀のようにギザギザのついた、幅の広い刀だった。彼はそれを、も一度床につき立てて、切れ味を示したのち、さて、錠前をはずして、箱の蓋をあけた。そして、その中へ件《くだん》の青竜刀を突っ込むと、さもほんとうに人間の首を切るような、ゴリゴリという音をさせた。

それから、切ってしまった見得で、ダンビラを投げ出すと、何物かを袖《そで》で隠して、かたえのテーブルのところまで行き、ドサッという音を立てて、それを卓上に置いた。彼が袖をのけると、お花の青ざめた生首が現われた。切り口のところから、まっ赤なまなましい血潮が流れ出していた。それが紅のとき汁だなどとは、誰にも考えられなかった。

氷のように冷たいものがわたしの背中を伝わって、スーッと頭のてっぺんまで駈《か》け上がった。わたしは、そのテーブルの下には二枚の鏡が直角にはりつめてあって、その背後に、床下の抜け道をくぐってきたお花の胴体があることを知っていた。こんなものは珍らしい手品ではなかった。それにもかかわらず、わたしのこの恐ろしい予感はどうしたことであろう、それは、いつもの柔和な手品使いと違って、あの不具者の、無気味な容貌《ようぼう》のためであろうか。

まっ黒な背景の中に、緋《ひ》の衣のような、まっ赤な道化服を着た一寸法師が、大の字に立ちはだかっていた。その足もとには血糊《ちのり》のついたダンビラがころがっていた。彼は見物たちの方を向いて、声のない顔一杯の笑いを笑っていた。だが、あのかすかな物音はいったいなんであろう。それはもしや、まっ白にむき出した、不具者の歯と歯がカチ合う音ではないだろうか。

見物たちは、依然として鳴りをひそめていた。そして、お互いが、まるで恐《こわ》いものでも見るように、お互いの顔をぬすみ見ていた。やがて、例の紫繻子がスックと立ち上がった。そして、テーブル目がけて、ツカツカと二、三歩進んだ。さすがにじっとしていられなかったのだ。

「ホホホホホ」

突然晴々しい女の笑い声が起こった。

「豆ちゃん味をやるわね。ホホホホホ」

それは言うまでもなくお花の声であった。彼女の青ざめた首が、テーブルの上で笑ったのだった。その首を、一寸法師はいきなり又、袖で隠した。そして、ツカツカと黒幕のうしろへはいっていった。跡には、からくり仕掛けのテーブルだけが残っていた。

見物人たちは、あまりに見事な不具者の演戯に、しばらくはため息をつくばかりだった。当の手品使いさえもが、眼をみはって、声を呑《の》んでいた。が、やがて、ワーッというときの声が、小屋をゆすった。

「胴上げだ、胴上げだ」

誰かが、そう叫ぶと、彼らは一団になって、黒幕のうしろへ突進した。泥酔者《でいすいしゃ》たちは、その拍子に足をとられて、バタバタと、折りかさなって倒れた。そのうちの或《あ》る者は、起き上がって、又ヒョロヒョロと走った。空《から》になった酒樽のまわりには、すでに寝入ってしまった者どもが、魚河岸《うおがし》のマグロのように取り残されていた。

「オーイ、緑さあん」

黒幕のうしろから、誰かの叫び声が聞こえてきた。

「緑さん、隠れなくってもいいよ。出てこいよ」

また誰かが叫んだ。

「お花姉さあん」

女の声が呼んだ。

返事は聞こえなかった。

わたしは言いがたい恐怖におののいた。さっきのは、あれは本物のお花の笑い声だったのか。もしや、奥底の知れぬ片輪ものが、床の仕掛けをふさいで、真実彼女を刺し殺し、獄門に晒したのではないか。そして、あの声は、あれは死人の声ではなかったのか、愚かなる軽業師どもは、かの腹話術と称する魔術を知らないのであろうか。口をつぐんだまま、腹中で発音して死物に物を言わせる、あの腹話術という不思議な術を。それを、あの怪物が習い覚えていなかったと、どうして断定できるであろう。

ふと気がつくと、テントの中に、薄い煙が充《み》ち満ちていた。軽業師たちの煙草《たばこ》の煙にしては、少し変だった。ハッとしたわたしは、いきなり見物席の隅のほうへ飛んで行った。

案の定《じょう》、テントの裾《すそ》を、赤黒い火焔《かえん》が、メラメラと舐《な》めていた。火はすでにテントの四囲を取りまいている様子だった。

わたしは、やっとのことで燃える帆布《はんぷ》をくぐって、そとの広っぱへ出た。広々とした草原には、白い月光が隈《くま》なく降りそそいでいた。わたしは足にまかせて近くの人家へと走った。

振り返ると、テントはもはや三分の一まで、燃え上がっていた。むろん、丸太の足場や、見物席の板にも火が移っていた。

「ワハハハハ」

何がおかしいのか、その火焔の中で、酔いしれた軽業師たちが狂気のように笑う声が、はるかに聞こえてきた。

何者であろう、テントの近くの丘の上で、子供のような人影が、月を背にして踊っていた。彼はスイカに似た丸いものを、提灯《ちょうちん》のようにぶら下げて、踊り狂っていた。

わたしは、あまりの恐ろしさに、そこに立ちすくんで、不思議な黒影を見つめた。

男は、さげていた丸いものを、両手で彼の口のところへ持って行った。そして、地だんだを踏みながら、そのスイカのようなものに喰いついた。彼はそれを、離しては喰いつき、離しては喰いつき、さも楽しげに踊りつづけた。

水のような月光が、変化踊りの影法師を、まっ黒に浮き上がらせた。男の手にある丸い物から、そして彼自身の唇から、濃厚な、黒い液体が、ボトリボトリと垂れているのさえ、はっきりと見分けられた。

陰獣

一

私は時々思うことがある。

探偵小説家というものには二種類あって、一つの方は犯罪者型とでもいうか、犯罪ばかりに興味を持ち、たとえ推理的な探偵小説を書くにしても、犯人の残虐《ざんぎゃく》な心理を思うさま描かないでは満足しないような作家であるし、もう一つの方は探偵型とでもいうか、ごく健全で、理智《りち》的な探偵の径路にのみ興味を持ち、犯罪者の心理などにはいっこう頓着《とんちゃく》しない作家であると。

そして、私がこれから書こうとする探偵作家大江春泥《おおえしゅんでい》は前者に属し、私自身はおそらく後者に属するのだ。

したがって私は、犯罪を取扱う商売にもかかわらず、ただ探偵の科学的な推理が面白いので、いささかも悪人ではない。いや、おそらく私ほど道徳的な人間は少ないといってもいいだろう。

そのお人好《ひとよ》しで善人な私が、偶然にもこの事件に関係したというのが、そもそも事の間違いであった。もし私が道徳的にもう少し鈍感であったならば、私にいくらかでも悪人の素質があったならば、私はこうまで後悔しなくてもすんだであろう。こんな恐ろしい疑惑の淵《ふち》に沈まなくてもすんだであろう。いや、それどころか、私はひょっとしたら、今頃は美しい女房と身に余る財産に恵まれて、ホクホクもので暮らしていたかもしれないのだ。

事件が終ってから、だいぶ月日がたったので、あの恐ろしい疑惑はいまだに解けないけれど、私は生々しい現実を遠ざかって、いくらか回顧的になっている。それでこんな記録めいたものも書いてみる気になったのだが、そして、これを小説にしたら、なかなか面白い小説になるだろうと思うのだが、しかし私は終りまで書くことは書いたとしても、ただちに発表する勇気はない。なぜといって、この記録の重要な部分をなすところの小山田氏変死事件は、まだまだ世人の記憶に残っているのだから、どんなに変名を用い、潤色を加えてみたところで、誰も単なる空想小説とは受け取ってくれないだろう。

したがって、広い世間にはこの小説によって迷惑を受ける人もないとは限らないし、また私自身それがわかっては恥かしくもあり不快でもある。というよりは、ほんとうをいうと私は恐ろしいのだ。事件そのものが、白昼の夢のように、正体のつかめぬ、変に無気味な事柄であったばかりでなく、それについて私の描いた妄想が、自分でも不快を感じるような恐ろしいものであったからだ。

私は今でも、それを考えると、青空が夕立雲で一ぱいになって、耳の底でドロンドロンと太鼓の音みたいなものが鳴り出す、そんなふうに眼の前が暗くなり、この世が変なものに思われてくるのだ。

そんなわけで、私はこの記録を今すぐ発表する気はないけれど、いつかは一度、これをもとにして私の専門の探偵小説を書いてみたいと思っている。これはいわばそのノートにすぎないのだ。やや詳しい心覚えにすぎないのだ。私はだから、これを正月のところだけで、あとは余白になっている古い日記帳へ、長々しい日記でもつける気持で、書きつけて行くのである。

私は事件の記述に先だって、この事件の主人公である探偵作家大江春泥の人となりについて、作風について、また彼の一種異様な生活について、詳しく説明しておくのが便利であるとは思うのだけれど、実は私は、この事件が起こるまでは、書いたものでは彼を知っていたし、雑誌の上で議論さえしたことがあるけれども、個人的の交際もなく、彼の生活もよくは知らなかった。それをやや詳しく知ったのは、事件が起こってから、私の友だちの本田という男を通じてであったから、春泥のことは、私が本田に聞き合わせ調べまわった事実を書く時にしることとして、出来事の順序にしたがって、私がこの変な事件に捲《ま》き込まれるに至った最初のきっかけから、筆を起こしていくのが最も自然であるように思う。

それは去年の秋、十月なかばのことであった。

私は古い仏像が見たくなって、上野の帝室博物館の、薄暗くガランとした部屋々々を、足音を忍ばせて歩きまわっていた。部屋が広くて人けがないので、ちょっとした物音が怖いような反響を起こすので、足音ばかりではなく、咳《せき》ばらいさえ憚《はば》かられるような気持だった。

博物館というものが、どうしてこうも不人気であるかと疑われるほど、そこには人の影がなかった。陳列棚の大きなガラスが冷たく光り、リノリウムには小さなほこりさえ落ちていなかった。お寺のお堂みたいに天井の高い建物は、まるで水の底ででもあるように、森閑と静まり返っていた。

ちょうど私が、ある部屋の陳列棚の前に立って、古めかしい木彫の菩薩《ぼさつ》像の、夢のようなエロティックに見入っていた時、うしろに、忍ばせた足音と、かすかな絹ずれの音がして、誰かが私の方へ近づいてくるのが感じられた。

私は何かしらゾッとして、前のガラスに映る人の姿を見た。そこには、今の菩薩像と影を重ねて、黄八丈《きはちじょう》のような柄の袷《あわせ》を着た、品のいい丸髷《まるまげ》姿の女が立っていた。女はやがて私の横に肩を並べて立ちどまり、私の見ていた同じ仏像にじっと眼を注ぐのであった。

私は、あさましいことだけれど、仏像を見ているような顔をして、時々チラチラと女の方へ眼をやらないではいられなかった。それほどその女は私の心を惹《ひ》いたのだ。彼女は青白い顔をしていたが、あんなに好もしい青白さを私はかつて見たことがなかった。この世に若《も》し人魚というものがあるならば、きっとあの女のような優艶《ゆうえん》な肌を持っているにちがいない。どちらかといえば昔風の瓜実顔《うりざねがお》で、眉《まゆ》も鼻も口も首筋も肩も、ことごとくの線が、優に弱々しく、なよなよとしていて、よく昔の小説家が形容したような、さわれば消えて行くかと思われる風情《ふぜい》であった。私は今でも、あの時の彼女のまつげの長い、夢見るようなまなざしを忘れることができない。

どちらがはじめ口を切ったのか、私は今、妙に思い出せないけれど、おそらくは私が何かのきっかけを作ったのであろう。彼女と私とはそこに並んでいた陳列品について二こと三こと口をきき合ったのが縁となって、それから博物館を一巡して、そこを出て上野の山内を山下へ通り抜けるまでの長いあいだ、道づれとなって、ポツリポツリといろいろのことを話し合ったのである。

そうして話をしてみると、彼女の美しさは一段と風情《ふぜい》を増してくるのであった。中にも彼女が笑うときの、恥じらい勝ちな、弱々しさには、私はなにか古めかしい油絵の聖女の像でも見ているような、また、あのモナ・リザの不思議な微笑を思い起こすような、一種異様の感じにうたれないではいられなかった。彼女の糸切歯はまっ白で大きくて、笑うときには、唇の端がその糸切歯にかかって、謎《なぞ》のような曲線を作るのだが、右の頬の青白い皮膚の上の大きな黒子《ほくろ》が、その曲線に照応して、なんともいえぬ優しく懐《なつ》かしい表情になるのだった。

だが、もし私が彼女の項《うなじ》にある妙なものを発見しなかったならば、彼女はただ上品で優しくて弱々しくて、さわれば消えてしまいそうな美しい人という以上に、あんなにも強く私の心を惹かなかったであろう。

彼女は巧みに衣紋《えもん》をつくろって、少しもわざとらしくなく、それを隠していたけれど、上野の山内を歩いているあいだに、私はチラと見てしまった。

彼女の項《うなじ》には、おそらく背中の方まで深く、赤痣《あかあざ》のようなミミズ脹《ば》れができていたのだ。それは生れつきの痣のようにも見えたし、又、そうではなくて、最近できた傷《きず》痕《あと》のようにも思われた。青白い滑らかな皮膚の上に、恰好《かっこう》のいいなよなよとした項《うなじ》の上に、赤黒い毛糸を這《は》わせたように見えるそのミミズ脹れが、その残酷味が、不思議にもエロティックな感じを与えた。それを見ると、今まで夢のように思われた彼女の美しさが、俄《にわ》かに生々しい現実味を伴なって、私に迫ってくるのであった。

話しているあいだに、彼女は、合資会社碌々《ろくろく》商会の出資社員の一人である、実業家小山田六郎氏の夫人小山田静子であったことがわかってきたが、幸いなことには、彼女は探偵小説の読者であって、殊《こと》に私の作品は好きで愛読しているということで（それを聞いたとき、私はゾクゾクするほど嬉《うれ》しかったことを忘れない）、つまり作者と愛読者の関係が私たちを少しの不自然もなく親しませ、私はこの美しい人と、それきり別れてしまう本意なさを味わなくてすんだ。私たちはそれを機縁に、それからたびたび手紙のやり取りをしたほどの間柄となったのである。

私は、若い女の癖に人けのない博物館などへきていた、静子の上品な趣味も好もしかったし、探偵小説の中でも最も理智的だといわれている、私の作品を愛読している彼女の好みも懐かしく、私はまったく彼女に溺《おぼ》れきってしまった形で、まことにしばしば彼女に意味もない手紙を送ったものであるが、それに対して、彼女は一々丁重な、女らしい返事をくれた。独身で淋《さび》しがりやの私は、このようなゆかしい女友だちをえたことを、どんなに喜んだことであろう。

二

小山田静子と私との手紙の上での交際は、そうして数カ月のあいだつづいた。文通を重ねていくうちに、私は非常にびくびくしながら、私の手紙に、それとなく、ある意味を含ませていたことをいなめないのだが、気のせいか、静子の手紙にも、通り一ぺんの交際以上に、まことにつつましやかではあったが、何かしら暖かい心持がこめられてくるようになった。

打ちあけていうと、恥かしいことだけれど、私は、静子の夫の小山田六郎氏が、年も静子よりは余程とっている上に、その年よりも老《ふ》けて見えるほうで、頭などもすっかりはげ上がっているような人だということを、苦心をしてさぐり出していたのだった。

それが、ことしの二月ごろになって、静子の手紙に妙なところが見えはじめた。彼女は何かしら非常に怖がっているように感じられた。

「このごろ大変心配なことが起こりまして、夜も寝覚め勝ちでございます」

彼女はある手紙にこんなことを書いた。文章は簡単であったけれど、その文章の裏に、手紙全体に、恐怖におののいている彼女の姿が、まざまざと見えるようだった。

「先生は、同じ探偵作家でいらっしゃる大江春泥《おおえしゅんでい》というかたと、もしやお友だちではございませんでしょうか。そのかたのご住所がおわかりでしたら、お教えくださいませんでしょうか」

ある時の手紙にはこんなことが書いてあった。

むろん私は大江春泥の作品はよく知っていたが、春泥という男が非常な人嫌いで、作家の会合などにも一度も顔を出さなかったので、個人的なつきあいはなかった。それに、彼は昨年のなかごろからぱったり筆を執らなくなって、どこへ引越してしまったか、住所さえわからないという噂《うわさ》を聞いていた。私は静子へその通り答えてやったが、彼女のこのごろの恐怖は、もしやあの大江春泥にかかわりがあるのではないかと思うと、私はあとで説明するような理由のために、なんとなくいやあな心持がした。

するとまもなく、静子から、

「一度ご相談したいことがあるから、お伺いしてもさしつかえないか」

という意味のはがきがきた。

私はその「ご相談」の内容をおぼろげには感じていたけれど、まさかあんな恐ろしい事柄だとは想像もしなかったので、愚かにも浮き浮きと嬉しがって、彼女との二度目の対面の楽しさを、さまざまに妄想していたほどであった。

「お待ちしています」

という私の返事を受取ると、すぐその日のうちに私を訪ねてきた静子は、私が下宿の玄関へ出迎えた時に、もう私を失望させたほども、うちしおれていて、彼女の「相談」というのがまた、私のさきの妄想などはどこかへ行ってしまったほど、異常な事柄だったのである。

「私ほんとうに思いあまって伺ったのでございます。先生なれば、聞いていただけるような気がしたものですから……でも、まだ昨今の先生に、こんな打ち割ったご相談をしましては、失礼ではございませんかしら」

その時、静子は例の糸切歯と黒子の目立つ、弱々しい笑い方をして、ソッと私のほうを見上げた。

寒い時分で、私は仕事机の傍に紫檀《したん》の長火鉢を置いていたが、彼女はその向こうがわに行儀よく坐《すわ》って、両手の指を火鉢の縁にかけている。その指は彼女の全身を象徴するかのように、しなやかで、細くて、弱々しくて、といっても、決して痩《や》せているのではなく、色は青白いけれど、決して不健康なのではなく、握りしめたならば、消えてしまいそうに弱々しいけれど、しかも非常に微妙な弾力を持っている。指ばかりではなく、彼女全体がちょうどそんな感じであった。

彼女の思いこんだ様子を見ると、私もつい真剣になって、

「私にできることなら」

と答えると、彼女は、

「ほんとうに気味のわるいことでございますの」

と前置きして、彼女の幼年時代からの身の上話をまぜて、次のような異様な事実を私に告げたのである。

そのとき静子の語った彼女の身の上を、ごく簡単にしるすと、彼女の郷里は静岡であったが、そこで彼女は女学校を卒業するという間際《まぎわ》まで、至極幸福に育った。たった一つの不幸とも言えるのは、彼女が女学校の四年生の時、平田一郎という青年の巧みな誘惑に陥って、ほんの少しのあいだ彼と恋仲になったことであった。なぜそれが不幸かというに、彼女は十八の娘のちょっとした出来心から、恋のまねごとをしてみただけで、決して真から相手の平田青年を好いていなかったからだ。そして、彼女の方ではほんとうの恋でなかったのに、相手は真剣であったからだ。

彼女はうるさくつきまとう平田一郎を避けよう避けようとする。そうされればされるほど、青年の執着は深くなる。はては、深夜黒い人影が彼女の家の塀そとをさまよ

ったり、郵便受けに気味のわるい脅迫状が舞い込んだりしはじめた。十八の娘は、彼女の出来心の恐ろしい報いに震え上がってしまった。両親もただならぬ娘の様子に心づいて胸をいためた。

ちょうどそのとき、静子にとっては、むしろそれが幸いであったともいえるのだが、彼女の一家に大きな不幸がきた。当時経済界の大変動から、彼女の父は弥縫《びほう》のできない多額の借財を残し、商売をたたんで、ほとんど夜逃げ同然に、彦根《ひこね》在のちょっとした知るべをたよって、身を隠さねばならぬ羽目となった。

この予期せぬ境遇の変動のために、静子は今少しというところで、女学校を中途退学しなければならなかったけれど、一方では、突然の転宅によって、気味のわるい平田一郎の執念から逃れることができたので、彼女はホッと胸なでおろす気持だった。

彼女の父親はそれが元で、病の床につき、間もなく死んで行ったが、それから、たった二人になった母親と静子の上に、しばらくのあいだみじめな生活がつづいた。だが、その不幸は大して長くはなかった。やがて、彼女らが世を忍んでいた同じ村の出身者である、実業家の小山田氏が、彼女らの前に現われた。それが救いの手であった。

小山田氏は或《あ》る垣間見《かいまみ》に静子を深く恋して、伝手《つて》を求めて結婚を申し込んだ。静子も小山田氏が嫌いではなかった。年こそ十歳以上も違っていたけれど、小山田氏のスマートな紳士振りに、或るあこがれを感じていた。縁談はスラスラと運んで行った。

小山田氏は母親と共に、花嫁の静子を伴なって東京の屋敷に帰った。

それから七年の歳月が流れた。彼らが結婚してから三年目かに、静子の母親が病死したこと、それからしばらくして小山田氏が会社の要務を帯びて、二年ばかり海外に旅をしたこと（帰朝したのはつい一昨年の暮れであったが、その二年のあいだ、静子は毎日、茶、花、音楽の師匠に通よって、独り住まいの淋しさをなぐさめていたのだと語った）などを除いては、彼らの一家にはこれという出来事もなく、夫婦の間柄も至極円満に、仕合わせな月日がつづいた。

夫の小山田氏は大の奮闘家で、その七年間にメキメキと財をふやして行った。そして、今では同業者のあいだに押しも押されもせぬ地盤を築いていた。

「ほんとうにお恥かしいことですけれど、わたくし、結婚のとき、小山田に嘘《うそ》をついてしまったのでございます。その平田一郎のことを、つい隠してしまったのでございます」

静子は恥かしさと悲しさのために、あのまつげの長い眼をふせて、そこに一ぱい涙さえためて、小さな声で細々《ほそぼそ》と語るのであった。

「小山田は平田一郎の名をどこかで聞いていて、いくらか疑っていたようでございましたが、わたくし、あくまで小山田のほかには男を知らないと言い張って、平田との関係を秘し隠しに隠してしまったのでございます。そして、その嘘を今でもつづけているのでございます。小山田が疑えば疑うだけ、私は余計に隠さなければならなかったのでございます。

人の不幸って、どんなところに隠れているものか、ほんとうに恐ろしいと思いますわ。七年前の嘘が、それも決して悪意でついた嘘ではありませんでしたのに、こんなにも恐ろしい姿で、今わたくしを苦しめる種になりましょうとは。

わたくし、平田のことなんか、ほんとうに忘れきってしまっていたのでございます。突然平田からあんな手紙がきましたときにも、平田一郎という差出人の名前を見ましても、しばらくは誰であったか思い出せないほど、わたくし、すっかり忘れきっていたのでございます」

静子はそういって、その平田からきたという数通の手紙を見せた。私はそれらの手紙の保管を頼まれて、今でもここに持っているが、そのうち最初に来たものは、話の筋を運んで行くのに都合がよいから、それをここに貼《は》りつけておくことにしよう。

静子さん。私はとうとう君を見つけた。

君の方では気がつかなかったけれど、私は君に出会った場所から君を尾行して、君の屋敷を知ることができた。小山田という今の君の姓もわかった。

君はまさか平田一郎を忘れはしないだろう。どんなに虫の好かぬやつだったかを覚えているだろう。

私は君に捨てられてどれほど悶《もだ》えたか、薄情な君にはわかるまい。悶えに悶えて、深夜君の屋敷のまわりをさまよったこと幾度《いくたび》であろう。だが君は、私の情熱が燃え立てば燃え立つほど、ますます冷やかになって行った。私を避け、私を恐れ、ついには私を憎んだ。

君は恋人から憎まれた男の心持を察しることができるか。私の悶えが歎《なげ》きとなり、歎きが恨みとなり、恨みが凝って、復讐《ふくしゅう》の念と変って行ったのが無理であろうか。君が家庭の事情を幸いに、一言の挨拶《あいさつ》もなく、逃げるように私の前から消え去ったとき、私は数日、飯も食わないで書斎に坐り通していた。そして、私は復讐を誓ったのだ。

私は若かったので、君の行方を探すすべを知らなかった。多くの債権者を持つ君の父親は、誰にもその行く先を知らせないで姿をくらましてしまった。私はいつ君に会えることかわからなかった。だが、私は長い一生を考えた。一生のあいだ君に会わないで終ろうとはどうしても考えられなかった。

私は貧乏だった。食うためには働かねばならぬ身の上だった。一つはそれが、あくまで君の行方を尋ねまわることを妨げたのだ、一年、二年、月日は矢のように過ぎ去って行ったが、私はいつまでも貧困と戦わねばならなかった。そして、その疲労が、忘れるともなく君への恨みを忘れさせた。私は食うことで夢中だったのだ。

だが、三年ばかり前、私に予期せぬ幸運がめぐってきた。私はあらゆる職業に失敗して、失望のどん底にあるとき、うさはらしに一篇の小説を書いた。それが機縁となって、私は小説で飯の食える身分となったのだ。

君は今でも小説を読んでいるのだから、多分大江春泥《おおえしゅんでい》という探偵小説家を知っているだろう。彼はもう一年ばかり何も書かないけれど、世間の人はおそらく彼の名前を忘れてはいない。その大江春泥こそかくいう私なのだ。

君は、私が小説家としての虚名に夢中になって、君に対する恨みを忘れてしまったとでも思うのか。否《いな》、否《いな》、私のあの血みどろな小説は、私の心に深き恨みを蔵していたからこそ書けたともいえるのだ。あの猜疑心《さいぎしん》、あの執念、あの残虐、それらがことごとく私の執拗《しつよう》なる復讐心から生れたものだと知ったなら、私の読者たちはおそらく、そこにこもる妖気《ようき》に身震いを禁じ得なかったであろう。

静子さん、生活の安定を得た私は、金と時間の許す限り、君を探し出すために努力した。もちろん君の愛を取り戻そうなどと、不可能な望みをいだいたわけではない。私にはすでに妻がある。生活の不便を除くために娶《めと》った、形ばかりの妻がある。だが、私にとって、恋人と妻とは全然別個のものだ。つまり、妻を娶ったからといって、恋人への恨みを忘れる私ではないのだ。

静子さん。今こそ私は君を見つけ出した。

私は喜びに震えている。私は多年の願いを果たす時が来たのだ。私は長いあいだ、小説の筋を組み立てるときと同じ喜びをもって、君への復讐手段を組み立ててきた。最も君を苦しめ、君を怖がらす方法を熟慮してきた。いよいよそれを実行する時がきたのだ。私の歓喜を察してくれたまえ。君は警察そのほかの保護を仰ぎ、私の計画を妨げることはできない。私の方にはあらゆる用意ができているのだ。

ここ一年ばかりというもの、新聞記者、雑誌記者のあいだに私の行方不明が伝えられている。これは何も君への復讐のためにしたことではなく、私の厭人《えんじん》癖と秘密好みから出た逃避なのだが、それが計らずも役に立った。私は一そうの綿密さをもって世間から私の姿をくらますであろう。そして、着々君への復讐計画を進めて行くであろう。

君は私の計画を知りたがっているにちがいない。だが、私は今その全貌《ぜんぼう》を洩《も》らすことはできぬ。恐怖は徐々に迫って行くほど効果があるからだ。

しかし、君がたって聞きたいというならば、私は私の復讐事業の一端を洩らすことを惜しむものではない。例えば、私は今から四日以前、即《すなわ》ち一月三十一日の夜、君の家の中で君の身辺に起こったあらゆる些事《さじ》を、寸分の間違いもなく君に告げることができる。

午後七時より七時半まで、君は君たちの寝室にあてられている部屋の小机にもたれて小説を読んだ。小説は広津柳浪の短篇集『変目伝《へめでん》』。その中の『変目伝』だけ読了した。

七時半より七時四十分まで、女中に茶菓を命じ、風月の最中を二箇、お茶を三碗《わん》喫した。

七時四十分より上厠《じょうし》、約五分にして部屋へ戻った。それより九時十分ごろまで、編物をしながら物思いにふけった。

九時十分主人帰宅。九時二十分頃より十時少し過ぎまで、主人の晩酌の相手をして雑談した。その時、君は主人に勧められてグラスに半分ばかり葡萄酒《ぶどうしゅ》を喫《きっ》した。その葡萄酒は口をあけたばかりのもので、コルクの小片がグラスにはいったのを、君は指でつまみ出した。晩酌を終るとすぐ、女中に命じて二つの床をのべさせ、両人上厠ののち就寝した。

それから十一時まで両人とも眠らず。君が再び君の寝床に横たわった時、君の家のおくれたボンボン時計が十一時を報じた。

君はこの汽車の時間表のように忠実な記録を読んで、恐怖を感じないでいられるだろうか。

復讐者より

二月三日深夜
我が生涯より恋を奪いし女へ

「わたくし、大江春泥という名前は可なり以前から存じておりましたけれど、それが平田一郎の筆名でしょうとは、ちっとも存じませんでした」

静子は気味わるそうに説明した。

事実、大江春泥の本名を知っている者は、私たち作家仲間にも少ないくらいであった。私にしても、彼の著書の奥付を見たり、私の所へよくくる本田が、本名で彼の噂をするのを聞かなかったら、いつまでも平田という名前を知らなかったであろう。それほど彼は人嫌いで、世間に顔出しをせぬ男であった。

平田のおどかしの手紙は、そのほかに三通ばかりあったが、いずれも大同小異で（消印はどれもこれも違った局のであった）復讐の呪詛《じゅそ》の言葉のあとに、静子の或る夜の行為が、細大洩らさず正確な時間を付け加えて記入してあることに変りはなかった。殊《こと》にも、彼女の寝室の秘密は、どのような隠微な点までも、はれがましくもまざまざと描き出されていた。顔の赤らむような或る仕草、或る言葉さえもが、冷酷に描写してあった。

静子はそのような手紙を他人に見せることがどれほど恥かしく苦痛であったか、察するに余りあったが、それを忍んでまで、彼女が私を相談相手に選んだのは、よくよくのことといわねばならぬ。それは一方では、彼女が過去の秘密を、つまり彼女が結婚以前すでに処女でなかったという事実を夫の六郎氏に知られることを、どれほど恐れていたかということを示すものであり、同時にまた一方では、彼女の私に対する信頼がどんなに厚いかということを証するわけでもあった。

「わたくし、主人がわの親類のほかには、身内といっては一人もございませんし、お友だちにこんなことを相談するような親身のかたはありませんし、ほんとうにぶしつけだとは思いましたけれど、わたくし、先生におすがりすれば、私がどうすればいいかを、お教えくださるでしょうと思いましたものですから」

彼女にそんなふうにいわれると、この美しい女がこんなにも私をたよっているのかと、私は胸がワクワクするほど嬉しかった。私が大江春泥と同じ探偵作家であったこと、少なくとも小説の上では、私がなかなか巧みな推理家であったことなどが、彼女が私を相談相手に選んだ幾分の理由をなしていたにはちがいないが、それにしても、彼女が私に対して余程の信頼と好意を持っていないでは、こんな相談がかけられるものではないのだ。

いうまでもなく、私は静子の申し出を容《い》れて、できるだけの助力をすることを承諾した。

大江春泥が静子の行動を、これほど巨細に知るためには、小山田家の召使いを買収するか、彼自身が邸内に忍び込んで静子の身近く身をひそめているか、またはそれに近い悪企《わるだく》みが行われていたと考えるほかはなかった。彼の作風から推察しても、春泥はそんな変てこなまねをしかねない男なのだから。

私はそれについて、静子の心当たりを尋ねてみたが、不思議なことには、そのような形跡は少しもないということであった。召使いたちは気心のわかった長年住み込みのものばかりだし、屋敷の門や塀などは、主人が人一倍神経質のほうで、可《か》なり厳重にできているし、それにたとえ邸内に忍び込めたところで、召使いたちの眼にふれないで、奥まった部屋にいる静子の身辺に近づくことは、ほとんど不可能だということであった。

だが、実をいうと、私は大江春泥の実行力を軽蔑《けいべつ》していた。高が探偵小説家の彼に、どれほどのことができるものか。せいぜいお手のものの手紙の文章で静子を怖がらせるくらいのことで、とてもそれ以上の悪企みが実行できるはずはないと、たかを括《くく》っていた。

彼がどうして静子の細かい行動を探り出したかは、いささか不思議ではあったが、これも彼のお手のものの手品使いみたいな機智で、大した手数もかけないで、誰かから聞き出してでもいるのだろうと、軽く考えていた。私はその考えを話して静子をなぐさめ、私にはそのほうの便宜もあるので、大江春泥の所在をつきとめ、できれば彼に意見を加えて、こんなばかばかしいいたずらを中止させるように計らうからと、それはかたく請合って、静子を帰したのであった。

私は大江春泥の脅迫めいた手紙について、あれこれと詮議《せんぎ》立てすることよりは、優しい言葉で静子をなぐさめることのほうに力をそそいだ。むろん私にはそれが嬉しかったからだ。そして、別れるときに、私は、

「このことは一切ご主人にお話しなさらん方がいいでしょう。あなたの秘密を犠牲に

なさるほどの大した事件ではありませんよ」

というようなことを言った。愚かな私は、彼女の主人さえ知らぬ秘密について、彼女と二人きりで話し合う楽しみを、できるだけ長くつづけたかったのだ。

しかし、私は大江春泥の所在をつきとめる仕事だけは、実際やるつもりであった。私は、以前から私と正反対の傾向の春泥を、ひどく虫が好かなかった。女の腐ったような猜疑に満ちた繰り言で、変態読者をやんやといわせて得意がっている彼が、無性に癪《しゃく》にさわっていた。だから、あわよくば、彼のこの陰険な不正行為をあばいて、吠《ほ》え面《づら》をかかせてやりたいものだとさえ思っていた。私は大江春泥の行方を探すことが、あんなにむずかしかろうとは、まるで予想していなかったのだ。

三

大江春泥は彼の手紙にもある通り、今から四年ばかり前、商売違いの畑から突如として現われた探偵小説家であった。

彼が処女作を発表すると、当時日本人の書いた探偵小説というものがほとんどなかった読書界は、物珍らしさに非常な喝采《かっさい》を送った。大げさにいえば彼は一躍して読物界の寵児《ちょうじ》になってしまったのだ。

彼は非常に寡作《かさく》ではあったが、それでもいろいろな新聞雑誌につぎつぎと新らしい小説を発表して行った。それは一つ一つ、血みどろで、陰険で、邪悪で、一読肌に粟《あわ》を生じるていの、無気味ないまわしいものばかりであったが、それがかえって読者を惹きつける魅力となり、彼の人気はなかなか衰えなかった。

私もほとんど彼と同時ぐらいに、従来の少年少女小説から探偵小説の方へ鞍替《くらが》えしたのであったが、そして人の少ない探偵小説界では、相当名前を知られるようにもなったのであるが、大江春泥と私とは作風が正反対といってもいいほど違っていた。彼の作風が暗く、病的で、ネチネチしていたのに反して、私のは明るく、常識的であった。当然の勢いとして、私たちは妙に製作を競い合うような形になっていた。そして、お互いに作品をけなし合いさえした。といっても、癪にさわることには、けなすのは多くは私のほうで、春泥はときたま私の議論を反駁《はんばく》してくることもあったが、たいていは超然として沈黙を守っていた。そして、つぎつぎと恐ろしい作品を発表して行った。

私はけなしながらも、彼の作にこもる一種の妖気にうたれないではいられなかった。彼は何かしら燃え立たぬ陰火のような情熱を持っていた。えたいの知れぬ魅力が読者をとらえた。それが彼の手紙にあるように、静子への執念深い怨恨《えんこん》からであったとすれば、やや肯《うなず》くことができるのだが。

実をいうと、私は彼の作品が喝采されるごとに、言いようのない嫉妬《しっと》を感じずにはいられなかった。私は子供らしい敵意をさえいだいた。どうかしてあいつに打ち勝ってやりたいという願いが、絶えず私の心の隅にわだかまっていた。

だが、彼は一年ばかり前から、ぱったり小説を書かなくなり、所在をさえくらましてしまった。人気が衰えたわけでもなく、雑誌記者などはさんざん彼の行方を探しまわったほどであったが、どうしたわけか、彼はまるで行方不明であった。私は虫の好かぬ彼ではあったが、さていなくなってみれば、ちょっと淋しくもあった。子供らしい言いかたをすれば、好敵手を失ったという物足りなさが残った。

そういう大江春泥の最近の消息が、しかも極めて変てこな消息が、小山田静子によってもたらされたのだ。私は恥かしいことだけれど、かくも奇妙な事情のもとに、昔の競争相手と再会したことを、心ひそかに喜ばないではいられなかった。

だが、大江春泥が探偵物語の組み立てに注いだ空想を、一転して実行にまで押し進めて行ったことは、考えてみれば、或《あ》るいは当然の成り行きであったかもしれない。

このことは世間でもおおかたは知っているはずだが、或る人がいったように、彼は一個の「空想的犯罪生活者」であった。彼は、ちょうど殺人鬼が人を殺すのと同じ興味をもって、同じ感激をもって、原稿紙の上に彼の血みどろの犯罪生活を営んでいたのだ。

彼の読者は、彼の小説につきまとっていた一種異様の鬼気を記憶するであろう。彼の作品が常に並々ならぬ猜疑心、秘密癖、残虐性をもって満たされていたことを記憶するであろう。彼は或る小説の中で、次のような無気味な言葉をさえ洩らしていた。

「ついに彼は単なる小説では満足できない時がくるのではありますまいか。彼はこの世の味気なさ、平凡さにあきあきして、彼の異常な空想を、せめては紙の上に書き現わすことを楽しんでいたのです。それが彼が小説を書きはじめた動機だったのです。でも、彼はいま、その小説にさえあきあきしてしまいました。この上は、彼はいったいどこに刺戟《しげき》を求めたらいいのでしょう。犯罪、ああ、犯罪だけが残されていました。あらゆることをしつくした彼の前に、世にも甘美なる犯罪の戦慄《せんりつ》だけが残されていました」

彼はまた作家としての日常生活においても、甚だしく風変りであった。彼の厭人病と秘密癖は、作家仲間や雑誌記者のあいだに知れわたっていた。訪問者が彼の書斎に通されることは極めて稀《まれ》であった。彼はどんな先輩にも平気で玄関払いを喰わせた。

それに、彼はよく転宅したし、ほとんど年中病気と称して、作家の会合などにも顔を出したことがなかった。

噂によると、彼は昼も夜も万年床の中に寝そべって、食事にしろ、執筆にしろ、すべて寝ながらやっているということであった。そして、昼間も雨戸をしめ切って、わざと五燭《しょく》の電燈《でんとう》をつけて、薄暗い部屋の中で、彼一流の無気味な妄想を描きながら、うごめいているのだということであった。

私は彼が小説を書かなくなって、行方不明を伝えられたとき、ひょっとしたら、彼はよく小説の中で言っていたように、浅草あたりのゴミゴミした裏町に巣をくって、彼の妄想を実行しはじめたのではあるまいかと、ひそかに想像をめぐらしていたのだが、果たせるかな、それから半年もたたぬうちに、彼は正しく一個の妄想実行者として、私の前に現われたのであった。

私は春泥の行方を探すのには、新聞社の文芸部か雑誌社の外交記者に聞き合わせるのが最も早道であると考えた。それにしても、春泥の日常が甚だしく風変りで、めったに訪問者にも会わなかったというほどだし、雑誌社などでも、一応は彼の行方を探したあとなのだから、よほど彼と昵懇《じっこん》であった記者を捉《とら》えなければならぬのだが、幸いにもちょうどおあつらえ向きの人物が、私の心やすい雑誌記者の中にあった。

それはその道では敏腕の聞こえ高い博文館《はくぶんかん》の本田という外交記者で、彼はほとんど春泥係りのように、春泥に原稿を書かせる仕事をやっていた時代があったし、彼はその上、外交記者だけあって、探偵的な手腕もなかなかあなどりがたいものがあるのだ。

そこで、私は電話をかけて、本田にきてもらって、先《ま》ず私の知らない春泥の生活について尋ねたのであるが、すると、本田はまるで遊び友だちのような呼び方で、

「春泥ですか。あいつけしからんやつじゃ」

と大黒様のような顔をニヤニヤさせて、さてこころよく私の問いに答えてくれた。

本田のいうところによると、春泥は小説を書きはじめたころは郊外の池袋の小さな借家に住んでいたが、それから文名が上がり、収入が増すにしたがって、少しずつ手広な家へ（といっても、たいていは借家だったが）転転として移り歩いた。牛込の喜久井町、根岸、谷中初音町《やなかはつね》、日暮里金杉《にっぽりかなすぎ》など、本田はそうして春泥の約二年間に転居した場所を七つほど列挙した。

根岸へ移り住んだころから、春泥はようやくはやりっ子となり、雑誌記者などがずいぶんおしかけたものであるが、彼の人嫌いはその当時からで、いつも表戸をしめて、奥さんなどは裏口から出入りしているといったふうであった。

折角訪ねても会ってはくれず、留守を使っておいて、あとから手紙で、「私は人嫌

いだから、用件は手紙で申し送ってくれ」という詫状《わびじょう》がきたりするので、たいていの記者はへこたれてしまい、春泥に会って話をしたものは、ほんのかぞえるほどしかなかった。小説家の奇癖には馴《な》れっこになっている雑誌記者も、春泥の人嫌いをもてあましていた。

しかし、よくしたもので、春泥の細君というのが、なかなかの賢夫人《けんぷじん》で、本田は原稿の交渉や催促なども、この細君を通じてやることが多かった。でも、その細君に逢《あ》うのもなかなか面倒で、表戸が締まっている上に、「病中面会謝絶」とか「旅行中」とか、「雑誌記者諸君。原稿の依頼はすべて手紙で願います。面会はお断わりです」などと手厳しい掛け札さえぶら下がっているのだから、さすがの本田も辟易《へきえき》して、空《むな》しく帰る場合も一度ならずあった。そんなふうだから、転居をしても一々通知状を出すではなく、すべて記者の方で郵便物などを元にして探し出さなければならないのだった。

「春泥と話をしたり、細君と冗談口をきき合ったものは、雑誌記者多しといえども、おそらく僕ぐらいなもんでしょう」

本田はそういって自慢をした。

「春泥って、写真を見るとなかなか好男子だが、実物もあんなかね」

私はだんだん好奇心を起こして、こんなことを聞いて見た。
「いや、どうもあの写真はうそらしい。本人は若い時の写真だっていってましたが、どうもおかしいですよ。春泥はあんな好男子じゃありませんよ。いやにブクブク肥《ふと》っていて、運動をしないせいでしょう(いつも寝ているんですからね)。顔の皮膚なんか、肥っているくせに、ひどくたるんでいて、シナ人のように無表情で、眼なんか、ドロンとにごっていて、いってみれば土左衛門みたいな感じなんですよ。それに非常な話し下手で無口なんです。あんな男に、どうしてあんなすばらしい小説が書けるかと思われるくらいですよ
宇野浩二の小説に『人癲癇』というのがありましたね。春泥はちょうどあれですよ。寝胼胝《ねだこ》ができるほども寝たっきりなんですからね。僕は二、三度しか会ってませんが、いつだって、あの男は寝ていて話をするんです。寝ていて食事をするというのも、あの調子ならほんとうですよ。
ところが、妙ですね。そんな人嫌いで、しょっちゅう寝ている男が、時々変装なんかして浅草辺をぶらつくっていう噂ですからね。しかもそれがきまって夜中なんですよ。ほんとうに泥棒かコウモリみたいな男ですね。僕思うに、あの男は極端なはにかみ屋じゃないでしょうか。つまりあのブクブクした自分のからだなり顔なりを、人に

見せるのがいやなのではないでしょうか。文名が高まれば高まるほど、あのみっともない肉体がますます恥かしくなってくる。そこで友だちも作らず訪問者にも会わないで、そのうめ合わせには夜などコッソリ雑沓《ざっとう》の巷《ちまた》をさまようのじゃないでしょうか。春泥の気質や細君の口裏などから、どうもそんなふうに思われるのですよ」

本田はなかなか雄弁に、春泥の面影を形容するのであった。そして、彼は最後に実に奇妙な事実を報告したのである。

「ところがね、寒川さん、ついこのあいだのことですが、僕、あの行方不明の大江春泥に会ったのですよ。余り様子が変っていたので挨拶もしなかったけれど、確かに春泥にちがいないのです」

「どこで、どこで？」

私は思わず聞き返した。

「浅草公園ですよ。僕その時、実は朝帰りの途中で、酔いがさめきっていなかったのかもしれませんがね」

本田はニヤニヤして頭をかいた。

「ほら来々軒っていうシナ料理があるでしょう。あすこの角のところに、まだ人通りも少ない朝っぱらから、まっ赤なとんがり帽に道化服の、よく太った広告ビラくばりが、ヒョコンと立っていたのです。なんとも夢みたいな話だけど、それが大江春泥だったのですよ。ハッとして立ち止まって、声をかけようかどうしようかと思い迷っているうちに、相手のほうでも気づいたのでしょう。しかしやっぱりボヤッとした無表情な顔で、クルッとうしろ向きになると、そのまま大急ぎで向こうの路地へはいって行ってしまいました。よっぽど追っかけようかと思ったけれど、あの風体じゃ挨拶するのもかえって変だと考えなおして、そのまま帰ったのですが」

大江春泥の異様な生活を聞いているうちに、私は悪夢でも見ているような不愉快な気持になってきた。そして、彼が浅草公園で、とんがり帽と道化服をつけて立っていたと聞いたときには、なぜかギョッとして、総毛立つような感じがした。

彼の道化姿と静子への脅迫状とに、どんな因果関係があるのか、私にはわからなかったが(本田が浅草で春泥に会ったのは、ちょうど第一回の脅迫状がきた時分らしかった、なんにしても)、うっちゃってはおけないという気がした。

私はその時ついでに、静子から預かっていた、例の脅迫状のなるべく意味のわからないような部分を、一枚だけ選び出して、それを本田に見せ、果たして春泥の筆蹟《ひっせき》かどうかを確かめることを忘れなかった。

すると彼は、これは春泥の手蹟にちがいないと断言したばかりでなく、形容詞や仮名遣いの癖まで、春泥でなくては書けない文章だといった。彼はいつか、春泥の筆癖をまねて小説を書いてみたことがあるので、それがよくわかるが、「あのネチネチした文章は、ちょっとまねができませんよ」というのだ。私も彼のこの意見には賛成であった。数通の手紙の全体を読んでいる私は、本田以上に、そこに漂っている春泥の匂《にお》いを感じていたのである。

そこで、私は本田に、でたらめの理由をつけて、なんとかして春泥のありかをつき止めてくれないかと頼んだのである。

本田は、「いいですとも、僕にお任せなさい」と安請合いをしたが、私はそれだけでは安心がならず、私自身も本田から聞いた春泥の住んでいたという、上野桜木町三十二番地へ出かけて行って、近所の様子を探ってみることにした。

四

翌日、私は書きかけの原稿をそのままにしておいて、桜木町へ出かけ、近所の女中だとか出入商人などをつかまえて、いろいろと春泥一家のことを聞きまわってみたが、本田のいったことが決して嘘でなかったことを確かめた以上には、春泥のその後の行方については何事もわからなかった。

あの辺は小さな門などのある中流住宅が多いので、隣同士でも、裏長屋のように話し合うことはなく、行き先を告げずに引越して行ったというくらいのことしか、誰も知らなかった。むろん大江春泥の表札など出していないので、彼が有名な小説家だと知っている人もなかった。トラックを持って荷物を取りにきた引越し屋さえ、どこの店だかわからないので、私は空しく帰るほかはなかった。

ほかに方法もないので、私は急ぎの原稿を書くひまひまには、毎日のように本田に電話をかけて、捜索の模様を聞くのだが、いっこうこれという手掛りもないらしく、五日六日と日がたって行った。そして、私たちがそんなことをしているあいだに、春泥の方では彼の執念深い企らみを着々と進めていたのであった。

或る日小山田静子から私の宿へ電話がかかって、大変心配なことができたから、一度おいでが願いたい。主人は留守だし、召使いたちも、気のおけるような者は、遠方に使いに出して待っているからということであった。彼女は自宅の電話を使わず、わざわざ公衆電話からかけたらしく、彼女がこれだけのことをいうのに、非常にためらい勝ちであったものだから、途中で三分の時間がきて、一度電話が切れたほどであった。

主人の留守を幸い、召使いは使いに出して、ソッと私を呼び寄せるという、このなまめかしい形式が、ちょっと私を妙な気持にした。もちろんそれだからというのではないが、私はすぐさま承諾して、浅草山《やま》の宿《しゅく》にある彼女の家を訪ねた。

小山田家は商家と商家のあいだを奥深くはいったところにある、ちょっと昔の寮といった感じの古めかしい建物であった。正面から見たのではわからぬけれど、たぶん裏を大川が流れているのではないかと思われた。だが、寮の見立てにふさわしくないのは、新らしく建て増したと見える建物を取り囲んだ、甚だしく野暮なコンクリート塀と（その塀の上部には盗賊よけのガラスの破片さえ植えつけてあった）、母屋《おもや》の裏の方にそびえている二階建ての西洋館であった。その二つのものが、いかにも昔風の日本建てと不調和で、金持ち趣味の泥臭い感じを与えていた。

刺《し》を通じると、田舎者らしい少女の取次ぎで、洋館の方の応接間へ案内されたが、そこには、静子がただならぬ様子で待ちかまえていた。

彼女は幾度も幾度も、私を呼びつけたぶしつけを詫びたあとで、なぜか小声になって、

「先ずこれを見てくださいまし」

といって一通の封書をさし出した。そして、何を恐れるのか、うしろを見るように

して、私の方へすり寄ってくるのだった。それはやっぱり大江春泥からの手紙であったが、内容がこれまでのものとは少々違っているので、左にその全文を貼りつけておくことにする。

静子、お前の苦しんでいる様子が眼に見えるようだ。

お前が主人には秘密で、私の行方をつきとめようと苦心していることも、ちゃんと私にはわかっている。だが、むだだから止《よ》すがいい。たとえお前に私の脅迫を主人に打ち明ける勇気があり、その結果、警察の手をわずらわしたところで、私の所在はわかりっこはないのだ。私がどんなに用意周到な男であるかは、私の過去の作品を見てもわかるはずではないか。

さて、私の小手調べもこの辺で打ち切りどきだろう。私の復讐事業は第二段に移る時期に達したようだ。

それについて、私は少しく君に予備知識を与えておかねばなるまい。私がどうしてあんなにも正確に、夜ごとのお前の行為を知ることができたか。もうお前にもおおかた想像がついているだろう。つまり、私はお前を発見して以来、影のようにお前の身辺につきまとっているのだ。お前のほうからはどうしても見ることはできないけれど、私のほうからはお前が家に居るときも、外出したときも、寸時の絶えまもなくお前の姿を凝視しているのだ。私はお前の影になりきってしまったのだ。現にいま、お前がこの手紙を読んで震えている様子をも、お前の影である私は、どこかの隅から、眼を細めてじっと眺めているかもしれないのだ。

　お前も知っている通り、私は夜ごとのお前の行為を眺めているうちに、当然お前たちの夫婦仲の睦《むつ》まじさを見せつけられた。私はむろん烈《はげ》しい嫉妬を感じないではいられなかった。

　これは最初復讐計画を立てたとき、勘定に入れておかなかった事柄だったが、しかし、そんなことが毫《ごう》も私の計画を妨げなかったばかりか、かえって、この嫉妬は私の復讐心を燃え立たせる油となった。そして私は私の予定にいささかの変更を加えるほうが、一そう私の目的にとって有効であることを悟った。

　というのは、ほかでもない。最初の予定では、私はお前をいじめにいじめぬき、怖わがらせに怖わがらせぬいた上で、おもむろにお前の命を奪おうと思っていたのだが、此《こ》のあいだからお前たちの夫婦仲を見せつけられるに及んで、お前を殺すに先だって、お前を愛している夫の命を、お前の眼の前で奪い、それから、その悲歎《ひたん》を充分に味わせた上で、お前の番にしたほうが、なかなか効果的ではないかと考えるようになった。

そして、私はそれにきめたのだ。

だが慌《あわ》てることはない。私はいつも急がないのだ。第一この手紙を読んだお前が、充分苦しみ抜かぬうちに、その次の手段を実行するというのは、余りにもったいないことだからな。

三月十六日深夜　　　復讐鬼より

静子殿

この残忍酷薄をきわめた文面を読むと、私もさすがにゾッとしないではいられなかった。そして、人でなし大江春泥を憎む心が幾倍するのを感じた。

だが、私が恐れをなしてしまったのでは、あのいじらしく打ちしおれた静子を誰がなぐさめるのだ。私はしいて平気をよそおいながら、この脅迫状が小説家の妄想にすぎないことを、くり返して説くほかはなかった。

「どうか、先生、もっとお静かにおっしゃってくださいまし」

私が熱心にくどき立てるのを聞こうともせず、静子は何かほかのことに気をとられているふうで、時々じっと一つ所を見つめて、耳をすます仕草をした。そして、さも、誰かが立ち聞きでもしているかのように声をひそめるのだった。彼女の唇は、青白い顔色と見分けられぬほど色を失っていた。

「先生、わたくし、頭がどうかしたのではないかと思いますわ。でも、あんなことが、ほんとうだったのでしょうか」

静子は気でも違ったのではないかと疑われる調子で、ささやき声で、わけのわからぬことを口走るのだ。

「何かあったのですか」

私も誘い込まれてつい物々しいささやき声になっていた。

「この家の中に平田さんがいるのでございます」

「どこにですか」

私は彼女の意味が呑《の》み込めないで、ぼんやりしていた。

すると、静子は思いきったように立ちあがって、まっ青になって、私をさし招くのだ。それを見ると、私も何かしらワクワクして、彼女のあとに従った。彼女は途中で私の腕時計に気づくと、なぜか私にそれをはずさせ、テーブルの上へ置きに帰った。それから、私たちは足音をさえ忍ばせ、短い廊下を通って、日本建ての方の静子の居間だという部屋へはいって行ったが、そこの襖《ふすま》をあけるとき、静子はすぐその向こうがわに、曲者《くせもの》が隠れてでもいるような恐怖を示した。

「変ですね。昼日中、あの男がお宅へ忍び込んでいるなんて、何かの思い違いじゃありませんか」

私がそんなことを言いかけると、彼女はハッとしたように、それを手まねで制して、私の手を取って、部屋の一隅へつれて行くと、眼をその上の天井に向けて、

「だまって聞いてごらんなさい」

というような合図をするのだ。

私たちはそこで、十分ばかりも、じっと眼を見合わせて、耳をすまして立ちつくしていた。

昼間だったけれど、手広い邸《やしき》の奥まった部屋なので、なんの物音もなく、耳の底で血の流れる音さえ聞こえるほど、シーンと静まり返っていた。

「時計のコチコチという音が聞こえません？」

ややしばらくたって、静子は聞きとれぬほどの小声で私に尋ねた。

「いいえ、時計って、どこにあるんです」

すると、静子はだまったまま、しばらく聞き耳を立てていたが、やっと安心したものか、

「もう聞こえませんわねえ」

といって、また私を招いて洋館の元の部屋に戻ると、彼女は異常な息づかいで、次のような妙なことを話しはじめたのである。

そのとき彼女は居間で、ちょっとした縫物をしていたが、そこへ女中が先に引用した春泥の手紙を持ってきた。もうこのごろでは、上封を見ただけで一と目でそれとわかるようになっているので、彼女はそれを受取ると、なんともいえぬいやあな心持になったが、でも、あけてみないでは、いっそう不安なので、こわごわ封を切って読んでみた。

事が主人の上にまで及んできたのを知ると、もうじっとしてはいられなかった。彼女はなぜということもなく立ち上がって部屋の隅へ歩いて行った。そして、ちょうど簞笥《たんす》の前に立ち止まったとき、頭の上から、非常にかすかな、地虫の鳴き声でもあるような物音が聞こえてくるのを感じた。

「わたくし、耳鳴りではないかと思ったのですけれど、じっと辛抱して聞いていますと、耳鳴りとは違った、金属のふれ合うような、カチカチっていう音が、確かに聞こえてくるのでございます」

それは、そこの天井板の上に人が潜んでいるのだ、その人の懐中時計が秒を刻んでいるのだ、としか考えられなかった。

偶然彼女の耳が天井に近くなったのと、部屋が非常に静かであったために、神経が鋭くなっていた彼女には、天井裏のかすかなかすかな金属のささやきが聞こえたのであろう。もしや違った方角にある時計の音が、光線の反射みたいな理窟《りくつ》で、天井裏からのように聞こえたのではないかと、その辺を隈《くま》なく調べてみたけれど、近くに時計など置いてなかった。

彼女はふと「現に今、お前がこの手紙を読んで震えている様子をも、お前の影である私は、どこかの隅から、眼を細めてじっと眺めているかもしれないのだ」という手紙の文句を思い出した。すると、ちょうどそこの天井板が少しそり返って、隙間《すきま》ができているのが彼女の注意を惹《ひ》いた。その隙間の奥の、まっ暗な中で、春泥の眼が細く光っているようにさえ思われてきた。

「そこにいらっしゃるのは、平田さんではありませんか」

そのとき静子は、ふと異様な興奮におそわれた。彼女は思いきって、敵の前に身を投げ出すような気持で、ハラハラと涙をこぼしながら、屋根裏の人物に話しかけたのであった。

「私、どんなになってもかまいません。あなたのお気のすむように、どんなことでもいたします。たとえあなたに殺されても、少しもお恨みには思いません。でも、主人だけは助けてください。私はあの人に嘘をついたのです。その上、私のためにあの人が死ぬようなことになっては、私、あんまり空恐ろしいのです。助けてください。助けてください」

彼女は小さな声ではあったが、心をこめてかきくどいた。

だが、上からはなんの返事もないのだ。彼女は一時の興奮からさめて、気抜けがしたように、長いあいだそこに立ちつくしていた。しかし、天井裏にはやっぱりかすかに時計の音がしているばかりで、ほかには少しの物音も聞こえてはこないのだ。陰獣は闇《やみ》の中で、息を殺して、唖のようにだまり返っているのだ。

その異様な静けさに、彼女は突然非常な恐怖を覚えた。彼女はやにわに居間を逃げ出して、家の中にも居たたまらなくて、なんの気であったか、表へかけ出してしまったというのだ。そして、ふと私のことを思いだすと、矢も楯《たて》もたまらず、そこにあった公衆電話にはいったということであった。

私は静子の話を聞いているうちに、大江春泥の無気味な小説「屋根裏の遊戯」を思い出さないではいられなかった。もし静子の聞いた時計の音が錯覚でなく、そこに春泥がひそんでいたとすれば、彼はあの小説の思いつきを、そのまま実行に移したものであり、まことに春泥らしいやり方と頷《うなず》くことができた。

私は「屋根裏の遊戯」を読んでいるだけに、この静子の一見とっぴな話を、一笑に付し去ることができなかったばかりでなく、私自身激しい恐怖を感じないではいられなかった。私は屋根裏の暗闇の中で、まっ赤なとんがり帽と、道化服をつけた、太っちょうの大江春泥が、ニヤニヤと笑っている幻覚をさえ感じた。

五

私たちはいろいろ相談をした末、結局、私が「屋根裏の遊戯」の中の素人《しろうと》探偵のように、静子の居間の天井裏へ上がって、そこに人のいた形跡があるかどうか、もしいたとすれば、いったいどこから出入りしたのであるかを、確かめてみることになった。静子は、「そんな気味のわるいことを」といって、しきりに止めたけれど、私はそれをふり切って、春泥の小説から教わった通り、押入れの天井板をはがして、電燈工夫のように、その穴の中へもぐって行った。ちょうど家には、さっき取次ぎに出た少女のほかに誰もいなかったし、その少女も勝手元のほうで働いている様子だったから、私は誰に見とがめられる心配もなかったのだ。

屋根裏なんて、決して春泥の小説のように美しいものではなかった。

古い家ではあったが、暮れの煤掃《すす》きのおり灰汁洗《あくあら》い屋を入れて、天井板をはずしてすっかり洗わせたとのことで、ひどく汚くはなかったけれど、それでも、三月のあいだにはほこりもたまっているし、蜘蛛《くも》の巣も張っていた。第一まっ暗でどうすることもできないので、私は静子の家にあった懐中電燈を借りて、苦心して梁《はり》を伝いながら、問題の箇所へ近づいて行った。そこには、天井板に隙間ができていて、たぶん灰汁洗いをしたために、そんなに板がそり返ったのであろう、下から薄い光がさしていたので、それが目印になった。だが、私は半間も進まぬうちにドキンとするようなものを発見した。

私はそうして屋根裏に上がりながらも、実はまさか、まさかと思っていたのだが、静子の想像は決して間違っていなかったのだ。天井板の上に、確かに最近人の通ったらしい跡が残っていた。

私はゾーッと寒気を感じた。小説を知っているだけで、まだ会ったことのない毒蜘蛛のような、あの大江春泥が、私と同じ恰好《かっこう》で、その天井裏を這《は》いまわっていたのかと思うと、私は一種名状しがたい戦慄におそわれた。私は堅くなって、梁のほこりの上に残った手だか足だかの跡を追って行った。時計の音のしたという場所は、なるほど、ほこりがひどく乱れて、そこに長いあいだ人のいた形跡があった。

私はもう夢中になって、春泥とおぼしき人物のあとをつけはじめた。彼はほとんど家じゅうの天井裏を歩きまわったらしく、どこまで行っても、怪しい足跡は尽きなかった。そして、静子の居間と、静子らの寝室の天井に、板のすいたところがあって、その箇所だけほこりが余計乱れていた。

私は屋根裏の遊戯者をまねて、そこから下の部屋を覗《のぞ》いて見たが、春泥がそれに陶酔したのも決して無理ではなかった。天井板の隙間から見た「下界」の光景の不思議さは、まことに想像以上であった。殊にも、ちょうど私の眼の下にうなだれていた静子の姿を眺めたときには、人間というものが、眼の角度によっては、こうも異様に見えるものかと驚いたほどであった。

われわれはいつも横の方から見られつけているので、どんなに自分の姿を意識している人でも、真上から見た恰好までは考えていない。そこには非常な隙があるはずだ。隙があるだけに、少しも飾らぬ生地のままの人間が、やや不恰好に曝露《ばくろ》されているのだ。静子の艶々《つやつや》した丸髷《まるまげ》には（真上から見た丸髷というものの形からして、すでに変であったが）、前髪と髷とのあいだの窪《くぼ》みに、薄くではあったが、ほこりが溜《たま》って、ほかの綺麗《きれい》な部分とは比較にならぬほど汚れていたし、髷につづく項《うなじ》の奥には、着物の襟と背中とが作る谷底を真上から覗くので、脊筋《せすじ》の窪みまで見えて、そして、そのねっとり青白い皮膚の上には、例の毒々しいミミズ脹《ば》れがずっと奥の暗くなって見えぬところまでも、いたいたしくつづいているのだ。上から見た静子は、やや上品さを失ったようではあったが、その代りに、彼女の持つ一種不可思議なオブシニティが一そう色濃く私に迫ってくるのを感じた。

それはともかく、私は何か大江春泥を証拠立てるようなものが残されていないかと、懐中電燈の光を近づけて、天井板の上を調べまわったが、手型も足跡もみな曖昧《あいまい》で、むろん指紋などは識別されなかった。春泥は定めし「屋根裏の遊戯」をそのままに、足袋や手袋の用意を忘れなかったのであろう。

ただ一つ、ちょうど静子の居間の上の、梁から天井をつるした支え木の根元の、ちょっと眼につかぬ場所に、小さな鼠色《ねずみいろ》の丸いものが落ちていた。艶消の金属で、うつろな椀の形をしたボタンみたいなもので、表面にR・K・BROS・COという文字が浮き彫りになっていた。

それを拾った時、私はすぐさま「屋根裏の遊戯」に出てくるシャツのボタンを思い出したが、しかしその品はボタンにしては少し変だった。帽子の飾りかなんかではないかとも思ったけれど、確かなことはわからない。あとで静子に見せても、彼女も首をかしげるばかりであった。

むろん私は、春泥がどこから天井裏に忍び込んだかという点をも、綿密に調べてみた。

ほこりの乱れた跡をしたって行くと、それは玄関横の物置きの上で止まっていた。物置きの粗末な天井板は、持ち上げてみると、なんなく取れた。私はそこに投げ込んである椅子《いす》のこわれを足場にして、下におり、内部から物置きの戸をあけてみたが、その戸には錠前がなくて、わけもなくひらいた。そのすぐそとには、人の背よりは少し高いコンクリートの塀があった。

おそらく大江春泥は、人通りのなくなったころを見はからって、この塀をのり越え（塀の上には前にもいったようにガラスの破片が植えつけてあったけれど、計画的な侵入者にはそんなものは問題ではないのだ）、今の錠前のない物置きから、屋根裏へ忍び込んだものであろう。

そうして、すっかり種がわかってしまうと、私はいささかあっけない気がした。不良少年でもやりそうな子供らしいいたずらじゃないかと、相手を軽蔑してやりたい気持だった。妙なえたいの知れぬ恐怖がなくなって、その代りに現実的な不快ばかりが残った（だが、そんなふうに相手を軽蔑してしまったのは、飛んでもない間違いであったことが、後になってわかった）。

静子は無性に怖がって、主人の身にはかえられぬから、彼女の秘密を犠牲にしても、警察の手をわずらわすほうがよくはないかと言いだしたが、私は相手を軽蔑しはじめていたものだから、彼女を制して、まさか「屋根裏の遊戯」にある天井から毒薬をたらすような、ばかばかしいまねができるはずはないし、天井裏へ忍び込んだからといって、人が殺せるものではない。こんな怖がらせは、いかにも大江春泥らしい稚気で、こうして、さも何か犯罪を企らんでいるように見せかけるのが、彼の手ではないか。高が小説家の彼に、それ以上の実行力があろうとは思われぬ、というふうに彼女をなぐさめたのであった。そして、あまり静子が怖がるものだから、気休めに、そんなことの好きな私の友だちを頼んで、毎夜物置きのあたりの塀そとを見張らせることを約束した。

静子は、ちょうど西洋館の二階に客用の寝室があるのを幸い、何か口実を設けて、当分、彼女たち夫婦の寝間をそこへ移すことにするといっていた。西洋館なれば、天井の隙見などできないのだから。

そしてこの二つの防禦《ぼうぎょ》方法は、その翌日から実行されたのだが、しかし、陰獣大江春泥の恐るべき魔手は、そのような姑息《こそく》手段を無視して、それから二日後の三月十九日深夜、彼の予告を厳守し、ついに第一の犠牲者を屠《ほふ》ったのである。小山田六郎氏の息の根を絶ったのである。

六

春泥の手紙には小山田氏殺害の予告に付け加えて「だが慌てることはない。私はいつも急がないのだ」という文句があった。それにもかかわらず、彼はどうしてあんなに慌てて、たった二日しかあいだをおかないで、兇行《きょうこう》を演じることになったのであろうか。それは或いはわざと手紙では油断をさせておいて意表にでる、一種の策略であったかもしれないのだが、私はふと、もっと別の理由があったのではないかと疑った。静子が時計の音を聞いて、屋根裏に春泥が潜んでいると信じ、涙を流して小山田氏の命乞《いのちご》いをしたということを聞いたとき、すでに私はそれを虞《おそ》れたのだが、春泥はこの静子の純情を知るに及んで、一そうはげしい嫉妬を感じ、同時に身の危険をも悟ったにちがいない。そして「よし、それほどお前の愛している亭主なら、長く待たさないで、早速やっつけて上げることにしよう」という気持になったのであろう。それはともかく、小山田六郎氏の変死事件は、きわめて異様な状態において発見されたのである。

私は静子からの知らせで、その日の夕刻小山田家に駈《か》けつけ、はじめてすべての事情を聞き知ったのであるが、小山田氏はその前日、べつだん変った様子もなく、いつもよりは少し早く会社から帰宅して、晩酌をすませると、川向こうの小梅の友人のうちへ、碁を囲みに行くのだといって、暖かい晩だったので、大島の袷《あわせ》に塩瀬の羽織だけで、外套《がいとう》は着ず、ブラリと出掛けた。それが午後七時ごろのことであった。遠いところでもないので、彼はいつものように、散歩かたがた、吾妻橋《あずまばし》を迂回《うかい》して、向島の土手を歩いて行った。そして、小梅の友人の家に十二時ごろまでいて、やはり徒歩でそこを出たというところまではハッキリわかっていた。だがそれから先が一切不明なのだ。

一と晩待ち明かしても帰りがないので、しかも、それがちょうど大江春泥から恐ろしい予告を受けていた際なので、静子は非常に心をいためて、朝になるのを待ちかねて、知っている限りの心当たりへ、電話や使いで聞き合わせたが、どこにも立ち寄った形跡がない。彼女はむろん私のところへも電話をかけたのだけれど、ちょうどその前夜から、私は宿を留守にしていて、やっと夕方ごろ帰ったので、この騒動は少しも知らなかったのだ。

やがて、いつもの出勤時刻がきても、小山田氏は会社へも顔を出さないので、会社の方でもいろいろと手を尽して探してみたが、どうしても行方がわからぬ。そんなことをしているうちに、もうお昼近くになってしまった。ちょうどそこへ、象潟《きさがた》警察から電話があって、小山田氏の変死を知らせてきたのであった。

吾妻橋の西詰め、雷門の電車停留所を少し北へ行って、土手をおりた所に、吾妻橋千住大橋間を往復している乗合汽船の発着所がある。一銭蒸汽といった時代からの隅田川の名物で、私はよく用もないのに、あの発動機船に乗って、言問《こととい》だとか白鬚《しらひげ》だとかへ往復してみることがある。汽船商人が絵本や玩具などを船の中へ持ちこんで、スクリュウの音に合わせて、活動弁士のようなしわがれ声で、商品の説明をしたりする、あの田舎《いなか》々々した、古めかしい味がたまらなく好もしいからだ。その汽船発着所は、隅田川の水の上に浮かんでいる四角な船のようなもので、待合客のベンチも、客用の便所も、皆そのブカブカと動く船の上に設けられている。私はその便所へもはいったことがあって知っているのだが、便所といっても婦人用の一つきりの箱みたいなもので、木の床が長方形に切り抜いてあって、その下のすぐ一尺ばかりのところを、大川の水がドブリドブリと流れている。

ちょうど汽車か船の便所と同じで、不潔物が溜るようなことはなく、綺麗といえば綺麗だが、その長方形に区切られた穴から、じっと下を見ていると、底のしれない青黒い水がよどんでいて、時々ごもくなどが、検微鏡の中の微生物のように、穴の端から現われて、ゆるゆると他の端へ消えて行く。それが妙に無気味な感じなのだ。

三月二十日の朝八時ごろ、浅草仲店の商家のおかみさんが、千住へ用達《ようた》しに行くために、吾妻橋の汽船発着所へきて、船を待ち合わせるあいだに、その便所へはいった。そして、はいったかと思うと、いきなりキヤッと悲鳴を上げて飛び出してきた。

切符切りの爺《じい》さんが聞いてみると、便所の長方形の穴の真下に、青い水の中から、一人の男の顔が彼女の方を見上げていたというのだ。

切符切りの爺さんは、最初は、船頭か何かのいたずらだと思ったが（そういう水の中の出歯亀《でばがめ》事件は、時たま無いでもなかったので）、とにかく便所へはいって調べてみると、やっぱり穴の下一尺ばかりの間ぢかに、ポッカリと人の顔が浮いていて、水の動揺につれて、顔が半分隠れるかと思うと、またヌッと現われる。まるでゼンマイ仕掛けの玩具のようで、凄《すご》いったらなかったと、あとになって爺さんが話した。

それが人の死骸《しがい》だとわかると、爺さんは俄《にわ》かに慌て出して、大声で発着所にいた若い者を呼んだ。

船を待ち合わせていた客の中にも、いなせな肴屋《さかなや》さんなどがいて、若い者と協力して死体の引き上げにかかったが、便所の中からではとても上げられないので、そとがわから竿《さお》で死骸を広い水の上までつき出したところが、妙なことには、死骸は猿股《さるまた》一つきりで、まるはだかなのだ。

四十前後の立派な人品だし、まさかこの陽気に隅田川で泳いでいたとも受けとれぬので、変だと思ってなおよく見ると、どうやら背中に刃物の突き傷があるらしく、水死人にしては水も呑んでいないようなあんばいである。

ただの水死人ではなくて殺人事件だとわかると、騒ぎはいっそう大きくなったが、さて、水から引き上げる段になって、また一つ奇妙なことが発見された。

知らせによって駈けつけた、花川戸交番の巡査の指図で、発着所の若い者が、モジャモジャした死骸の頭の毛をつかんで引き上げようとすると、その頭髪が頭の地肌から、ズルズルとはがれてきたのだ。

若い者は、余りの気味わるさに、ワッといって手を離してしまったが、入水してからそんなに時間がたっているようでもないのに、髪の毛がズルズルむけてくるのは変だと思って、よく調べてみると、なんのことだ、髪の毛だと思ったのは、かつらで、本人の頭はテカテカに禿《は》げ上がっていたのであった。

これが静子の夫であり、碌々商会の重役である小山田六郎氏の悲惨な死にざまであった。

つまり、六郎氏の死体は、裸体にされた上、禿げ頭に、ふさふさとしたかつらまでかぶせて、吾妻橋下に投げ込まれていたのだった。しかも、死体が水中で発見されたにもかかわらず、水を呑んだ形跡はなく、致命傷は背中の左肺部に受けた、鋭い刃物の突き傷であった。致命傷のほかに背中に数カ所浅い突き傷があったところをみると、犯人は幾度も突きそくなったものにちがいなかった。

警察医の検診によると、その致命傷を受けた時間は、前夜の一時ごろらしいということであったが、なにぶん死体には着物も持ち物もないので、どこの誰ともわからず、警察でも途方に暮れていたところへ、幸いにも昼ごろになって、小山田氏を見知るものが現われたので、さっそく、小山田邸と碌々商会とへ、電話をかけたということであった。

夕刻私が小山田家を訪ねたときには、小山田氏がわの親戚《しんせき》の人たちや、碌々商会の社員、故人の友人などがつめかけていて、家の中は非常に混雑していた。ちょうど今しがた警察から帰ったところだといって、静子はそれらの見舞客にとり囲まれて、ぼんやりしているのだ。

小山田氏の死体は都合によっては解剖しなければならないというので、まだ警察から下げ渡されず。仏壇の前の白布で覆《おお》われた台には、急ごしらえの位牌《いはい》ばかりが置かれ、それに物々しく香華《こうげ》がたむけてあった。

私はそこで、静子や会社の人から、右に述べた死体発見の顚末《てんまつ》を聞かされたのであるが、私は春泥を軽蔑《けいべつ》して、二、三日前静子が警察に届けようといったのをとめたばかりに、このような不祥事をひき起こしたかと思うと、恥と後悔とで座にもいたたまれぬ思いがした。

私は下手人は大江春泥のほかにはないと思った。春泥はきっと、小山田氏が小梅の碁友だちの家を辞して、吾妻橋を通りかかったおり、彼を汽船発着所の暗がりへ連れ込み、そこで兇行を演じ、死体を河中へ投棄したものにちがいない。時間の点からいっても、春泥が浅草辺にうろうろしていたという本田の言葉から推しても、いや、現に彼は小山田氏の殺害を予告さえしていたのだから、下手人が春泥であることに疑いをはさむ余地はないのだ。

だが、それにしても、小山田氏はなぜまっぱだかになっていたのか、また変なかつらなどをかぶっていたのか、もしそれも春泥の仕業であったとすれば、彼はなぜそのような途方もないまねをしなければならなかったのか、まことに不思議というほかはなかった。

私は折を見て、静子と私だけが知っている秘密について相談をするために、「ちょっと」といって、彼女に別室へきてもらった。静子はそれを待っていたように、一座の人に会釈《えしやく》すると、急いで私のあとに従ってきたが、人目がなくなると、「先生」と小声で叫んで、いきなり私にすがりつき、じっと私の胸の辺を見つめていたかと思うと、長いまつげが、ギラギラと光って、まぶたのあいだがふくれ上がったと見るまに、それがやがて大きな水の玉になって、青白い頬の上をツルッ、ツルッと流れるのだ。涙はあとからあとからと、ふくれ上がってきては、止めどもなく流れるのだ。

「僕はあなたに、なんといってお詫びしていいかわからない。まったく僕の油断からです。あいつに、こんな実行力があろうとは、ほんとうに思いがけなかった。僕がわるいのです。僕がわるいのです……」

私もつい感傷的になって、泣き沈む静子の手をとると、力づけるように、それを握りしめながら、繰り返し繰り返し詫言をした。私が静子の肉体にふれたのは、あの時がはじめてだった。そんな際ではあったけれど、私はあの青白く弱々しいくせに、芯《しん》の方で火でも燃えているのではないかと思われる、熱っぽく弾力のある彼女の手先の不思議な感触を、はっきりと意識し、いつまでもそれを覚えていた。

「それで、あなたはあの脅迫状のことを、警察でおっしゃいましたか」

やっとしてから、私は静子の泣き止《や》むのを待って尋ねた。

「いいえ、私どうしていいかわからなかったものですから」

「まだ言わなかったのですね」

「ええ、先生にご相談しようと思って」

あとから考えると変だけれど、私はその時もまだ静子の手を握っていた。静子もそれを握らせたまま、私にすがるようにして立っていた。

「あなたもむろん、あの男の仕業だと思っているのでしょう」

「ええ、それに、ゆうべ妙なことがありましたの」

「妙なことって？」

「先生のご注意で、寝室を洋館の二階に移しましたでしょう。これでもう覗かれる心配はないと安心していたのですけれど、やっぱりあの人、覗いていたようですの」

「どこからです」

「ガラス窓のそとから」

そして、静子はその時の怖かったことを思い出したように、眼を大きく見ひらいて、ポツリポツリと話すのであった。

「ゆうべは十二時ごろベッドにはいったのですけれど、主人が帰らないものですから、心配で心配で、それに天井の高い洋室にたった一人でやすんでいますのが怖くなってきて、妙に部屋の隅々が眺められるのです。窓のブラインドが、一つだけ降りきっていないので、一尺ばかり下があいているので、そこからまっ暗なそとの見えているのが、もう怖くって、怖いと思えば、余計その方へ眼が行って、しまいには、そこのガラスの向こうに、ボンヤリ人の顔が見えてくるじゃありませんか」

「幻影じゃなかったのですか」

「少しのあいだで、すぐ消えてしまいましたけれど、今でも私、見違いやなんかではなかったと思っていますわ。モジャモジャした髪の毛をガラスにピッタリくっつけて、うつむき気味になって、上目遣いにじっと私の方を睨《にら》んでいたのが、まだ見えるようですわ」

「平田でしたか」

「ええ、でも、ほかにそんなまねをする人なんて、あるはずがないのですもの」

私たちはその時、こんなふうの会話を取りかわしたあとで、小山田氏の殺人犯人が大江春泥の平田一郎にちがいないと判断し、彼がこの次には静子をも殺害しようと企《たく》らんでいることを、静子と私とが同道で警察に申しいで、保護を願うことに話をきめた。

この事件の係りの検事は、糸崎という法学士で、幸いにも、私たち探偵作家や、医学者や、法律家などで作っている猟奇会の会員だったので、私が静子といっしょに、捜査本部である象潟警察へ出頭すると、検事と被害者の家族というような、しかつめらしい関係ではなく、友だちつき合いで、親切に私たちの話を聞いてくれた。

彼もこの異様な事件にはよほど驚いた様子で、また深い興味をも感じたらしかったが、ともかく全力を尽して大江春泥の行方を探させること、小山田家には特に刑事を張り込ませ、警官の巡廻の回数を増して、充分静子を保護するという約束をしてくれた。大江春泥の人相については、世に流布《るふ》している写真は余り似ていないという私の注意から、博文館の本田を呼んで、詳しく彼の知っている容貌《ようぼう》を聞き取ったのであった。

七

それから約一カ月のあいだ、警察は全力をあげて大江春泥を捜索していたし、私も本田に頼んだり、そのほかの新聞記者、雑誌記者など、会う人ごとに、春泥の行方について、何か手掛りになるような事実を聞き出そうと骨折っていたにもかかわらず、春泥はいかなる魔法を心得ていたのであるか、杳《よう》としてその消息がわからないのであった。

彼一人なればともかく、足手まといの妻君と二人つれで、彼はどこにどうして隠れていたのであるか。彼は果たして、糸崎検事が想像したように、密航を企て、遠く海外へ逃げ去ってしまったものであろうか。

それにしても、不思議なのは、六郎氏変死以来、例の脅迫状がぱったりこなくなってしまったことであった。春泥は警察の捜索が怖くなって、次の予定であった静子の殺害を思いとどまり、ただ身を隠すことに汲々《きゅうきゅう》としていたのであろうか。いや、いや、彼のような男に、そのくらいのことがあらかじめわからなかったはずはない。すると、彼は今なお東京のどこかに潜伏していて、じっと静子殺害の機会を窺《うかが》っているのではあるまいか。

象潟警察署長は、部下の刑事に命じて、かつて私がしたように、春泥の最後の住居であった上野桜木町三十二番地付近を調べさせたが、さすがは専門家である、その刑事は苦心の末、春泥の引越し荷物を運搬した運送店を発見して（それは同じ上野でもずっと隔たった黒門町辺の小さな運送店であったが）、それからそれへと彼の引越し先を追って行った。

その結果わかったところによると、春泥は桜木町を引き払ってから、本所区柳島町、向島須崎町と、だんだん品の悪い場所へ移って行って、最後の須崎町などは、バラック同然の、工場と工場にはさまれた汚らしい一軒建ちの借家であったが、彼はそこを数カ月の前家賃で借り受け、刑事が行った時にも、家主の方へはまだ彼が住まっていることになっていたが、家の中を調べてみると、道具も何もなく、ほこりだらけで、いつから空家になっていたかわからぬほど荒れ果てていた。近所で聞き合わせても、両隣とも工場なので、観察好きのおかみさんというようなものもなく、いっこう要領をえないのであった。

博文館の本田は本田で、彼はだんだん様子がわかってくると、根がこうしたことの好きな男だものだから、非常に乗り気になってしまって、浅草公園で一度春泥に会ったのを元にして、原稿取りの仕事のひまひまには、熱心に探偵のまねごとをはじめたものである。

彼は先《ま》ず、かつて春泥が広告ビラを配っていたことから、浅草付近の広告屋を、二、三軒歩きまわって、春泥らしい男を雇った店はないかと調べてみたが、困ったことには、それらの広告屋では、忙しい時には浅草公園あたりの浮浪人を臨時に雇って、衣《い》裳《しょう》を着せて一日だけ使うようなこともあるので、人相を聞いても思い出せぬところをみると、あなたの探していらっしゃるのも、きっとその浮浪人の一人だったのでしょう、ということであった。

そこで、本田は今度は、深夜の浅草公園をさまよって、暗い木蔭のベンチなどを一つ一つ覗きまわってみたり、浮浪人が泊りそうな本所あたりの木賃宿へ、わざわざ泊り込んで、そこの宿泊人たちと懇意を結んで、もしや春泥らしい男を見かけなかったかと尋ねまわってみたり、それはそれは苦労をしたのであるが、いつまでたっても、少しの手掛りさえ摑《つか》むことはできなかった。

本田は一週間に一度ぐらいは、私の宿に立ち寄って、彼の苦心談を話して行くのであったが、あるとき、彼は例の大黒様のような顔をニヤニヤさせて、こんな話をしたのである。

「寒川さん。僕このあいだ、ふっと見世物というものに気がついたのですよ。そしてね、すばらしいことを思いついたのですよ。近ごろ蜘蛛女だとか、首ばかりで胴のない女だとかいう見世物が、方々ではやっているのを知っているでしょう。あれと類似のものでね、首ではなくて、反対に胴ばかりの人間っていう見世物があるんですよ。横に長い箱があって、それが三つに仕切ってあって、二つの区切りの中に、大抵は女なんですが、胴と足とが寝ているのです。そして、胴の上に当たる一つの区切りはガランドウで、そこに首から上が見えていなければならないのに、それがまるっきりないのです。つまり女の首なし死体が長い箱の中に横たわっていて、しかも、そいつが生きている証拠には、時々手足を動かすのです。とても無気味で、且《か》つまたエロチックな代物《しろもの》ですよ。種は例の鏡を斜に張って、そのうしろをガランドウのように見せかける、幼稚なものだけれど。

ところが、僕はいつか、牛込の江戸川橋ね。あの橋を護国寺の方へ渡った角の所の空地で、その首なしの見世物を見たんですが、そこの胴ばかりの人間は、ほかの見世物のような女ではなくて、垢《あか》で黒光りに光った道化服を着た、よく肥った男だったのです」

本田はここまでしゃべって、思わせぶりに、ちょっと緊張した顔をして、しばらく口をつぐんだが、私が充分好奇心を起こしたのを確かめると、また話しはじめるのであった。

「わかるでしょう、僕の考えが。僕はこう思ったのです。一人の男が、万人にからだを曝《さら》しながら、しかも完全に行方をくらます一つの方法として、この見世物の首なし男に雇われるというのは、なんとすばらしい名案ではないでしょうか。彼は目印になる首から上を隠して、一日寝ていればいいのです。これは如何《いか》にも大江春泥の考えつきそうな、お化けじみたやり方じゃないでしょうか。殊《こと》に春泥はよく見世物の小説を書いたし、この類《たぐい》のことは大好きなんですからね」

「それで？」

私は本田が実際春泥を見つけたにしては、落ちつき過ぎていると思いながら、先をうながした。

「そこで、僕はさっそく江戸川橋へ行ってみたんですが、仕合わせとその見世物はまだありました。僕は木戸銭を払って中へはいり、例の太った首なし男の前に立って、どうすればこの男の顔を見ることができるかと、いろいろ考えてみたんです。で、気づいたのは、この男だって一日に幾度かは便所へ立たなければならないだろうということでした。僕は、そいつの便所へ行くのを、気長く待ち構えていたんですよ。しばらくすると多くもない見物がみな出て行ってしまって、僕一人になった。それでも辛抱して立っていますとね。首なし男が、ポンポンと拍手を打ったのです。

妙だなと思っていると、説明をする男が、僕の所へやってきて、ちょっと休憩をするからそとへ出てくれと頼むのです。そこで、僕はこれだなと感づいて、そとへ出てから、ソッとテント張りのうしろへ廻って、布の破れ目から中を覗いていると、首なし男は、説明者に手伝ってもらって箱からそとへ出ると、むろん首はあったのですが、見物席の土間の隅の所へ走って行って、シャアシャアとはじめたんです。さっきの拍手は、笑わせるじゃありませんか、小便の合図だったのですよ。ハハハハハ」

「落とし噺《ばなし》かい。ばかにしている」

私が少々怒って見せると、本田は真顔になって、

「いや、そいつはまったく人違いで、失敗だったけれど……苦心談ですよ。僕が春泥探しでどんなに苦心しているかという、一例をお話ししたんですよ」

と弁解した。

これは余談だけれど、われわれの春泥捜索は、まあそんなふうで、いつまでたっても、いっこう曙光《しょこう》を認めないのであった。

だが、たった一つだけ、これが事件解決の鍵《かぎ》ではないかと思われる、不思議な事実がわかったことを、ここに書き添えておかねばなるまい。というのは、私は小山田氏の死体のかぶっていた例のかつらに着眼して、その出所がどうやら浅草付近らしく思われたので、その辺のかつら師を探しまわった結果、千束町の松居というかつら屋で、とうとうそれらしいのを探し当てたのだが、ところがそこの主人のいうところによると、かつらその物は死体のかぶっていたのとすっかり当てはまるのだけれど、それを注文した人物は、私の予期に反して、いや私の非常な驚きにまで、大江春泥ではなくて、小山田六郎その人であったのだ。

人相もよく合っていた上に、その人は注文する時、小山田という名前をあからさまに告げて、出来上がると（それは昨年の暮れも押しつまったころであった）、彼自身足を運んで受取りにきたということであった。そのとき、小山田氏は禿げ頭を隠すのだといっていた由《よし》であるが、それにしては、彼の妻であった静子でさえも、小山田氏が生前かつらをかぶっていたのを見なかったのは、いったいどうしたわけであろう。私はいくら考えても、この不可思議な謎《なぞ》を解くことができなかった。

一方静子（今は未亡人であったが）と私との間柄は、六郎氏変死事件を境にして、俄かに親密の度を加えて行った。行き掛り上、私は静子の相談相手であり、保護者の立場にあった。小山田氏がわの親戚の人たちも、私の屋根裏調査以来の心尽しを知ると、無下に私を排斥することはできなかったし、糸崎検事などは、そういうことなればちょうど幸いだから、ちょいちょい小山田家を見舞って、未亡人の身辺に気をつけて上げてくださいと、口添えをしたほどだから、私は公然と彼女の家に出入することができたのである。

静子は初対面のときから、私の小説の愛読者として、私に少なからぬ好意を持っていたことは、先にしるした通りであるが、その上に、二人のあいだにこういう複雑な関係が生じてきたのだから、彼女が私を二なきものに頼ってきたのは、まことに当然のことであった。

そうして、しょっちゅう会っていると、殊に彼女が未亡人という境遇になってみると、今までは何かしら遠いところにあるもののように思われていた、彼女のあの青白い情熱や、なよなよと消えてしまいそうな、それでいて不思議な弾力を持つ肉体の魅力が、俄かに現実的な色彩を帯びて、私に追ってくるのであった。殊にも、私が偶然彼女の寝室から、外国製らしい小型の鞭《むち》を見つけ出してからというものは、私の悩ましい慾望《よくぼう》は、油を注がれたように、恐ろしい勢いで燃え上がったのである。

私は心なくも、その鞭を指さして、

「ご主人は乗馬をなすったのですか」

と尋ねたのだが、それを見ると、彼女はハッとしたように、一瞬間まっ青になったかと思うと、見る見る火のように顔を赤らめたのである。そして、いともかすかに、

「いいえ」

と答えたのである。

私は迂闊《うかつ》にも、そのときになってはじめて、彼女の項《うなじ》のミミズ脹れの、あの不思議な謎を解くことができた。思い出してみると、彼女のあの傷痕《きずあと》は、見るたびごとに少しずつ位置と形状が変っていたようである。当時変だなとは思ったのだけれど、まさ

か彼女のあの温厚らしい禿げ頭の夫が、世にもいまわしい惨虐色情者《ざんぎやく》であったとは気づかなかったのである。

いやそればかりではない。六郎氏の死後一カ月の今日では、いくら探しても、彼女の項《うなじ》には、あの醜いミミズ脹れが見えぬではないか。それこれ思い合わせれば、たとえ彼女の明らさまな告白を聞かずとも、私の想像の間違いでないことはわかりきっているのだ。

だが、それにしても、この事実を知ってからの、私の心の耐えがたき悩ましさは、どうしたことであったか。もしや私も、非常に恥かしいことだけれど、故小山田氏と同じ変質者の一人ではなかったのであろうか。

八

四月二十日、故人の命日に当たるので、静子は仏参をしたのち、夕刻から親戚や故人と親しかった人々を招いて、仏の供養《くよう》をいとなんだ。私もその席に連なったのであるが、その晩わき起こった二つの新らしい事実（それはまるで性質の違う事柄であったにもかかわらず、後に説き明かす通り、それらには、不思議にも運命的な、或《あ》るつながりがあったのだが)、おそらく一生涯忘れることのできない、大きな感動を私に与えたのである。

そのとき、私は静子と並んで、薄暗い廊下を歩いていた。客がみな帰ってしまってからも、私はしばらく静子と私だけの話題(春泥捜索のこと)について話し合ったのち、十一時ごろであったか、あまり長居をしては、召使いの手前もあるので、別れを告げて、静子が呼んでくれた自動車にのって帰宅したのであるが、そのとき、静子は私を玄関まで見送るために、私と肩を並べて廊下を歩いていた。廊下には庭に面して、幾つかのガラス窓がひらいていたが、私たちがその一つの前を通りかかったとき、静子は突然恐ろしい叫び声を立てて私にしがみついてきたのである。

「どうしました。何を見たんです」

私は驚いて尋ねると、静子は片手では、まだしっかりと私に抱きつきながら、一方の手でガラス窓のそとを指さすのだ。

私も一時は春泥のことを思い出して、ハッとしたが、だが、それはなんでもなかったことが、間もなくわかった。見ると、窓のそとの庭の樹立《こだち》のあいだを、一匹の白犬が、木の葉をカサカサいわせながら、暗闇の中へ消えて行くではないか。

「犬ですよ。犬ですよ。怖がることはありませんよ」

私は、なんの気であったか、静子の肩をたたきながら、いたわるように言ったものだが、そうして、なんでもなかったことがわかってしまっても、静子の片手が私の背中を抱いていて、生温かい感触が、私の身内まで伝わっているのを感じると、ああ、私はとうとう、やにわに彼女を抱き寄せ、八重歯のふくれ上がった、あのモナ・リザの唇を盗んでしまったのである。

そして、それは私にとって幸福であったか不幸であったか、彼女の方でも、決して私をしりぞけなかったばかりか、私を抱いた彼女の手先に、私は遠慮勝ちな力をさえ覚えたのであった。

それが亡《な》き人の命日であっただけに、私たちは罪を感じることがひとしお深かった。二人はそれから私が自動車に乗ってしまうまで、一ことも口をきかず、眼さえもそらすようにしていたのを覚えている。

私は自動車が動き出しても、今別れた静子のことで頭が一杯になっていた。熱くなった私の唇には、まだ彼女の唇が感じられ、鼓動する私の胸には、まだ彼女の体温が残っているように思われた。

私の心には、飛び立つばかりの嬉《うれ》しさと、深い自責の念とが、複雑な織模様みたいに交錯していた。車がどこをどう走っているのだか、表の景色などは、まるで眼にはいらなかった。

だが、不思議なことは、そんな際にもかかわらず、さきほどから、ある一つの小さな物体が、異様に私の眼の底に焼きついていた。私は車にゆられながら、静子のことばかり考えて、ごく近くの前方をじっと見つめていたのだが、ちょうどその視線の中心に、私の注意を惹《ひ》かないではおかぬような、或る物体がチロチロと動いていた。はじめは無関心にただ眺めていたのだけれど、だんだんその方へ神経が働いて行った。

「なぜかな。なぜおれは、これをこんなに眺めているのかな」

ボンヤリとそんなことを考えているうちに、やがて事の次第がわかってきた。私は偶然にしては余りに偶然な、二つの品物の一致をいぶかしがっていたのだった。

私の前には、古びた紺の春外套を着込んだ、大男の運転手が、猫背になって前方を見つめながら運転していた。そのよく太った肩の向こうに、ハンドルに掛けた両手が、チロチロと動いているのだが、武骨な手先に似合わしからぬ上等の手袋がかぶさっている。

しかもそれが時候はずれの冬物なので、ひとしお私の眼を惹いたのでもあろうが、それよりも、その手袋のホックの飾りボタン……私はやっと此のときになって悟ることができた。かつて私が小山田家の天井裏で拾った金属の丸いものは、手袋の飾りボタンにほかならぬのであった。

私はあの金属のことを糸崎検事にもちょっと話はしたのだったが、ちょうどそこに持ち合わせていなかったし、それに、犯人は大江春泥と明らかに目星がついていたので、検事も私も遺留品なんか問題にせず、あの品は今でも私の冬服のチョッキのポケットにはいっているはずなのだ。

あれが手袋の飾りボタンであろうとは、まるで思いも及ばなかった。考えてみると犯人が指紋を残さぬために、手袋をはめていて、その飾りボタンが落ちたのを気づかないでいたということは、いかにもありそうなことではないか。

だが、運転手の手袋の飾りボタンには、私が屋根裏で拾った品物を教えてくれた以上に、もっともっと驚くべき意味が含まれていた。形といい、大きさといい、それらはあまりに似過ぎていたばかりでなく、運転手の右手にはめた手袋の飾りボタンがとれてしまって、ホックの座金だけしか残っていないのは、これはどうしたことだ。私の屋根裏で拾った金物が、もしその座金にピッタリ一致するとしたら、それは何を意味するのだ。

「君、君」

私はいきなり運転手に呼びかけた。

「君の手袋をちょっと見せてくれないか」

運転手は私の奇妙な言葉に、あっけにとられたようであったが、でも、車を徐行させながら、素直に両手の手袋をとって、私に手渡してくれた。見ると、一方の完全なほうの飾りボタンの表面には、例のR・K・BROS・COという刻印まで、寸分違《たが》わず現われているのだ。私はいよいよ驚きを増し、一種の変てこな恐怖をさえ覚えはじめた。

運転手は私に手袋を渡しておいて、見向きもせず車を進めている。そのよく太ったうしろ姿を眺めると、私はふと或る妄想におそわれたのである。

「大江春泥……」

私は運転手に聞こえるほどの声で、独り言のようにいった。そして運転手台の上の小さな鏡に映っている、彼の顔をじっと見つめたものであった。だが、それが私のばかばかしい妄想であったことはいうまでもない。鏡に映る運転手の表情は少しも変らなかったし、第一、大江春泥が、そんなルパンみたいなまねをする男ではないのだ。だが、車が私の宿についたとき、私は運転手に余分の賃銭を握らせて、こんな質問をはじめた。

「君、この手袋のボタンのとれた時を覚えているかね」

「それははじめからとれていたんです」

運転手は妙な顔をして答えた。

「貰《もら》いものなんでね、ボタンがとれて使えなくなったので、まだ新らしかったけれど、亡くなった小山田の旦那《だんな》が私にくださったのです」

「小山田さんが？」

私はギクンと驚いて、あわただしく聞き返した。

「いま僕の出てきた小山田さんかね」

「ええ、そうです。あの旦那が生きている時分には、会社への送り迎いは、たいてい私がやっていたんで、ごひいきになったもんですよ」

「それ、いつからはめているの？」

「貰ったのは寒い時分だったけれど、上等の手袋でもったいないので、大事にしていたんですが、古いのが破けてしまって、きょうはじめて運転用におろしたのです。これをはめていないとハンドルが辷《すべ》るもんですからね。でも、どうしてそんなことをお聞きなさるんです」

「いや、ちょっとわけがあるんだ。君、それを僕に譲ってくれないだろうか」

というようなわけで、結局私はその手袋を、相当の代価で譲り受けたのであるが、部屋にはいって、例の天井裏で拾った金物を出して比べてみると、やっぱり寸分も違わなかったし、その金物は手袋のホックの座金にもピッタリとはまったのである。

これは先にもいった通り、偶然にしては余りに偶然過ぎる二つの品物の一致ではなかったか。大江春泥と小山田六郎氏とが、飾りボタンのマークまで同じ手袋をはめていたということは、しかも、そのとれた金物とホックの座金とがシックリ合うなどということが、考えられるであろうか。

これは後にわかったことであるが、私はその手袋を持って行って、市内でも一流の銀座の泉屋洋物店で鑑定してもらった結果、それは内地では余り見かけない作り方で、おそらくは英国製であろう。R・K・BROS・COなんていう兄弟商会は内地には一軒もないことがわかった。この洋物店の主人の言葉と、六郎氏が一昨年九月まで海外にいた事実とを考え合わせてみると、六郎氏こそその手袋の持ち主で、したがって、あのはずれた飾りボタンも、小山田氏が落としたことになりはしないか。大江春泥が、そんな内地では手に入れることのできない、しかも偶然小山田氏と同じ手袋を所有していたとは、まさか考えられないのだから。

「すると、どういうことになるのだ」

私は頭をかかえて、机の上によりかかり、「つまり、つまり」と妙な独りごとを言いつづけながら、頭の芯の方へ私の注意力をもみ込んで行って、そこからなんらかの解釈を見つけ出そうとあせるのであった。

やがて、私はふっと変なことを思いついた。それは、山の宿というのは、隅田川に沿った細長い町で、そこの隅田川寄りにある小山田家は、当然大川の流れに接していなければならないということであった。考えるまでもなく、私はたびたび小山田家の洋館の窓から、大川を眺めていたのだが、なぜか、その時、はじめて発見したかのように、それが新らしい意味を持って、私を刺戟《しげき》するのであった。

私の頭のモヤモヤの中に、大きなUの字が現われた。

Uの字の左端上部には山の宿がある。右端の上部には小梅町（六郎氏の碁友だちの家の所在地）がある。そして、Uの底に当たる所はちょうど吾妻橋に該当するのだ。あの晩、六郎氏はUの右端上部を出て、Uの底の左側までやってきて、そこで春泥のために殺害されたと、われわれは今の今まで信じていた。だが、われわれは河の流れというものを閑却してはいなかったであろうか。大川はUの上部から下部に向かって流れているのだ。投げ込まれた死骸が殺された現場にあるというよりは、上流から流れてきて、吾妻橋下の汽船発着所につき当たり、そこの澱《よど》みに停滞していたと考えるほうが、より自然な見方ではないだろうか。

死体は流れてきた。死体は流れてきた。では、どこから流れてきたか。兇行はどこで演ぜられたか……そうして、私は深く深く妄想の泥沼へと沈み込んで行くのであった。

九

私は幾晩も幾晩も、そのことばかりを考えつづけた。静子の魅力もこの奇怪なる疑いには及ばなかったのか、私は不思議にも静子のことを忘れてしまったかのように、ひたすら奇妙な妄想の深みへおち込んで行った。

私はそのあいだにも、或ることを確かめるために、二度ばかり静子を訪ねは訪ねたのだけれど、用事をすませると、至極あっさりと別れをつげて大急ぎで帰ってしまうので、彼女はきっと妙に思っていたにちがいない。私を玄関に見送る彼女の顔が、淋《さび》しく悲しげにさえ見えたほどだ。

そして、五日ばかりのあいだに、私は実に途方もない妄想を組み立ててしまったのである。私はそれをここに叙述する煩《はん》を避けて、そのとき糸崎検事に送るために書いた私の意見書が残っているから、それにいくらか書き入れをして、左に写しておくことにするが、この推理は、私たち探偵小説家の空想力をもってでなければ、おそらく組み立て得ない種類のものであった。そして、そこに一つの深い意味が存在していたことが、のちになってわかってきたのだが。

（前略）小山田邸の静子の居間の天井裏で拾った金具が、小山田氏の手袋のホックから脱落したものと考えるほかはないことを知りますと、今まで私の心の隅のわだかまりとなっていたいろいろの事実が、続々思い出されてくるのでありました。小山田氏の死骸がかつらをかぶっていたこと、そのかつらは同氏自身注文して拵《こし》らえさせたものであったこと（死体がはだかであったことは、後に述べますような理由で、私にはさして問題ではありませんでした）、小山田氏の変死と同時に、まるで申し合わせたように、平田の脅迫状がパッタリこなくなったこと、小山田氏が見かけによらぬ（こうしたことは多くの場合見かけによらぬものです）恐ろしい惨虐色情者（サディスト）であったことなど、これらの事実は、偶然さまざまの異常が集合したかに見えますけれど、よくよく考えますと、ことごとく或る一つの事柄を指し示していることがわかるのであります。

私はそこへ気がつきますと、私の推理を一そう確実にするため、できるだけの材料を集めることに着手しました。私は先ず小山田家を訪ね、夫人の許しを得て、小山田氏の書斎を調べさせてもらいました。書斎ほど、その主人公の性格なり秘密なりを如《によ》実《じつ》に語ってくれるものはないのですから。私は夫人が怪しまれるのも構わず、ほとんど半日がかりで、書棚という書棚、引出しという引出しを調べまわったことですが、間もなく、私は、数ある本棚の中に、たった一つだけ、さも厳重に鍵のかかっている箇所のあるのを発見しました。鍵を尋ねますと、それは小山田氏が生前、時計の鎖につけて始終持ち歩いていたこと、変死の日にも兵《へ》児《こ》帯《おび》に巻きつけて家を出たままだということがわかりました。仕方がないので、私は夫人を説いて、やっとその本棚の戸を破壊する許しを得ました。

あけて見ますと、その中には、小山田氏の数年間の日記帳、幾つかの袋にはいった書類、手紙の束、書籍などが一杯はいっていましたが、私はそれをいちいち丹念に調べた結果、この事件に関係ある三冊の書冊を発見したのであります。第一は静子夫人との結婚の年の日記帳で、婚礼の三日前の日記の欄外に、赤インキで、次のような注意すべき文句が記入してあったのです。

「(前略)余は平田一郎なる青年と静子との関係を知れり。されど、静子は中途その青年を嫌いはじめ、彼がいかなる手段を講ずるもその意に応ぜず、遂《つい》には、父の破産を好機として彼の前より姿を隠せる由なり。それにてよし。余は既往の詮議《せんぎ》立てはせぬつもりなり」

つまり六郎氏は結婚の当初から、なんらかの事情により、夫人の秘密を知悉《ちしつ》していたのです。そして、それを夫人には一こともいわなかったのです。

第二は大江春泥著短篇集「屋根裏の遊戯」であります。このような書物を、実業家小山田六郎氏の書斎に発見するとは、なんという驚きでありましょう。静子夫人から、六郎氏が生前なかなかの小説好きであったということを聞くまでは、私は自分の眼を疑ったほどでした。さて、この短篇集の巻頭にはコロタイプ版の春泥の肖像が掲げられ、奥付には著者平田一郎と彼の本名が印刷されてあったことを注意すべきであります。

第三は博文館発行の雑誌「新青年」第六巻第十二号です。これには春泥の作品は掲載されていませんでしたけれど、その代り、口絵に彼の原稿の写真版が原寸のまま、原稿紙半枚分ほど、大きく出ていて、余白に「大江春泥氏の筆蹟《ひっせき》」と説明がついていました。妙なことは、その写真版を光線に当てて見ますと、厚いアートペーパーの上に、縦横に爪《つめ》の跡のようなものがついているのです。これは誰かが写真の上に薄い紙を当てて、鉛筆で春泥の筆蹟を、幾度もなすったものとしか考えられません。私の想像が次々と的中して行くのが怖いようでした。

その同じ日、私は夫人に頼んで、六郎氏が外国から持ち帰った手袋を探してもらいました。それは探すのに可なり手間取ったのですけれど、ついに私が運転手から買い取ったものと、寸分違《たが》わぬ品が一と揃《そろ》いだけ出てきました。夫人は、それを私に渡した時、確かに同じ手袋がもう一と揃いあったはずなのにと、不審顔でした。これらの証拠品、日記帳、短篇集、雑誌、手袋、天井裏で拾った金具などは、お指図によって、いつでも提出することができます。

さて、私の調べ上げた事実は、このほかにも数々あるのですが、それらを説明する前に、仮りに上述の諸点だけによって考えましても、小山田六郎氏が世にも無気味な性格の所有者であり、温厚篤実《とくじつ》なる仮面の下に、甚だ妖怪《ようかい》じみた陰謀をたくましくしていたことは明かであります。われわれは大江春泥という名前に執着し過ぎていはしなかったでしょうか。彼の血みどろな作品、彼の異様な日常生活の知識などが、われわれをして、このような犯罪は春泥でなくてはできるものでないと、てんから独りぎめにきめさせてしまったのではありますまいか。彼はどうしてかくも完全に姿をくらましてしまうことができたのでしょう。彼が犯人であったとしては、少し妙ではありませんか。彼が無実であればこそ、単に彼の持ち前の厭人癖《えんじんへき》から（彼が有名になればなるほど、その名に対しても、この種の厭人病は極度に昂進《こうしん》するものであります）行方をくらましたのであればこそ、このように探しにくいのではないでしょうか。彼はいつかあなたがいわれたように海外に逃げ出したのかもしれません。そして、例えば上海《シャンハイ》のシナ人町の片隅に、シナ人になりすまして、水煙草《みずたばこ》でも吸っているのかもしれません。そうでなくて、もし春泥が犯人であったとすれば、あのようにも綿密に、執拗《しつよう》に、長年月をついやして企らまれた復讐《ふくしゅう》計画が、彼にしては道草のようなものであった小山田氏殺害のみをもって、肝腎の目的を忘れたように、パッタリと中絶されたことを、なんと説明したらいいのでしょう。彼の小説を読み、彼の日常生活を知っているものには、これは余りに不自然な、ありそうもないことに思われるのです。いや、それよりも、もっと明白な事実があります。彼はどうして、小山田氏所有の手袋のボタンを、あの天井裏へ落としてくることができたのでしょう。手袋が内地では手に入らぬ外国製のものであること、小山田氏が運転手に与えた手袋の飾りボタンがとれていたことなど思い合わせれば、かの屋根裏に潜んでいた者は、その小山田氏ではなくて、大江春泥であったなどと、そんな不合理なことが考えられるでしょうか。（ではそれが小山田氏であったとしたら、彼はなぜその大切な証拠品を、迂濶にも運転手などに与えたか、との御反問があるかもしれません。しかし、それは後に述べますように、彼は別段法律上の罪悪を犯してなどいなかったからです。変態好みの一種の遊戯をやっていたにすぎなかったからです。ですから、手袋のボタンがとれたところで、たとえそれが天井裏に残されていたところで、彼にとってはなんでもなかったのです。犯罪者のように、このボタンのとれたのは、もしや天井裏を歩いていた時ではなかったかしら、それが証拠になりはしないかしら、などと心配する必要は少しもなかったからです）

春泥の犯罪を否定すべき材料は、まだそればかりではありません。右に述べた日記帳、春泥の短篇集、「新青年」などの証拠品が、小山田氏の書斎の錠前つきの本棚にあったこと、その錠前の鍵は一つしかなく、同氏が常に身辺をはなさなかったことは、それらの品が同氏の陰険な悪戯《いたずら》を証拠立てているばかりでなく、一歩譲って、春泥が小山田氏に疑いをかけるために、その品々を偽造し、同氏の本棚へ入れておいたと考えることさえ、全然不可能なのです。第一、日記帳の偽造なぞできるものではありませんし、その本棚は小山田氏でなければあけることも閉めることもできなかったのではありませんか。

かく考えてきますと、われわれが今まで犯人と信じきっていた大江春泥こと平田一郎は、意外にも最初からこの事件に存在しなかったと判断するほかはありません。われわれをしてそのように信じさせたものは、小山田六郎氏の驚嘆すべき欺瞞《ぎまん》であったとしか考えられないのであります。金満紳士小山田氏が、かくの如《ごと》き綿密陰険なる稚気の所有者であったことは、彼が表に温厚篤実をよそおいながら、その寝室において、は、世にも恐るべき悪魔と形相を変じ、可憐《かれん》なる静子夫人を外国製乗馬鞭をもって、打擲《ちょうちゃく》しつづけていたことと共に、われわれのまことに意外とするところではありますけれど、温厚なる君子と陰険なる悪魔とが、一人物の心中に同居したためしは、世にその例が乏しくないのであります。人は、彼が温厚でありお人好《ひとよ》しであればあるほど、かえって悪魔に弟子入りしやすいともいえるのではありますまいか。

さて、私はこう考えるのであります。小山田六郎氏は今より約四年以前、社用を帯びて欧州に旅行をし、ロンドンを主として、其《そ》のほか二、三の都市に二年間滞在していたのですが、彼の悪癖は、おそらくそれらの都市のいずれかにおいて芽生え、発育したものでありましょう（私は碌々商会の社員から、彼のロンドンでの情事の噂《うわさ》を洩《も》れ聞いております）。そして、一昨年九月、帰朝と共に、彼の治しがたい悪癖は、彼の溺愛《できあい》する静子夫人を対象として、猛威をたくましくしはじめたものでありましょう。

私は昨年十月、静子夫人と初対面のおり、すでに彼女の項《うなじ》に無気味な傷痕を認めたほどですから。

この種の悪癖は、例えばかのモルヒネ中毒のように、一度なじんだら一生涯止められないばかりでなく、日と共に、月と共に、恐ろしい勢いでその病勢が昂進して行くものです。より強烈な、より新らしい刺戟をと、追い求めるものであります。きょうはきのうのやり方では満足できず、あすはまたきょうの仕草では物足りなく思われてくるのです。小山田氏も同様、静子夫人を打擲するばかりでは満足ができなくなってきたことは、容易に想像できるではありませんか。そこで彼は物狂わしく新らしい刺戟を探し求めなければならなかったでありましょう。ちょうどそのとき、彼は何かのきっかけで、大江春泥作「屋根裏の遊戯」という小説のあることを知り、その奇怪なる内容を聞いて、一読してみる気になったのかもしれません。ともかく、彼はそこに、不思議な知己を発見したのです。異様な同病者を見つけ出したのです。彼がいかに春泥の短篇集を愛読したか、その本の手摺《てず》れのあとでも想像することができるではありませんか。春泥はあの小説の中で、たった一人でいる人を（殊に女を）少しも気づかれぬように隙見《すきみ》することの、世にも不思議な楽しさを、繰り返し説いていますが、小山田氏がこの彼にとってはおそらく新発見であったところの、あたらしい趣味に共鳴したことは想像にかたくありません。彼は遂に春泥の小説の主人公をまねて、自から屋根裏の遊戯者となり、自宅の天井裏に忍んで、静子夫人の独居《ひとりい》を隙見しようと企てたのであります。

小山田家は門から玄関まで相当の距離がありますので、外出から帰ったおりなど、召使いたちに知れぬよう、玄関脇《わき》の物置きに忍び込み、そこから天井伝いに、静子の居間の上に達するのは、まことに造作もないことです。私は、六郎氏が夕刻から、よく小梅の友だちの所へ碁を囲みに出かけたのは、この屋根裏の遊戯の時間をごまかす手段ではなかったかと邪推するのであります。

一方、そのように「屋根裏の遊戯」を愛読していた小山田氏が、その奥付で作者の本名を発見し、それがかつて静子にそむかれた彼女の恋人であり、彼女に深い恨みを抱いているにちがいない平田一郎と、同一人物ではないかと疑いはじめたのは、さもありそうなことではありませんか。そこで、彼は大江春泥に関するあらゆる記事、ゴシップをあさり、ついに春泥がかつての静子の恋人と同一人物であったこと、また彼の日常生活が甚だしく厭人的であり、当時すでに筆を絶って行方をさえくらましていたことを知るに至ったのでありましょう。つまり小山田氏は、一冊の「屋根裏の遊戯」によって、一方では彼の病癖のこよなき知己を、一方では彼にとっては憎むべき昔の恋の仇敵《きゅうてき》を、同時に発見したのです。そして、その知識に基づいて、実に驚くべき悪戯を思いついたのであります。

静子の独居《ひとりい》の隙見は、なるほど甚だ彼の好奇心をそそったにはちがいないのですが、惨虐色情者の彼がそれだけで、そんな生ぬるい興味だけで満足しようはずはありません。鞭の打擲に代るべき、もっと新らしい、もっと残酷な何かの方法がないものかと、彼は病人の異常に鋭い空想力を働かせたことでしょう。そして、結局、平田一郎の脅迫状という、まことに前例のないお芝居を思いつくに至ったのであります。それには、彼はすでに「新青年」第六巻十二号巻頭の写真版のお手本を手に入れておりました。お芝居をいやが上にも興深く、まことしやかにするために、彼は、その写真版によって、丹念に春泥の筆蹟の手習いをはじめました。あの写真版の鉛筆の痕《あと》がそれを物語っております。

小山田氏は平田の脅迫状を作製すると、適当な日数をおいて、一度一度ちがった郵便局から、その封書を送りました。商用で車を走らせている途中、もよりのポストへそれを投げ込ませるのはわけのないことでした。脅迫状の内容については、彼は新聞雑誌の記事によって春泥の経歴の大体に通じていましたし、静子の細かい動作も、天井からの隙見と、それで足らぬところは、彼自身静子の夫であったのですから、あのくらいのことはわけもなく書けたのです。つまり彼は、静子と枕《まくら》を並べて、寝物語りをしながら、その時の静子の言葉や仕草を記憶しておいて、それをさも春泥が隙見したかの如く書きしるしたわけなのです。なんという悪魔でありましょう。かくして彼は、人の名を騙《かた》って脅迫状をしたため、それを自分の妻に送るという犯罪めいた興味と、妻がそれを読んで震えおののくさまを、天井裏から胸をとどろかせながら隙見するという悪魔の喜びとを、経験することができたのです。しかも、彼はそのあいだあいだには、やはりかの鞭の打擲をつづけていたと信ずべき理由があります。なぜといって、静子の項《うなじ》の傷は、同氏の死後になって、はじめてその痕が見えなくなったのですから。彼はこのように妻の静子を責めさいなんではいましたけれども、それは決して彼女を憎むがゆえではなく、むしろ静子を溺愛すればこそ、この惨虐を行なったのであります。この種の変態性慾者の心理は、むろん、あなたも充分ご承知のことと思います。

さて、かの脅迫状の作製者が小山田六郎氏であったという、私の推理は以上で尽きましたが、では、単に変態性慾者の悪戯にすぎなかったものが、どうしてあのような殺人事件となって現われたか。しかも殺されたものは小山田氏自身であったばかりでなく、彼はなにゆえにあの奇妙なかつらをかぶり、まっぱだかになって、吾妻橋下に漂っていたのであるか。彼の背中の突き傷は何者の仕業であったのか。大江春泥がこの事件に存在しなかったとすれば、では、ほかに別の犯罪者がいたのであるか、などの疑問が続出してくるでありましょう。それについて、私はさらに、私の観察と推理とを申し述べなければなりません。

簡単に申せば、小山田六郎氏は、彼のあまりにも悪魔的な所業が、神の怒りに触れたのでもありましょうか、天罰を蒙《こうむ》ったのであります。そこにはなんらの犯罪も、下手人もなく、ただ小山田氏の過失死があったばかりであります。では、背中の致命傷はとのお尋ねがありましょうけれど、その説明はあとに廻して、先ず順序を追って、私がそのような考えを抱くに至った筋道からお話ししなければなりません。

私の推理の出発点は、ほかならぬ彼のかつらでありました。あなたは多分、三月十七日、私が天井裏の探険をした翌日から、静子は隙見をされぬよう、洋館の二階へ寝室を移したことをご記憶でありましょう。それには静子がどれほど巧みに夫を説いたか、小山田氏がどうしてその意見に従う気になったかは明瞭《めいりょう》でありませんが、ともかく、その日から同氏は天井の隙見ができなくなってしまったのです。しかし、想像をたくましくするならば、彼はそのころは、もう天井の隙見にも、やや飽きがきていたのかもしれません。そして、寝室が洋館にかわったのを幸いに、また別の悪戯を考案しなかったとはいえません。なぜといって、ここにかつらがあります。彼自身注文したところのふさふさとしたかつらがあります。彼がそのかつらを注文したのは昨年末ですから、むろん最初からそのつもりではなく、別に用途があったのでしょうが、それが今、計らずも間に合ったのです。

彼は「屋根裏の遊戯」の口絵で、春泥の写真を見ております。その写真は春泥の若い時分のものだといわれているほどですから、むろん小山田氏のように禿《は》げ頭ではなく、ふさふさとした黒髪があります。ですから、もし小山田氏が手紙や屋根裏の蔭に隠れて静子を怖がらせることから一歩を進め、彼自身大江春泥に化け、静子がそこにいるのを見すまして、洋館の窓のそとからチラッと顔を見せて、あの不思議な快感を味わおうと企らんだならば、彼は何よりも先ず、彼の第一の目印である禿げ頭を隠す必要に迫られたにちがいありませんが、ちょうどそれには持ってこいのかつらがあったのです。かつらさえかぶれば、顔などは、暗いガラスのそとではあり、チラッと見せるだけでよいのですから（そして、その方が一そう効果的なのです）、恐怖におののいている静子に見破られる心配はありません。

その夜（三月十九日）小山田氏は小梅の碁友だちの所から帰り、まだ門があいていたので、召使いたちに知れぬよう、ソッと庭を廻って洋館の階下の書斎に入り（これは静子から聞いたのですが、彼はそこの鍵を例の本棚の鍵と一緒に鎖に下げて持っていたのです）そのときはもう階上の寝室にはいっていた静子に悟られぬよう、闇《やみ》の中で例のかつらをかぶり、そとに出て、立木を伝って洋館の軒蛇腹にのぼり、寝室の窓のそとへ廻って行って、そこのブラインドの隙間から、ソッと中を覗《のぞ》いたのであります。のちに静子が窓のそとに人の顔が見えたと私に語ったのは、この時のことだったのです。

さて、それでは、小山田氏はどうして死ぬようなことになったのか、それを語る前に、私は一応、私が同氏を疑い出してから二度目に小山田家を訪ね、洋館の問題の窓から、そとを覗いてみた時の観察を申し述べねばなりません。これはあなた自身行ってごらんなさればわかることですから、くだくだしい描写は省くことにいたしますが、その窓は隅田川に面していて、そとはほとんど軒下ほどの空地もなく、すぐ例の表側と同じコンクリート塀に囲まれ、塀は直ちにかなり高い石崖《いしがけ》につづいています。地面を倹約するために、塀は石崖のはずれに立ててあるのです。水面から塀の上部までは約二間、塀の上部から二階の窓までは一間ほどあります。そこで小山田氏が軒蛇腹(それは巾《はば》が非常に狭いのです)から足を踏みはずして転落したとしますと、よほど運がよくて、塀の内側へ(そこは人一人やっと通れるくらいの細い空地です)落ちることも不可能ではありませんが、そうでなければ、一度塀の上部にぶっつかって、そのままそとの大川へ墜落するほかはないのです。そして、六郎氏の場合はむろん後者だったのであります。

私は最初、隅田川の流れというものに思い当たったときから、死体が投げこまれた現場にとどまっていたと考えるよりは、上流から漂ってきたと解釈するほうが、より自然だとは気づいていました。そして、小山田家の洋館のそとは、すぐ隅田川であり、そこは吾妻橋よりも上流に当たることをも知っていました。それゆえ、もしかしたら、小山田氏はその窓から落ちたのではないかと、考えたことは考えたのですが、彼の死因が水死ではなくて、背中の突き傷だったものですから、私は長いあいだ迷わなければなりませんでした。

ところが、ある日、私はふと、かつて読んだ南波杢三郎《もくさぶろう》氏著「最新犯罪捜査法」の中にあった、この事件と似よりの一つの実例を思い出したのです。同書は私が探偵小説を考える際、よく参考にしますので、中の記事も覚えていたわけですが、その実例というのは次の通りであります。

「大正六年五月中旬頃、滋賀県大津市太湖《たいこ》汽船株式会社防波堤付近ニ男ノ水死体漂着セルコトアリ死体頭部ニハ鋭器ヲ以《もっ》テシタルガ如キ切創アリ。検案ノ医師ガ右ハ生前ノ切傷ニシテ死因ヲ為《な》シ、尚《なお》腹部ニ多少ノ水ヲ蔵セルハ、殺害ト同時ニ水中ニ投棄セラレタルモノナル旨《むね》ヲ断定セルニ依《よ》リ、茲《ここ》ニ大事件トシテ俄《にわか》ニ捜査官ノ活動ハ始マレリ。被害者ノ身元ヲ知ランガ為メニアラユル方法ハ尽サレ遂ニ端緒ヲ得ザリシ所、数日ヲ経テ、京都市上京区浄福寺通金箔《きんぱく》業斎藤方ヨリ同人方雇人小林茂三《た》（二三）ノ家出保護願ノ郵書ヲ受理シタル大津警察署ニ於《おい》テハ、偶々《たまたま》其人相着衣ト本件被害者ノ夫《ソレ》ト符合スル点アルヲ以テ、直ニ斎藤某ニ通知シ死体ヲ一見セシメタルニ全ク其雇人ナルコト判明シタルノミナラズ、他殺ニ非《あら》ズシテ実ハ自殺ナル事ヲモ確定セラレヌ。何トナレバ水死者ハ主家ノ金円ヲ多ク消費シ遺書ヲ残シテ家出セルモノナリシヲ知レバ也《なり》、同人ガ頭部ニ切傷を蒙り居タルハ、航行中ノ汽船ノ船尾ヨリ湖上ニ投身セル際、廻転セルすくりうニ触レ、切創様ノ損傷ヲ受ケタル事明白トナレリ」

もし私がこの実例を思い出さなかったら、私はあのようなとっぴな考えを起こさなかったかもしれません。しかし、多くの場合、事実は小説家の空想以上なのです。そして、はなはだありそうもない頓狂《とんきょう》なことが、実際にはやすやすと行われているのです。といっても、私は小山田氏がスクリューに傷つけられたと考えるものではありません。この場合は右の実例とは少々違って、死体はまったく水を吞《の》んでいなかったのですし、それに夜中の一時ごろ、隅田川を汽船が通ることはめったにないのですから。では、小山田氏の背中の肺部に達するほどもひどい突き傷は何によって生じたか、あんなにも刃物と似た傷をつけうるものは一体なんであったか。それはほかでもない、小山田家のコンクリート塀の上部に植えつけてあった、ビール壜《びん》の破片なのです。それは表門の方も同様に植えつけてありますから、あなたも多分ごらんなすったことがありましょう。あの盗賊よけのガラス片は、ところどころに飛んでもない大きなやつがありますから、場合によっては、充分肺部に達するほどの突き傷をこしらえることができます。小山田氏は軒蛇腹から転落した勢いで、それにぶっつかったのです。ひどい傷を受けたのも無理はありません。なおこの解釈によれば、あの致命傷の周囲のたくさんの浅い突き傷の説明もつくわけであります。

かようにして、小山田氏は自業自得《じごうじとく》、彼のあくどい病癖のために、軒蛇腹から足を踏みはずし、塀にぶっつかって致命傷を受け、その上隅田川に墜落し、流れと共に吾妻橋汽船発着所の便所の下へ漂いつき、とんだ死に恥をさらしたわけであります。以上で本件に関する私の新解釈を大体陳述しました。一、二申し残したことをつけ加えますと、六郎氏の死体がどうして裸体にされていたかという疑問については、吾妻橋界隈《かいわい》は浮浪者、乞食《こじき》、前科者の巣窟《そうくつ》であって、溺死体が高価な衣類を着用していたなら（六郎氏はあの夜、大島の袷《あわせ》に塩瀬の羽織を重ね、白金の懐中時計を所持しておりました）、深夜人なきを見て、それをはぎ取るくらいの無謀者は、ごろごろしていると申せば充分でありましょう（註、この私の想像は、後に事実となって現われ、一人の浮浪人があげられたのだ)。それから、静子が寝室にいて、なぜ六郎氏の墜落した物音を気づかなかったかという点は、その時彼女が極度の恐怖に気も顚動《てんどう》していたこと、コンクリート作りの洋館のガラス窓が密閉されていたこと、窓から水面までの距離が非常に遠いこと、また、たとえ水音が聞こえたとしても、隅田川はときどき徹夜の泥舟などが通るので、その櫓《ろ》櫂《かい》の音と混同されたかもしれないこと、などをご一考願いたいと存じます。なお注意すべきは、この事件が毫《ごう》も犯罪的の意味を含まず、不幸変死事件を誘発したとはいえ、まったく悪戯の範囲を出《い》でなかったという点であります。もしそうでなかったならば、小山田氏が証拠品の手袋を運転手に与えたり、本名を告げてかつらを注文したり、錠前つきとは申せ、自宅の本棚に大切な証拠物を入れておいたりした、ばかばかしい不注意を、説明のしようがないからであります。

(後略)

以上、私は余りに長々と私の意見書を写し取ったが、これをここに挿入したのは、あらかじめ右の私の推理を明らかにしておかなければ、これからあとの私の記事が甚だ難解なものになるからである。

私はこの意見書で、大江春泥は最初から存在しなかったといった。だが、事実は果たしてそうであったかどうか。もしそうだとすれば、私がこの記録の前段において、あんなにも詳しく彼の人となりを説明したことが、まったく無意味になってしまうのだが。

十

糸崎検事に提出するために、右の意見書を書き上げたのは、それにある日付によると、四月二十八日であったが、私はまずこの意見書を静子に見せて、もはや大江春泥の幻影におびえる必要のないことを知らせ、安心させてやろうと、書き上げた翌日、小山田家を訪ねたのである。私は小山田氏を疑ってからも、二度も静子を訪ねて家宅捜索みたいなことをやっていながら、実はまだ彼女には何も知らせてはいなかったのだ。

当時、静子の身辺には、小山田氏の遺産処分につき、毎日のように親族の者が寄り集まって、いろいろの面倒な問題が起こっているらしかったが、ほとんど孤立状態の静子は、よけい私をたよりにして、私が訪問すれば、大騒ぎをして歓迎してくれるのだった。私は例によって、静子の居間に通されると、甚だ唐突に、

「静子さん。もう心配はなくなりましたよ。大江春泥なんて、はじめからいなかったのです」

と言い出して、静子を驚かせた。むろん彼女にはなんのことだか意味がわからぬのだ、そこで、私は私が探偵小説を書き上げたとき、いつもそれを友だちに読みきかせるのと同じ気持で、持参した意見書の草稿を、静子のために朗読したのである。というのは、一つには静子に事の仔細《しさい》を知らせて安心させるため、また一つには、これに対する彼女の意見も聞き、私自身でも草稿の不備な点を見つけ、充分訂正をほどこしたいからであった。

小山田氏の惨虐色情を説明した箇所は、甚だ残酷であった。静子は顔赤らめて消えも入りたい風情《ふぜい》を見せた。手袋の箇所では、彼女は「私は、確かにもう一と揃いあったのに、変だ変だと思っていました」と口を入れた。六郎氏の過失死のところでは、彼女は非常に驚いて、まっ青になり、口もきけない様子であった。

だが、すっかり読んでしまうと、彼女はしばらくは「まあ」といったきり、ぼんやりしていたが、やがて、その顔にはほのかな安堵《あんど》の色が浮かんできた。彼女は大江春泥の脅迫状が贋物《にせもの》であって、もはや彼女の身には危険がなくなったと知って、ほっと安心したものにちがいない。

私の手前勝手な邪推が許されるならば、彼女はまた、小山田氏の醜悪な自業自得を聞いて、私との不義の情交について抱いていた自責の念を、いくらか軽くすることができたにちがいない。「あの人がそんなひどいことをして私を苦しめていたのだもの、私だって……」という弁解の道がついたことを、彼女はむしろ喜んだにちがいないのである。

ちょうど夕食時だったので、気のせいか彼女はいそいそとして、洋酒などを出して、私をもてなしてくれた。

私は私で、意見書を彼女が認めてくれたのが嬉しく、勧められるままに、思わず酒を過ごした。酒に弱い私は、じきまっ赤になって、すると私はいつもかえって憂鬱《ゆううつ》になってしまうのだが、あまり口もきかず、静子の顔ばかり眺めていた。

静子は可なり面やつれをしていたけれど、その青白さは彼女の生地であったし、からだ全体にしなしなした弾力があって、芯《しん》に陰火の燃えているような、あの不思議な魅力は、少しも失《う》せていなかったばかりか、そのころはもう毛織物の時候で、古風なフランネルを着ている彼女のからだの線が、今までになくなまめかしくさえ見えたのである。私は、その毛織物をふるわせて、くねくねとうごめく彼女の四肢の曲線を眺めながら、まだ知らぬ着物に包まれた部分の肉体を、悩ましくも心のうちに描いてみるのだった。

そうしてしばらく話しているうちに、酒の酔いが私にすばらしい計画を思いつかせた。それは、どこか人目につかぬ場所に、家を一軒借りて、そこを静子と私との逢引《あいびき》の場所と定め、誰にも知られぬように、二人だけの秘密の逢《お》う瀬《せ》を楽しもうということであった。

そのとき私は、女中が立ち去ったのを見とどけて、浅ましいことを白状しなければならぬが、いきなり静子を引き寄せ、彼女と第二の接吻《せっぷん》をかわしながら、そして、私の両手は彼女の背中のフランネルの手ざわりを楽しみながら、私はその思いつきを彼女の耳にささやいたのだ。すると彼女は私のこのぶしつけな仕草を拒まなかったばかりでなく、わずかに首をうなずかせて、私の申し出を受けいれてくれたのである。

それから二十日あまりの、彼女と私との、あのしばしばの逢引きを、ただれきった悪夢のようなその日その日を、なんと書きしるせばよいのであろう。

私は根岸御行《ねぎしおぎょう》の松《まつ》のほとりに、一軒の古めかしい土蔵つきの家を借り受け、留守は近所の駄菓子屋のお婆《ばあ》さんに頼んでおいて、静子としめし合わせては、多くは昼日中、そこで落ち合ったのである。

私は生れてはじめて、女というものの情熱の烈《はげ》しさ、すさまじさを、しみじみと味わった。あるときは、静子と私とは幼い子供に返って、古ぼけた化物屋敷のように広い家の中を、猟犬のように舌を出して、ハッハッと肩で息をしながら、もつれ合って駈《か》けまわった。私が摑《つか》もうとすると、彼女はイルカみたいに身をくねらせて、巧みに私の手の中をすり抜けては走った。グッタリと死んだように折りかさなって倒れてしまうまで、私たちは息を限りに走りまわった。

あるときは、薄暗い土蔵の中にとじこもって、一時間も二時間も静まり返っていた。もし人あって、その土蔵の入口に耳をすましていたならば、中からさも悲しげな女のすすり泣きにまじって、二重唱のように、太い男の手離しの泣き声が、長いあいだつづいているのを聞いたであろう。

だが、ある日、静子が芍薬《しゃくやく》の大きな花束の中に隠して、例の小山田氏常用の外国製乗馬鞭を持ってきたときには、私はなんだか怖くさえなった。彼女はそれを私の手に握らせて、小山田氏のように彼女のはだかの肉体を打擲せよと迫るのだ。

長いあいだの六郎氏の惨虐《ざんぎゃく》が、とうとう彼女にその病癖をうつし、彼女は被虐色情者の耐えがたい慾望《よくぼう》に、さいなまれる身となり果てていたのである。そして、私もまた、もし彼女との逢う瀬がこのまま半年もつづいたなら、きっと小山田氏と同じ病にとりつかれてしまったにちがいない。

なぜといって、彼女の願いをしりぞけかねて、私がその鞭を彼女のなよやかな肉体に加えたとき、その青白い皮膚の表面に、俄《にわ》かにふくれ上がってくる毒々しいミミズ脹《ば》れを見た時、ゾッとしたことには、私はある不可思議な愉悦をさえ覚えたからである。

しかし、私はこのような男女の情事を描写するために、この記録を書きはじめたのではなかった。それらは、他日私がこの事実を小説に仕組むおり、もっと詳しく書きしるすこととして、ここには、その情事生活のあいだに、私が静子から聞きえた、一つの事実を書き添えておくにとどめよう。

それは例の六郎氏のかつらのことであったが、あれは正しく六郎氏がわざわざ注文して拵らえさせたもので、そうしたことには極端に神経質であった彼は、静子との寝室の遊戯の際、絵にならぬ彼の禿頭《とくとう》を隠すため、静子が笑って止めたにもかかわらず、子供のように真剣になって、それを注文しに行ったとのことであった。「なぜ今まで隠していたの」と私が尋ねたら、静子は「だって、そんなこと恥かしくって、いえませんでしたわ」と答えた。

さて、そんな日が二十日ばかりつづいたころ、あまり顔を見せないのも変だというので、私は口をぬぐって小山田家を訪ね、静子に会って、一時間ばかりしかつめらしい談話をかわしたのち、例のお出入りの自動車に送られて、帰宅したのであったが、その自動車の運転手が、偶然にもかつて私が手袋を買い取った青木民蔵であったことが、またしても、私があの奇怪な白昼夢へと引き込まれて行くきっかけとなったのである。

手袋は違っていたが、ハンドルにかかった手の形も、古めかしい紺の春外套《がいとう》も（彼はワイシャツの上にすぐそれを着ていた）、その張り切った肩の恰好《かっこう》も、前の風よけガラスも、その上の小さな鏡も、すべて約一カ月以前の様子と少しも違わなかった。それが私を変な気持にして行った。

私はあの時、この運転手に向かって「大江春泥」と呼びかけてみたことを思い出した。すると、私は妙なことに、大江春泥の写真の顔や、彼の作品の変てこな筋や、彼の不思議な生活の記憶で、頭の中が一杯になってしまった。しまいには、クッションの私のすぐ隣に春泥が腰かけているのではないかと思うほど、彼を身近に感じ出した。そして、一瞬間、ボンヤリしてしまって、私は変なことを口走った。

「君、君、青木君。このあいだの手袋ね、あれはいったいいつごろ小山田さんに貰ったのだい」

「へえ?」

と運転手は、一カ月前の通りに顔をふり向けて、あっけにとられたような表情をしたが、

「そうですね、あれは、むろん去年でしたが、十一月の……たしか帳場から月給を貰った日で、よく貰いものをする日だと思ったことを覚えていますから、十一月の二十八日でしたよ。間違いありませんよ」

「へえ、十一月のねえ、二十八日なんだね」

私はまだボンヤリしたまま、うわごとのように相手の返事を繰り返した。

「だが、旦那、なぜそう手袋のことばかり気になさるんですね。何かあの手袋に曰《いわ》くでもあったのですか」

運転手はニヤニヤ笑ってそんなことをいっていたが、私はそれに返事もしないで、じっと風よけガラスについた小さなほこりを見つめていた。車が四、五丁走るあいだ、そうしていた。だが、突然、私は車の中で立ち上がって、いきなり運転手の肩をつかんで、どなった。

「君、それはほんとうだね、十一月二十八日というのは。君は裁判官の前でもそれが断言できるかね」

車がフラフラとよろめいたので、運転手はハンドルを調節しながら、

「裁判官の前ですって。冗談じゃありませんよ。だが、十一月二十八日に間違いはありません。証人だってありますよ。私の助手もそれを見ていたんですから」

青木は、私があまり真剣なので、あっけにとられながらも、まじめに答えた。

「じゃあ、君、もう一度引っ返すんだ」

運転手はますます面くらって、やや恐れをなした様子だったが、それでも私のいうがままに、車を帰して、小山田家の門前についた。私は車を飛び出すと、玄関へかけつけ、そこにいた女中をとらえて、いきなりこんなことを聞きただすのであった。

「去年の暮れの煤《すす》掃きのおり、ここのうちでは、日本間の方の天井板をすっかりはがして、灰汁《あく》洗《あら》いをしたそうだね。それはほんとうだろうね」

先にも述べた通り、私はいつか天井裏へあがったとき、静子にそれを聞いて知っていたのだ。女中は私が気でも違ったと思ったかも知れない。しばらく私の顔をまじまじと見ていたが、

「ええ、ほんとうでございます。灰汁洗いではなく、ただ水で洗わせたのですけれど、灰汁洗い屋が来たことは来たのです。あれは暮れの二十五日でございました」

「どの部屋の天井も?」

「ええ、どの部屋の天井も」

それを聞きつけたのか、奥から静子も出てきたが、彼女は心配そうに私の顔を眺めて、

「どうなすったのです」

と尋ねるのだ。

私はもう一度さっきの質問を繰り返し、静子からも女中と同じ返事を聞くと、挨拶《あいさつ》もそこそこに、また自動車に飛びこんで、私の宿へ行くように命じたまま、深々とクッションにもたれ込み、私の持ち前の泥のような妄想におちいって行くのだった。

小山田家の日本間の天井板は昨年十二月二十五日、すっかり取りはずして水洗いをした。それでは、例の飾りボタンが天井裏へ落ちたのは、そののちでなければならない。

しかるに一方では、十一月二十八日に手袋が運転手に与えられている。天井裏に落ちていた飾りボタンが、その手袋から脱落したことは、先にしばしば述べた通り、疑うことのできない事実だ。

すると、問題の手袋のボタンは、落ちぬ先になくなっていたということになる。

このアインシュタイン物理学めいた不可思議な現象は、そも何を語るものであるか、

私はそこへ気がついたのであった。

私は念のためにガレージに青木民蔵を訪ね、彼の助手の男にも会って、聞きただしてみたけれど、十一月二十八日に間違いはなく、また小山田家の天井洗いを引受けた請負人をも訪ねてみたが、十二月二十五日に思い違いはなかった。彼は、天井板をすっかりはがしたのだから、どんな小さな品物にしろ、そこに残っているはずはないと請合ってくれた。

それでもやはり、あのボタンは小山田氏が落としたものだと強弁するためには、こんなふうにでも考えるほかはなかった。

すなわち、手袋からとれたボタンが小山田氏のポケットに残っていた。小山田氏はそれを知らずにボタンのない手袋は使用できぬので運転手に与えた。それから少なく見て一カ月後、多分は三カ月後に（脅迫状がきはじめたのは二月からであった）、同氏が天井裏へ上がった時、偶然にもボタンがそのポケットから落ちたという、持って廻った順序なのだ。

手袋のボタンが外套でなくて服のポケットに残っていたというのも変だし（手袋は多く外套のポケットへしまうものだ。そして、小山田氏が天井裏へ外套を着て上がったとは考えられぬ。いや、背広を着て上がったと考えることさえ、可なり不自然だ）、それに小山田氏のような金満紳士が、暮れに着ていた服のままで春を越したとも思われぬではないか。

これがきっかけとなって、私の心には又しても陰獣大江春泥の影がさしてきた。小山田氏が惨虐色情者であったという近代の探偵小説めいた材料が、私にとんでもない錯覚を起こさせたのではなかったか（彼が外国製乗馬鞭《むち》で静子を打擲したことだけは、疑いもない事実だけれど）。そして、彼はやっぱり何者かのために殺害されたのではあるまいか。

大江春泥、ああ、怪物大江春泥の俤《おもかげ》が、しきりに私の心にねばりついてくるのだ。

ひとたびそんな考えが芽ばえると、すべての事柄が不思議に疑わしくなってくる。一介の空想小説家にすぎない私に、意見書にしるしたような推理が、あんなにやすやすと組み立てられたということも、考えてみればおかしいのだ。現に、私はあの意見書のどこやらに、とんでもない錯誤が隠れているような気がしたものだから、一つは静子との情事に夢中だったせいもあるけれど、草稿のまま清書もしないでほうってある。事実私はなんとなく気が進まなかった。そして、今ではそれがかえってよかったと思うようにさえなってきたのだ。

考えてみると、この事件には証拠が揃い過ぎていた。私の行く先々に、待ちかまえていたように、おあつらえ向きの証拠品がゴロゴロしていた。大江春泥自身も彼の作品でいっていた通り、探偵は多過ぎる証拠に出会ったときこそ、警戒しなければならないのだ。

第一あの真に迫った脅迫状の筆蹟が、私の妄想したように、小山田氏の偽筆だったというのは、甚だ考えにくいことではないか。かつて本田もいったことだが、たとえ春泥の文字は似せることができても、あの特徴のある文章を、しかも方面違いの実業家であった小山田氏に、どうしてまねることができたのであろう。

私はその時まで、すっかり忘れていたけれど、春泥作「一枚の切手」という小説には、ヒステリーの医学博士夫人が、夫を憎むあまり、博士が彼女の筆蹟を手習いして、贋の書置きを作ったような証拠を作り上げ、博士を殺人罪におとしいれようと企《たく》らんだ話がある。ひょっとしたら、春泥はこの事件にも、その同じ手を用いて、小山田氏を陥《おとしい》れようと計ったのではないだろうか。

見方によっては、この事件はまるで大江春泥の傑作集の如きものであった。例えば、天井裏の隙見は「屋根裏の遊戯」であり、証拠品のボタンも同じ小説の思いつきであるし、春泥の筆蹟を手習いしたのは「一枚の切手」だし、静子の項《うなじ》の生傷が惨虐色情者を暗示したのは「B坂の殺人」の方法である。それから、ガラスの破片が突き傷をこしらえたことといい、はだかの死体が便所の下に漂っていたことといい、そのほか事件全体が大江春泥の体臭に充《み》ち満ちていたのだ。

これは偶然にしては余りに奇妙な符合ではなかったか。はじめから終りまで、事件の上に春泥の大きな影がかぶさっていたではないか。私はまるで、大江春泥の指図に従って、彼の思うがままの推理を組み立ててきたような気がするのだ。春泥が私にのりうつったのではないかとさえ思われるのだ。

春泥はどこかにいる。そして、事件の底から蛇のような眼を光らせているにちがいない。私は理窟《りくつ》ではなく、そんなふうに感じないではいられなかった。だが、彼はどこにいるのだ。

私はそれを下宿の部屋で、蒲団《ふとん》の上に横になって考えていたのだが、さすが肺臓の強い私も、この果てしのない妄想にはうんざりした。考えながら、私は疲れ果ててウトウトと眠ってしまった。そして、妙な夢を見てハッと眼が醒《さ》めたとき、ある不思議なことを思い浮かべたのだ。

夜がふけていたけれど、私は彼の下宿に電話をかけて、本田を呼び出してもらった。

「君、大江春泥の細君は丸顔だったといったねえ」

私は本田が電話口に出ると、なんの前置きもなく、こんなことを尋ねて、彼を驚かした。

「ええ、そうでしたよ」

本田はしばらくして、私だとわかったのか、眠むそうな声で答えた。

「いつも洋髪に結っていたのだね」

「ええ、そうでしたよ」

「近眼鏡をかけていたのだね」

「ええ、そうですよ」

「金歯を入れていたのだね」

「ええ、そうですよ」

「歯がわるかったのだね。そして、よく頬に歯痛止めの貼《は》り薬をしていたというじゃないか」

「よく知ってますね、春泥の細君に会ったのですか」

「いいや、桜木町の近所の人に聞いたのだよ。だが、君の会った時も、やっぱり歯痛をやっていたのかね」

「ええ、いつもですよ。よっぽど歯の性がわるいのでしょう」

「それは右の頬だったかね」

「よく覚えないけれど、右のようでしたね」

「しかし、洋髪の若い女が、古風な歯痛止めの貼り薬は少しおかしいね。今どきそんなもの貼る人はないからね」

「そうですね。だが、いったいどうしたんです。例の事件、何か手掛りが見つかったのですか」

「まあ、そうだよ。詳しいことはそのうち話そうよ」

といったわけで、私は前に聞いて知っていたことを、もう一度念のために本田にただして見たのだった。

それから、私は机の上の原稿紙に、まるで幾何の問題でも解くように、さまざまの形や文字や公式のようなものを、ほとんど朝まで書いては消し、書いては消ししていたのである。

十一

そんなことで、いつも私の方から出す逢引きの打ち合わせの手紙が三日ばかり途切れたものだから、待ちきれなくなったのか、静子からあすの午後三時ごろ、きっと例の隠れがへきてくれるようにとの速達がきた。それには「私という女のあまりにもみだらな正体を知って、あなたはもう私がいやになったのではありませんか、私が怖くなったのではありませんか」と怨《えん》じてあった。

私はこの手紙を受取っても、妙に気が進まなかった。彼女の顔を見るのがいやでしようがなかった。だが、それにもかかわらず、私は彼女の指定してきた時間に、御行の松の下の、あの化物屋敷へ出向いて行った。

それはもう六月にはいっていたが、梅雨の前の、そこひのように憂鬱な空が、押しつけるように頭の上に垂れ下がって、気違いみたいにむしむしと暑い日だった。電車をおりて、三、四丁歩くあいだに、腋《わき》の下や背筋などが、ジクジクと汗ばんで、さわってみると、富士絹のワイシャツがネットリと湿っていた。

静子は、私よりもひと足先にきて、涼しい土蔵の中のベッドに腰かけて待っていた。土蔵の二階にはジュウタンを敷きつめ、ベッドや長椅子《いす》を置き、幾つも大型の鏡を並べなどして、私たちの遊戯の舞台をできるだけ効果的に飾り立てたのだが、静子は私が止めるのも聞かず、長椅子にしろ、ベッドにしろ、ばかばかしく高価な品を、惜しげもなく買い入れたものだ。

静子は、派手な結城紬《ゆうきつむぎ》の一重物に、桐《きり》の落葉の刺繡《ししゅう》を置いた黒繻子《くろじゅす》の帯をしめて、例によって艶々《つやつや》とした丸髷《まるまげ》のつむりをふせ、ベッドの純白のシーツの上に、フーワリと腰をおろしていたが、洋風の調度と、江戸好みな彼女の姿とが、ましてその場所が薄暗い土蔵の二階なので、甚だしく異様な対照を見せていた。

私は、夫をなくしても変えようともしない、彼女の好きな丸髷が、匂《にお》やかに艶々しく輝いているのを見ると、すぐさま、その髷がガックリとして、前髪がひしゃげたように乱れて、ネットリしたおくれ毛が、首筋のあたりにまきついている、あのみだらがましき姿を眼に浮かべないではいられなかった。彼女はその隠れがから帰るときには、乱れた髪をときつけるのに、鏡の前で三十分もついやすのが常であったから。

「このあいだ、灰汁洗い屋のことを、わざわざ聞きに戻っていらしったのは、どうしたんですの。あなたの慌《あわ》てようったらなかったのね。あたし、どういうわけだかと、考えてみたんですけど、わかりませんのよ」

私がはいって行くと、静子はすぐそんなことを聞いた。

「わからない？　あなたには」私は洋服の上衣を脱ぎながら答えた。「大変なことなんだよ。僕は大間違いをやっていたのさ。天井を洗ったのが十二月の末で、小山田さんの手袋のボタンのとれたのがそれよりひと月以上も前なんですよ。だってあの運転手に手袋をやったのが十一月の二十八日だっていうから、ボタンのとれたのはその以前にきまっているんだからね。順序がまるであべこべなんですよ」

「まあ」

と静子は非常に驚いた様子であったが、まだはっきりとは事情がのみこめぬらしく、

「でも天井裏へ落ちたのは、ボタンがとれたよりはあとなんでしょう」

「あとにはあとだけれど、そのあいだの時間が問題なんだよ。つまりボタンは小山田さんが天井裏へ上がったとき、その場でとれたんでなければ、変だからね。正確にいえばなるほどあとだけれど、とれると同時に天井裏へ落ちて、そのままそこに残されていたのだからね。それがとれてから、落ちるまでのあいだに一と月以上もかかるなんて、物理学の法則では説明できないじゃないか」

「そうね」

彼女は少し青ざめて、まだ考え込んでいた。

「とれたボタンが、小山田さんの服のポケットにでもはいっていて、それが一と月のちに偶然天井裏へ落ちたとすれば、説明がつかぬことはないけれど、それにしても、小山田さんは去年の十一月に着ていた服で、春を越したのかい」

「いいえ。あの人おしゃれさんだから、年末には、ずっと厚手の温かい服に替えていましたわ」

「それごらんなさい。だから変でしょう」

「じゃあ」

と彼女は息を引いて、

「やっぱり平田が……」

と言いかけて、口をつぐんだ。

「そうだよ。この事件には、大江春泥の体臭があまり強すぎるんだよ。で、僕はこのあいだの意見書を、まるで訂正しなければならなくなった」

私はそれから前章にしるした通り、この事件が大江春泥の傑作集の如《ごと》きものであること、証拠の揃《そろ》いすぎていたこと、偽筆が余りにも真に迫っていたことなどを、彼女のために簡単に説明した。

「あなたは、よく知らないだろうが、春泥の生活というものが、実に変なんだ。あいつはなぜ訪問者に会わなかったか。なぜあんなにもたびたび転居したり、旅行をしたり、病気になったりして、訪問者を避けようとしたか。おしまいには、向島須崎町の家を無駄な費用をかけて、なぜ借りっぱなしにしておいたか。いくら人厭《ひとぎら》いの小説家にもしろ、あんまり変じゃないか。人殺しでもやる準備行為でなかったとしたら、あんまり変じゃないか」

私は、ベッドの静子の隣に腰をおろして話していたのだが、彼女は、やっぱり春泥の仕業であったかと思うと、俄かに怖くなった様子で、ぴったり私の方へからだをすり寄せて、私の左の手首を、むず痒《がゆ》く握りしめるのであった。

「考えてみると、僕はあいつの思うままに、なぶられていたんだよ。あいつのあらかじめ拵《こし》らえておいた偽証を、そのまま、あいつの推理をお手本にして、おさらいさせられたも同然なんだよ。アハハハハ」

私は自から嘲《あざけ》るように笑った。

「あいつは恐ろしいやつですよ。僕の物の考え方をちゃんと呑みこんでいて、その通りに証拠を拵らえ上げたんだからね。普通の探偵やなんかでは駄目なんだ。僕のような、推理好みの小説家でなくては、こんな廻りくどい、とっぴな想像ができるものではないのだから。だが、もし犯人が春泥だとすると、いろいろ無理ができてくる。その無理ができてくるところが、この事件の難解なゆえんで、春泥が底のしれない悪者だというわけだけれどもね。

無理というのはね、せんじつめると、二つの事柄なんだが、一つは例の脅迫状が小山田さんの死後パッタリこなくなったこと、もう一つは、日記帳だとか、春泥の著書、『新青年』なんかが、どうして小山田さんの本棚にはいっていたかということです。

この二つだけは、春泥が犯人だとすると、どうも辻褄《つじつま》が合わなくなるんだよ。たとえ日記帳の例の欄外の文句は、小山田さんの筆癖をまねて書きこめるにしたところが、また『新青年』の口絵の鉛筆のあとなんかも、偽証を揃えるためにあいつが作っておいたとしたところが、どうにも無理なのは、小山田さんしか持っていない、あの本棚の鍵《かぎ》を、春泥がどうして手に入れたかということだよ。そして、あの書斎へ忍びこめたかということだよ。

僕はこの三日のあいだ、その点を頭の痛くなるほど考え抜いたのだがね。その結果、どうやら、たった一つの解決法を見つけたように思うのだけれど。

僕はさっきもいったように、この事件に春泥の作品の匂いが充ち満ちていることから、あいつの小説をもっとよく研究してみたら、何か解決の鍵がつかめやしないかと思って、あいつの著書を出して読んでみたんだよ。それからね、あなたにはまだ言ってないけれど、博文館の本田という男の話によると、春泥がとんがり帽に道化服という変な恰好で、浅草公園をうろついていたというんだ。しかも、それが広告屋で聞いてみると、公園の浮浪人だったとしか考えられないんだ。春泥が浅草公園の浮浪人の中にまじっていたなんて、まるでスチブンソンの『ジーキル博士とハイド』みたいじゃないか。僕はそこへ気づいて、春泥の著書の中から、似たようなのを探してみると、あなたも知っているでしょう、あいつが行方不明になるすぐ前に書いた『パノラマ国』という長篇と、それよりも前の作の『一人二役』という短篇と、二つもあるのです。それを読むと、あいつが『ジーキル博士』式なやり方に、どんなに魅力を感じていたか、よくわかるのだ。つまり、一人でいながら、二人の人物にばけることにね」

「あたし怖いわ」

静子はしっかり私の手を握りしめて言った。

「あなたの話しかた、気味がわるいのね。もうよしましょうよ、そんな話。こんな薄暗い蔵の中じゃいやですわ。その話はあとにして、きょうは遊びましょうよ。あたし、あなたとこうしていれば、平田のことなんか、思い出しもしないのですもの」

「まあお聞きなさい。あなたにとっては、命にかかわることなんだよ。もし春泥がまだあなたをつけねらっているとしたら」

私は恋愛遊戯どころではなかった。

「僕はまた、この事件のうちから、ある不思議な一致を二つだけ発見した。学者くさい言いかたをすれば、一つは空間的な一致で、一つは時間的な一致なんだけれど、ここに東京の地図がある」

私はポケットから、用意してきた簡単な東京地図を取り出して、指でさし示しなが

ら、

「僕は大江春泥の転々として移り歩いた住所を、本田と象潟署の署長から聞いて覚えているが、それは、池袋、牛込喜久井町、根岸、谷中初音町、日暮里金杉、神田末広町、上野桜木町、本所柳島町、向島須崎町と、大体こんなふうだった。このうち池袋と、牛込喜久井町だけは大変離れているけれど、あとの七カ所は、こうして地図の上で見ると、東北の隅の狭い地域に集まっている。これは春泥の大変な失策だったのですよ。池袋と牛込が離れているのは、春泥の文名が上がって訪問記者などがおしかけはじめたのは、根岸時代からだという事実を考え合わせると、よくその意味がわかる。つまりあいつは喜久井町時代までは、すべて原稿の用事を手紙だけですませていたのだからね。ところで、根岸以下の七カ所を、こうして線でつないでみると、不規則な円周を描いていることがわかるが、その円の中心を求めたならば、そこにこの事件解決の鍵が隠れているのだよ。なぜそうだかということは、いま説明するがね」

その時、静子は何を思ったのか、私の手を離して、いきなり両手を私の首にまきつけると、例のモナ・リザの唇から、白い八重歯を出して、

「怖い」

と叫びながら、彼女の頬を私の頬に、彼女の唇を私の唇に、しっかりとくっつけて

しまった。ややしばらくそうしていたが、唇を離すと、今度は私の耳を人差指で巧みにくすぐりながら、そこへ口を近づけて、まるで子守歌のような甘い調子で、ボソボソとささやくのだった。

「あたし、そんな怖い話で、大切な時間を消してしまうのが、惜しくてたまらないのですわ。あなた、あなた、私のこの火のような唇がわかりませんの、この胸の鼓動が聞こえませんの。さあ、あたしを抱いて、ね、あたしを抱いて」

「もう少しだ。もう少しだから辛抱して僕の考えを聞いてください。その上できょうはあなたとよく相談しようと思ってきたのだから」

私はかまわず話しつづけて行った。

「それから時間的の一致というのはね。春泥の名前がパッタリ雑誌に見えなくなったのは、私はよく覚えているが、おとといの暮れからなんだ。それとね、小山田さんが外国から帰朝したときと――あなたはそれがやっぱり、おととしの暮れだっていったでしょう。この二つがどうして、こんなにぴったり一致しているのかしら。これが偶然だろうかね。あなたはどう思う?」

私がそれを言い切らぬうちに、静子は部屋の隅から例の外国製乗馬鞭を持ってきて、無理に私の右手に握らせると、いきなり着物を脱いで、うつむきにベッドの上に倒れ、

むき出しのなめらかな肩の下から、顔だけを私の方にふりむけて、

「それがどうしたの。そんなこと、そんなこと」

と何かわけのわからぬことを、気違いみたいに口走ったが、

「さあ、ぶって！ぶって！」

と叫びながら、上半身を波のようにうねらせるのであった。

小さな蔵の窓から、鼠色《ねずみいろ》の空が見えていた。電車の響きであろうか、遠くの方から遠雷のようなものが、私自身の耳鳴りにまじって、オドロオドロと聞こえてきた。それはちょうど、空から魔物の軍勢が押しよせてくる陣太鼓でもあるかのように、気味わるく思われた。おそらくあの天候と、土蔵の中の異様な空気が、私たち二人を気ちがいにしたのではなかったか。静子も私も、あとになってみると、正気の沙汰《さた》ではなかったのだ。私はそこに横たわってもがいている彼女の汗ばんだ青白い全身を眺めながら、執拗《しつよう》にも私の推理をつづけて行った。

「一方ではこの事件の中に大江春泥がいることは、火のように明らかな事実なんだ。だが、一方では日本の警察力がまる二カ月かかっても、あの有名な小説家を探し出すことができず、あいつは煙みたいに完全に消えうせてしまったのだ。ああ、僕はそれを考えるさえ恐ろしい。こんなことが悪夢でないのが不思議なくら

いだ。なぜ彼は小山田静子を殺そうとはしないのだ。ふっつりと脅迫状を書かなくなってしまったのだ。あいつはどんな忍術で小山田さんの書斎へはいることができたんだ。そして、あの錠前つきの本棚をあけることができたんだ……

僕は或《あ》る人物を思い出さないではいられなかった。ほかでもない、女流探偵小説家平山日出子だ。世間ではあれを女だと思っている。作家や記者仲間でも、女だと信じている人が多い。日出子のうちへは毎日のように愛読者の青年からのラブ・レターが舞い込むそうだ。ところがほんとうは彼は男なんだよ。しかも、これっきとした政府のお役人なんだよ。

探偵作家なんてみんな、僕にしろ、春泥にしろ、平山日出子にしろ、怪物なんだ。男でいて女に化けてみたり、猟奇の趣味が嵩《こう》じると、そんなところまで行ってしまうのだ。ある作家は、夜、女装をして浅草をぶらついた。そして、男と恋のまねごとさえやった」

私はもう夢中になって、気ちがいのようにしゃべりつづけた。顔じゅうに一杯汗が浮かんで、それが気味わるく口の中へ流れ込んだ。

「さあ、静子さん。よく聞いてください。僕の推理が間違っているかいないか。春泥の住所をつないだ円の中心はどこだ。この地図を見てください。あなたの家だ。浅草山の宿だ。皆あなたの家から十分以内のところばかりだ。

小山田さんの帰朝と一緒に、なぜ春泥は姿を隠したのだ。もう茶の湯と音楽の稽古《けいこ》に通よえなくなったからだ。わかりますか。あなたは小山田さんの留守中、毎日午後から夜に入るまで、茶の湯と音楽の稽古に通よったのです。あなたちゃんとお膳立《ぜんだて》をしておいて、僕にあんな推理を立てさせたのは誰だった。あなたですよ。僕を博物館で捉《とら》えて、それから自由自在にあやつったのは。

あなたなれば、日記帳に勝手な文句を書き加えることだって、そのほかの証拠品を小山田さんの本棚へ入れることだって、天井へボタンを落としておくことだって、自由にできるのです。僕はここまで考えたのです。ほかに考えようがありますか。さあ、返事をしてください。返事をしてください」

「あんまりです。あんまりです」

裸体の静子が、ワッと悲鳴を上げて、私にとりすがってきた。そして、私のワイシャツの上に頬をつけて、熱い涙が私の肌に感じられるほども、さめざめと泣き入るのだった。

「あなたはなぜ泣くのです。さっきからなぜ僕の推理をやめさせようとしたのです。あたりまえなれば、あなたには命がけの問題なのだから、聞きたがるはずじゃありませんか。これだけでも、僕はあなたを疑わないではいられぬのだ。お聞きなさい。まだ僕の推理はおしまいじゃないのだ。

大江春泥の細君はなぜ目がねをかけていた？　金歯をはめていた？　歯痛止めの貼り薬をしていた？　洋髪に結って丸顔に見せていた？　あれは春泥の『パノラマ国』の変装法そっくりじゃありませんか。春泥はあの小説の中で、日本人の変装の極意を説いている。髪形を変えること、目がねをかけること、含み綿をすること、それから又、『一銭銅貨』の中には丈夫な歯の上に、夜店の鍍金《めっき》の金歯をはめる思いつきが書いてある。

あなたは人目につき易《やす》い八重歯を持っている。それを隠すために鍍金の金歯をかぶせたのだ。あなたの右の頬には大きな黒子《ほくろ》がある。それを隠すために、あなたは歯痛止めの貼り薬をしたのだ。洋髪に結って瓜実顔《うりざねがお》を丸顔に見せるくらいなんでもないことだ。そうしてあなたは春泥の細君に化けたのだ。

僕はおとつい、本田にあなたを隙見《すきみ》させて、春泥の細君に似ていないかを確かめた。本田はあなたの丸髷を洋髪に換え、目がねをかけ、金歯を入れさせたら、春泥の細君にそっくりだといったじゃありませんか。さあ、言っておしまいなさい。すっかりわかってしまったのだ。これでもあなたは、まだ僕をごまかそうとするのですか」

私は静子をつき離した。彼女はグッタリとベッドの上に倒れかかり、激しく泣き入って、いつまで待っても答えようとはしない。私はすっかり興奮してしまって、思わず手にしていた乗馬鞭をふるって、ピシリと彼女のはだかの背中へ叩《たた》きつけた。私は夢中になって、これでもか、これでもかと、幾つも幾つも打ちつづけた。

見る見る彼女の青白い皮膚は赤み走って、やがてミミズの這《は》った形に、まっ赤な血がにじんできた。彼女は私の足の下に、いつもするのと同じみだらな恰好で、手足をもがき、身をくねらせた。そして、絶え入るばかりの息の下から、

「平田、平田」

と細い声で口走った。

「平田？　ああ、あなたはまだ私をごまかそうとするんだな。あなたが春泥の細君に化けていたなら、春泥という人物は別にあるはずだとでもいうのですか。春泥なんているものか。あれはまったく架空の人物なんだ。それをごまかすために、あなたは彼の細君に化けて雑誌記者なんかに会っていたのだ。あんなにもたびたび住所を変えたのだ。しかし或る人には、まるで架空の人物ではごまかせないものだから、浅草公園の浮浪人を雇って、座敷に寝かしておいたんだ。春泥が道化服の男に化けたのではなくて、道化服の男が春泥に化けていたんだ」

静子はベッドの上で、死んだようになってだまりこんでいた。ただ、彼女の背中の赤ミミズだけがまるで生きているかのように、彼女の呼吸につれてうごめいていた。彼女がだまってしまったので、私もいくらか興奮がさめて行った。

「静子さん。僕はこんなにひどくするつもりではなかった。もっと静かに話してもよかったのだ。だが、あなたがあんまり私の話を避けよう避けようとするものだから、そして、あんな嬌態《きょうたい》でごまかそうとするものだから、僕もつい興奮してしまったのですよ。勘弁してくださいね。ではね、あなたは口をきかなくてもいい。僕があなたのやってきたことを、順序を立てていってみますからね。もし間違っていたら、そうでないとひとことといってくださいね」

そうして、私は私の推理を、よくわかるように話し聞かせたのである。

「あなたは女にしては珍らしい理智《りち》と文才に恵まれていた。それは、あなたが私にくれた手紙を読んだだけでも、充分わかるのです。そのあなたが、匿名《とくめい》で、しかも男名前で、探偵小説を書いてみる気になったのは、ちっとも無理ではありません。だが、その小説が意外に好評を博した。そして、ちょうどあなたが有名になりかけた時分に、小山田さんが、二年間も外国へ行くことになった。その淋《さび》しさをなぐさめるため、且《か》つまた、あなたの猟奇癖を満足させるため、あなたはふと一人三役という恐ろしいトリックを思いついた。あなたは『一人二役』という小説を書いているが、その上を行って、一人三役というすばらしいことを思いついたのです。

あなたは平田一郎の名前で、根岸に家を借りた。その前の池袋と牛込とはただ手紙の受け取り場所を造っておいただけでしょう。そして、厭人《えんじん》病や旅行などで、平田という男性を世間の眼から隠しておいて、あなたが変装をして平田夫人に化け、平田に代って原稿の話まで一切きりまわしていた。つまり原稿を書くときには大江春泥の平田になり、雑誌記者に会ったり、うちを借りたりするときには、平田夫人になり、山の宿の小山田家では、小山田夫人になりすましていたのです。つまり一人三役なのです。

そのために、あなたはほとんど毎日のように午後一ぱい、茶の湯や音楽を習うのだといってうちをあけなければならなかった。半日は小山田夫人、半日は平田夫人と、一つからだを使い分けていたのです。それには髪も結いかえる必要があり、着物を着換えたり変装をしたりする時間が要るので、あまり遠方では困るのです。そこで、あなたは住所を変えるときは、山の宿を中心に、自動車で十分ぐらいの所ばかり選んだわけですよ。

僕は同じ猟奇の徒なんだから、あなたの心持がよくわかります。ずいぶん苦労な仕事ではあるけれど、世の中にこんなにも魅力のある遊戯は、おそらくほかにはないでしょうからね。

僕は思い当たることがありますよ。いつか或る批評家が春泥の作を評して、女でなければ持っていない不愉快なほどの猜疑心《さいぎしん》に充ち満ちている。まるで暗闇《くらやみ》にうごめく陰獣のようだといったのを思い出しますよ。あの批評家はほんとうのことをいっていたのですね。

そのうちに、短い二年が過ぎ去って、小山田さんが帰ってきた。もうあなたは元のように一人三役を勤めることはできない。そこで大江春泥の行方不明ということになったのです。でも、春泥が極端な厭人病者だということを知っている世間は、その不自然な行方不明をたいして疑わなかった。

だが、あなたがどうしてあんな恐ろしい罪を犯す気になったか、その心持は男の僕にはよくわからないけれど、変態心理学の書物を読むと、ヒステリイ性の婦人は、しばしば自分で自分に当てて脅迫状を書き送るものだそうです。日本にも外国にもそんな実例はたくさんあります。

つまり自分でも怖がり、他人にも気の毒がってもらいたい心持なんですね。あなたもきっとそれなんだと思います。自分が化けていた有名な男性の小説家から、脅迫状を受け取る。なんというすばらしい着想でしょう。

同時にあなたは年をとったあなたの夫に不満を感じてきた。そして、夫の不在中に経験した変態的な自由の生活にやみがたいあこがれをいだくようになった。いや、もっと突っ込んでいえば、かつてあなたが春泥の小説の中に書いた通り、犯罪そのものに、殺人そのものに、言い知れぬ魅力を感じたのだ。それにはちょうど春泥という完全に行方不明になった架空の人物がある。この者に嫌疑をかけておいたならば、あなたは永久に安全でいることができる上、いやな夫には別れ、莫大《ばくだい》な遺産を受け継いで、半生を勝手気ままに振舞うことができる。

だが、あなたはそれだけでは満足しなかった。万全を期するため、二重の予防線を張ることを考えついた。そして、選み出されたのが僕なんです。あなたはいつも春泥の作品を非難する僕をあやつり人形にして、かたき討ちをしてやろうと思ったのでしょう。だから僕があの意見書を見せたときには、あなたはどんなにかおかしかったことでしょうね。僕をごまかすのは造作もなかったですね。手袋の飾りボタン、日記帳、新青年、『屋根裏の遊戯』それで充分だったのですからね。

だが、あなたがいつも小説に書いているように、犯罪者というものは、どこかにほんのつまらないしくじりを残しておくものです。あなたは小山田さんの手袋からとれたボタンを拾って、大切な証拠品に使ったけれど、それがいつとれたかをよく調べてみなかった。その手袋がとっくの昔、運転手に与えられたことを少しも知らずにいたのです。なんというつまらないしくじりだったでしょう。小山田さんの致命傷はやっぱり僕の前の推察通りだと思います。ただ違うのは小山田さんが窓のそとからのぞいたのではなくて、多分はあなたと情痴の遊戯中に（だからあのかつらをかぶっていたのでしょう）あなたが窓の中からつきおとしたのです。

さあ、静子さん。僕の推理が間違っていましたか。なんとか返事をしてください。できるなら僕の推理を打ち破ってください。ねえ、静子さん」

私はグッタリしている静子の肩に手をかけて、軽くゆすぶった。だが、彼女は恥と後悔のために顔を上げることができなかったのか、身動きもせず、ひとことも物をいわなかった。

私は言いたいだけ言ってしまうと、ガッカリして、その場に茫然《ぼうぜん》と立ちつくしていた。私の前には、きのうまで私の無二の恋人であった女が、傷つける陰獣の正体をあらわにして倒れている。それをじっと眺めていると、いつか私の眼は熱くなった。

「ではぼくはこれで帰ります」私は気を取りなおしていった。「あなたは、あとでよく考えてください。僕は正しい道を選んでください。僕はこのひと月ばかりのあいだ、あなたのお蔭《かげ》で、まだ経験しなかった情痴の世界を見ることができました。そして、それを思うと、今でも僕はあなたと離れがたい気がするのです。しかし、このままあなたとの関係を続けて行くことは、僕の良心が許しません……ではさようなら」

私は静子の背中のミミズ脹れの上に、心をこめた接吻《せっぷん》を残して、しばらくのあいだ彼女との情痴の舞台であった、私たちの化物屋敷をあとにした。空はいよいよ低く、気温は一層高まってきたように思われた。私はからだじゅう無気味な汗にひたりながら、そのくせ歯をカチカチいわせて、気ちがいのようにフラフラと歩いて行った。

十二

そして、その翌日の夕刊で、私は静子の自殺を知ったのだった。

彼女はおそらくは、あの洋館の二階から、小山田六郎氏と同じ隅田川に身を投じて、覚悟の水死をとげたのである。運命の恐ろしさは、隅田川の流れ方が一定しているために起こったことではあろうけれど、彼女の死体は、やっぱり、あの吾妻橋下の汽船発着所のそばに漂っていて、朝、通行人に発見されたのであった。

何も知らぬ新聞記者は、その記事のあとへ、「小山田夫人は、おそらく夫六郎氏と同じ犯人の手にかかって、あえない最期《さいご》をとげたものであろう」と付け加えた。

私はこの記事を読んで、私のかつての恋人の可哀《かわい》そうな死に方を憐《あわ》れみ、深い哀愁を覚えたが、それはそれとして、静子の死は、彼女が彼女の恐ろしい罪を自白したも同然で、まことに当然の成り行きであると思っていた。ひと月ばかりのあいだは、そんなふうに信じきっていた。

だが、やがて、私の妄想の熱度が、徐々に冷えて行くにしたがって、恐ろしい疑惑が頭をもたげてきた。

私はひとことさえも、静子の直接の懺悔《ざんげ》を聞いたわけではなかった。さまざまの証拠が揃っていたとはいえ、その証拠の解釈はすべて私の空想であった。二に二を加えて四になるというような、厳正不動のものではあり得なかった。現に私は、運転手の言葉と、灰汁洗い屋の証言だけをもって、あの一度組み立てたまことしやかな推理を、さまざまの証拠を、まるで正反対に解釈することができたではないか。それと同じことが、もう一つの推理にも起こらないとどうして断言できよう。

事実、私はあの土蔵の二階で静子を責めた際にも、最初は何もあまでするつもりではなかった。静かにわけを話して、彼女の弁明を聞くつもりだった。それが、話の半ばから、彼女の態度が変に私の邪推を誘ったので、ついあんなに手ひどく、断定的に物を言ってしまったのだ。そして、最後にたびたび念を押しても、彼女が押しだまって答えなかったので、てっきり彼女の罪を肯定したものと独り合点をしてしまったのだった。だが、それはあくまでも独り合点ではなかったであろうか。

なるほど、彼女は自殺をした(だが果たして自殺であったか。他殺！　他殺だとしたら下手人は何者だ。恐ろしいことだ)。自殺をしたからといって、それが果たして彼女の罪を証することになるであろうか。もっとほかに理由があったかもしれないではないか。例えば、たよりに思う私から、あのように疑い責められ、まったく言い解くすべがないと知ると、心の狭い女の身では、一時の激動から、つい世を果敢《はか》なむ気になったのではあるまいか。

とすれば、彼女を殺したものは、手こそ下さね、明らかにこの私であったではないか。私はさっき他殺ではないといったけれど、これが他殺でなくてなんであろう。

だが、私がただ一人の女を殺したかもしれないという疑いだけなれば、まだしも忍ぶことができる。ところが、私の不幸な妄想癖は、もっともっと恐ろしいことさえ考えるのだ。

彼女は明らかに私を恋していた。恋する人に疑われ、恐ろしい犯罪人として責めさいなまれた女の心を考えてみなければならない。彼女は私を恋すればこそ、その恋人の解きがたい疑惑を悲しめばこそ、ついに自殺を決心したのではないだろうか。

また、たとえ私のあの恐ろしい推理が当たっていたとしてもだ。彼女はなぜ長年つれ添った夫を殺す気になったのであろう。自由か、財産か、そんなものが、一人の女を殺人罪におとしいれるほどの力を持っているだろうか。それは恋ではなかったか。そして、その恋人というのは、ほかならぬ私ではなかったか。

ああ、私はこの世にも恐ろしい疑惑をどうしたらよいのであろう。静子が他殺者であったにしろ、なかったにしろ、私はあれほど私を恋い慕っていた可哀そうな女を殺してしまったのだ。私は私のけちな道義の念を呪《のろ》わずにはいられない。世に恋ほど強く美しいものがあろうか。私はその清く美しい恋を、道学者のようなかたくなな心で、無残にもうちくだいてしまったのではないか。

だがもし彼女が私の想像した通り大江春泥その人であって、あの恐ろしい殺人罪を犯したのであれば、私はまだいくらか安んずるところがある。

とはいえ、今となって、それがどうして確かめられるのだ。小山田六郎氏は死んでしまった。小山田静子も死んでしまった。そして、大江春泥は永久にこの世から消え去ってしまったとしか考えられぬではないか。本田は静子が春泥の細君に似ているといった。だが似ているというだけで、それがなんの証拠になるのだ。

私は幾度も糸崎検事を訪ねて、その後の経過を聞いてみたけれど、彼はいつも曖昧《あいまい》な返事をするばかりで、大江春泥捜索の見込みがついているとも見えない。私はまた、人を頼んで、平田一郎の故郷である静岡の町を調べてもらったけれど、まったく架空の人物であってくれればよいという空頼みの甲斐《かい》もなく、今は行方不明の平田一郎なる人物があったことを報じてきた。だが、たとえ平田という人物が実在していたところで、彼がほんとうに静子のかつての恋人であったところで、それが大江春泥であり小山田氏殺害の犯人であったと、どうして断定することができよう。彼はいま現にどこにもいないのだし、静子はただ昔の恋人の名を、一人三役の一人の本名に利用しなかったとはいえないのだから。さらに、私は親戚《しんせき》の人の許しを得て、静子の持ち物、手紙類などをすっかり調べさせてもらった。そこからなんらかの事実を探り出そうとしたのだ。しかしこの試みもなんのもたらすところもなかった。

私は私の推理癖を、妄想癖を、悔んでも悔んでも悔み足りないほどであった。そして、できるならば、平田一郎の大江春泥の行方を探すために、たとえそれがむだだとわかっていても、日本全国を、いや世界の果てまでも、一生涯巡礼をして歩きたいほどの気持になっている。

だが、春泥が見つかって、彼が下手人であったとしても、またなかったとしても、それぞれ違った意味で、私の苦痛は一そう深くなるかもしれないのだが。

静子が悲惨な死をとげてから、もう半年にもなる。だが、平田一郎はいつまでたっても現われなかった。そして私の取りかえしのつかぬ恐ろしい疑惑は、日と共に深まって行くばかりであった。

江戸川乱歩自作解説

※作品のトリックに触れている箇所があります。

【石榴《ざくろ》】「中央公論」昭和九年九月号に発表。（柘榴とも書くが私は石榴の方が正しいと教わっている）そのころ中央公論からしばしば原稿の依頼を受けていたが、実際に執筆したのはこれ一篇だけであった。中央公論は私のこの作を、ほとんど一枚看板のようにして優待してくれた。編集後記にも「これこそ筆者自身が久方振りの力作と自負される問題のもの、先月号に於《お》いて、永井荷風氏の「ひかげの花」が一大波紋を呼び、本号またこの大作を得て、吾らの意気は昂《たかぶ》る」と大物扱いであった。中央公論のこの号は評論に切り取りを命ぜられたものがあり（戦前には、小売店に配本されている雑誌から、問題の部分だけ切り取らせて販売させるという罰則があった。出版社にとっては、雑誌全体を発売禁止処分にされるより、この方がましだったのである）改訂版として再広告をしなければならなかったのだが、その再広告には私の「石榴」だけが「本年度収穫の圧巻」と称して、大きくのせられたものである。この作は純文学評論家から批評を受けたが、多くは悪評であった。私の作が新味に乏しかったせいでもあるが、一つには、中央公論が大衆小説を一枚看板にしたことへの反感もあったのではないかと思う。それらの批評は拙著「探偵小説四十年」に詳しく記録しておいた。

（桃源社版『江戸川乱歩全集14』より）

【押絵と旅する男】「新青年」昭和四年六月号に発表したもの。この作には当時の「新青年」編集長、横溝正史《よこみぞせいし》君との間に一つの挿話がある。昭和二年の晩秋、そのころ私は朝日新聞の「一寸法師」以来ずっと休筆をつづけていた。横溝君はその私にどうしても書かせようとして、京都や名古屋の私の旅先へ追っかけてきたものだが、その或《あ》る日、名古屋の大須《おおす》ホテルで横溝君と枕《まくら》をならべて寝物語をしていて（戦前には横溝君とよく寝物語をしたものである）、実は一つ書いたのだが、どうしても発表する気になれないので、いま破り捨ててきたところだといって、横溝君をくやしがらせたことがある。これについては私の「探偵小説四十年」の昭和六年の「代作ざんげ」の項に詳記したし、また、「宝石」昭和三十七年三月号の「ある作家の周囲」「横溝正史篇」の中にも、やはり「代作ざんげ」と題して横溝君の談話がのっている。これが「押絵と旅する男」の第一稿であった。

しかし、その破りすてた原稿は、出来がわるくて、とても「新青年」にのせられる代物《しろもの》ではなかった。それから一年半ののち、同じ題材で書いたのが、ここに収めた作で、これは私の短篇のうちでも最も気に入っているものの一つである。

この作はジェームス・ハリス君訳の私の英訳短篇集Japanese Tales of Mystery and Imagination（1956）の中にThe Traveller With the Pasted Rag Pictureと題して収めてあるし、また、ウイーンのPaul Neff社から出版されたNeff-Anthologie全三巻の第二巻、世界怪奇小説集Der Vampyr（1961）という大冊の中にDer Mann, der mit seinem Reliefbild reisteと題して編入されている。独訳者は学習院大学教授、岩淵達治氏である。

（桃源社版『江戸川乱歩全集8』より）

【目羅《めら》博士】「文芸倶楽部」昭和六年四月増刊に発表。そのときは「目羅博士の不思議な犯罪」という題をつけたが、長すぎるので、単に「目羅博士」と改題した。この連続自殺の着想はエーヴェルスの「蜘蛛《くも》」という短篇から借りたものだが、全体の筋は私自身の考えによっている。目羅は、重箱読みだけれど、メラと読む。この名には別に出典があるわけではない。

（桃源社版『江戸川乱歩全集10』より）

【人でなしの恋】「サンデー毎日」大正十五年九月ごろの号に発表。「サンデー毎日」にはこの年の春、「湖畔亭事件」の連載をたびたび休載して迷惑をかけていたので、この短篇の依頼には、なにかいいものを書きたいと、気を入れて執筆したのだが、「屋根裏の散歩者」などのような奇抜な着想でなかったためか、編集者にも読者にも余り歓迎されなかったように思う。しかし、私自身はやや気にいっている作品の一つである。（桃源社版『江戸川乱歩全集10』より）

【白昼夢】「新青年」大正十四年七月号に発表。今のショート・ショートである。そのころ、小酒井不木《こさかいふぼく》博士から、水道を出しっぱなしにして、そこへ死体を置いておけば、やがて屍蠟《しろう》になるという話を聞いたのと、当時、有田ドラッグという薬屋が全盛で、全国に店を持ち、東京にも至るところに同じ形式の店があって、そのショーウインドーに、生々しい蠟細工の皮膚病人形を飾っていた。それと今の屍蠟とを結びつけたものである。発表当時、なかなか好評であった。（桃源社版『江戸川乱歩全集2』より）

【踊る一寸法師】「新青年」大正十五年一月号に発表。大正十五年は昭和元年なのだが、この年は俄《にわ》かに流行作家になった感じで、連載長篇を五つも書いている。大阪の

「苦楽」に「闇《やみ》に蠢《うごめ》く」、「サンデー毎日」に「湖畔亭事件」、「写真報知」に「空気男」、「新青年」に「パノラマ島奇談」、「朝日新聞」に「一寸法師」の五篇、そのほかに短篇を十一書いたのだから、私としては最初の多作期であった。「探偵小説四十年」には「この十一の短篇のうち、やや取るに足るものは『踊る一寸法師』『お勢登場』『鏡地獄』の三篇であろう」と書いている。「踊る一寸法師」の原稿は大正十四年の十月に書いた。そのころ横溝正史君と二人で、森下さんはじめ「新青年」の寄稿家たちに会うために、関西から上京したことがあり、この短篇の前半は出発前に自宅で、後半は東京の丸の内ホテルで書き上げ、それを横溝君に朗読して聞かせたことを覚えている。

（桃源社版『江戸川乱歩全集14』より）

【陰獣】「新青年」昭和三年八月増刊から九、十月号と三回に分載した。「陰獣」が「淫獣《いんじゅう》」と誤解されたが、私のつもりでは、猫のような魔性の「陰気なけもの」という意味であった。朝日新聞に連載した「一寸法師」に自己嫌悪《けんお》を感じて放浪の旅に出てから一年半、雑誌「改造」から頼まれて書き出したのだが、依頼枚数の四倍近くになってしまったので、我儘《わがまま》の利《き》く「新青年」に廻したところ、当時の編集長横溝正史君が非常に宣伝してくれたので、雑誌の再版、三版を刷るという売れ行きを見たのである。今読んでみると大したものではないが、この小説には楽屋落ちみたいなものがあり、そこに奇妙な魅力が感じられたのではないかと思う。この小説の犯人は江戸川乱歩に酷似した人物で、しかも、最後にはその人物が女とわかり、結局、江戸川は架空の作家だったということになってしまう。つまり、私は小説の中で自己抹殺を試みたのである。この作は賑やかな批評を受けたが、それらの批評の多くは、結末に疑いを残したことを非難していたので、その後の版で、私自身、疑いの部分を削ってしまったことがある。しかし、やはり原形の方がよいと考えるので、この本では、最初発表したときの姿に戻しておいた。この作は昭和七年十二月、新橋演舞場において、市川小太夫《こだゆう》さん一座により劇化上演せられた。

（桃源社版『江戸川乱歩全集2』より）

編者解説

日下三蔵

この文庫が刊行される二〇一六年は、江戸川乱歩が亡くなった一九六五年から数えて五十一年目に当たる。現在の日本の法律では著作権の保護期間は「著者の没後五十年間」であり、江戸川乱歩の場合は二〇一五年十二月三十一日をもって著作権が消滅したことになる。つまり、二〇一六年以降、各出版社は自由に乱歩作品を出版できるようになったのである。生誕百年に当たる一九九四年の前後にも乱歩の著書や関連本の出版ラッシュがあったが、今回もそれに近い現象が起こると思われる。

作者が死ぬか、死なないまでも新作の発表が途絶えた時点で、たちまち忘れ去られていくのが常のわが国の小説界において、物故作家の作品が五十年にわたって読まれ続けているというのは驚異的なことだ。

数作の著名な代表作のみが読み継がれている、というケースならばなくもないが、乱歩の場合は没後に四回も全集が編まれ、ほとんどの時期において全作品が容易に入手可能。〈少年探偵団〉シリーズは何度も判型を変えて出版される超ロングセラーであり、乱歩の名を冠した江戸川乱歩賞（五五年〜）はミステリの公募新人賞として、もっとも長い歴史を誇っている。近年は作品がテレビアニメ化までされた。（二〇一五年七月から九月にかけてフジテレビで「乱歩奇譚 Game of Laplace」として放映）

五十年前にこの世から姿を消した作家とは思えない圧倒的な存在感である。その業績を列挙すると、次のようになるだろう。

1　大正末期から昭和初期にかけて本格ミステリと怪奇小説の名作短篇を次々と発表

2　昭和初期にいわゆる通俗長篇と〈少年探偵団〉で大衆にミステリの魅力を教えた

3　海外のミステリを大量に読んで日本の読者に体系的に紹介した

4　仲間の作家や後輩の面倒をよく見て、多くの作家をデビューさせた

1と2は作家としての業績、3と4は評論家、編集者としての業績ということになる。特に4は重要で、高木彬光《あきみつ》、山田風太郎、大藪《おおやぶ》春彦、戸板康二《やすじ》、星新一、筒井康

隆と乱歩によって世に送り出された作家は数多い。

あらゆる面で国産ミステリの基礎を築いた巨人、それが江戸川乱歩なのである。

もちろん人は、業績が大きいからその作家の作品を読むわけではない。いま読んでも面白いから読むのだ。

ここで乱歩作品の主な文庫版の特徴を、出版社別に見てみよう。

まず大衆小説出版の老舗・春陽堂書店の春陽文庫。一九二五(大正十四)年に乱歩の最初の著書『心理試験』を刊行して以来の付き合いだから、戦前の日本小説文庫、戦後の春陽堂文庫の時代から数多くの乱歩作品を刊行している。春陽文庫では一九六二年に七冊、七三年に二冊、「江戸川乱歩名作集」として全短篇を二〇〇〜三〇〇ページで刊行しているのが目を惹《ひ》く。七二年から七三年にかけては「江戸川乱歩長篇全集」(全20巻)も刊行。前述「名作集」の8巻と9巻は「長篇全集」刊行時に取りこぼしに気付いて増補されたものであろう。さらに八七年から八八年にかけて「江戸川乱歩文庫」(全30巻)を刊行。「長篇全集」に唯一《ゆいいつ》未収録だった『三角館の恐怖』を加えて、これで春陽文庫には乱歩の大人向け作品がすべて入ったことになる。二〇一五年には「江戸川乱歩文庫」から13巻が新装版として再刊された。

講談社文庫は創刊された七一年に『二銭銅貨・パノラマ島奇談ほか三編』、七三年に『一寸法師・黒蜥蜴《くろとかげ》』を刊行した程度だったが、八七年から八九年にかけて「江戸川乱歩推理文庫」全65巻を刊行した。これは大人向けの全作品（1〜30巻）、少年向けのほとんどの作品（31〜44巻）に多くの随筆・評論（45〜65巻）も収録した初の文庫版乱歩全集であった。各巻のカバーイラストは天野喜孝。完結後に別巻として大判の『貼雑年譜《はりまぜねんぷ》』が刊行された。九五年には講談社文庫コレクション大衆文学館の一冊として明智探偵が登場する中・短篇を集成した『明智小五郎全集』も刊行。

角川文庫は七三年から七五年にかけて、大人向けの全作品を全二〇冊で刊行。島崎博による詳細な年譜が各巻に付いていた。初期のカバー画は宮田雅之による切り絵で、八〇年代後半の乱歩フェアの際にマンガ家の高橋葉介の絵に差し替えられた。現在、角川文庫版の作品集は品切れだが、「江戸川乱歩ベストセレクション」として角川ホラー文庫に八冊が収録されている。

翻訳ミステリとSFで長い歴史を持つ創元推理文庫は、八四年から各巻八〇〇ページに及ぶ大部のシリーズ「日本探偵小説全集」（全12巻）をスタート。その第一回配本として刊行された第二巻『江戸川乱歩集』が、同文庫に初めて収録された日本作家の作品集であった。八七年からは「日本探偵小説全集」に入らなかった作品を対象に次々と乱歩作品を収録、二〇〇三年までに二〇冊が刊行され、大人向け作品の大半が網羅された。創元推理文庫版の特徴は、初出の雑誌や新聞から挿絵を復刻している点である。

九八年に刊行されたちくま文庫の「江戸川乱歩全短篇」（全3巻）は各巻約六〇〇ページ。タイトルどおり、すべての中・短篇を三冊に収録している。内訳は1巻と2巻が本格推理篇、3巻が怪奇幻想篇となっている。

光文社文庫は二〇〇三年から〇六年にかけて「江戸川乱歩全集」（全30巻）を刊行。各巻七〇〇〜九〇〇ページという大部の全集で、大人ものと少年ものを区別せず、全小説を発表順に収録しているのが特徴である（23巻までが小説、24巻以降は随筆・評論）。つまり通読すれば、編年体で乱歩の執筆の軌跡を追えるわけだ。

読者はそれぞれの時期に、それぞれの目的に応じた文庫を選んで乱歩作品を読んできたわけだが、「乱歩入門」という点で他の追随を許さないのが一九六〇年十二月に刊行された新潮文庫の『江戸川乱歩傑作選』である。収録作品は順に「二銭銅貨」「二癈人《はいじん》」「D坂の殺人事件」「心理試験」「赤い部屋」「屋根裏の散歩者」「人間椅子」「鏡地獄」「芋虫」の九篇。現在は改版で三五〇ページになっているが、初刊時には三

○○ページというコンパクトなボリュームで初期の傑作・代表作が手際よく収録されている。

本格ミステリでは「二銭銅貨」「二癈人」「D坂の殺人事件」「心理試験」、怪奇幻想系では「赤い部屋」「人間椅子」「鏡地獄」「芋虫」、そして両者の融合である「屋根裏の散歩者」とバランスもいい。

乱歩を初めて読むという人にとってはこれ以上の入門書は存在せず、乱歩の存命中に刊行された文庫本としては、唯一現在でも版を重ねるロングセラーとなっているのも納得である。

新潮文庫編集部から、この乱歩ベストの二冊目を編んでくれ、という依頼を受けたとき、光栄に思うと同時に大きなプレッシャーも感じた。これは下手なものを作るわけにはいかないぞ、と。

『江戸川乱歩傑作選』は作品数を絞り込んだ密度が魅力であったが、それゆえの不満がないわけではなかった。衆目の一致する代表作の中にも漏れたものがまだある、というのが一点。もう一点は百枚以上の中篇が「屋根裏の散歩者」しか入っていない、ということだ。それらを勘案して選定したのが、以下の七篇である。

石榴　「中央公論」一九三四（昭和九年）九月号
押絵と旅する男　「新青年」一九二九（昭和四年）六月号
目羅博士　「文芸倶楽部」一九三一（昭和六年）四月号「目羅博士の不思議な犯罪」改題
人でなしの恋　「サンデー毎日」一九二六（大正十五年）秋季特別号（十月）
白昼夢　「新青年」一九二五（大正十四年）七月号
踊る一寸法師　「新青年」一九二六（大正十五年）一月号
陰獣　「新青年」一九二八（昭和三年）八月増刊、九〜十月号

ふたつの中篇「石榴」「陰獣」を巻頭と巻末に置き、間に怪奇幻想系の作品を並べてみた。本格短篇の佳作については、最初の数年に集中して書かれていることもあり、『江戸川乱歩傑作選』収録の作品で充分だろうと思ったためである。本書では『傑作選』で手薄と思われた怪奇幻想系の短篇と本格ものの中篇を重点的に採ることにしたわけだ。

テキストは現行の光文社文庫版全集との重複を避けて桃源社版全集を使用し、同書のあとがきに当たる「自註自解」から収録作品に触れた部分を本書にも収めた。「目

羅博士」および「人でなしの恋」の初出データが実際のものと違っているが、これは乱歩の記憶違いであろう。

なお、本書の編集作業中、新保博久氏から、新潮文庫の『江戸川乱歩傑作選』は東都書房〈日本推理小説大系〉第二巻『江戸川乱歩集』の前半部分の文庫化ではないか、とのご教示をいただいた。

真鍋博の装丁による黒い函が印象的な東都書房〈日本推理小説大系〉はＡ５判３段組というボリュームで、明治大正の作品から当時まだ新鋭作家だった大藪春彦、星新一らの作品までを収録した画期的な全集である。編集委員は中島河太郎、平野謙、松本清張、荒正人、江戸川乱歩の五名。

第二巻『江戸川乱歩集』の収録作品は「二銭銅貨」「二廢人」「Ｄ坂の殺人事件」「心理試験」「赤い部屋」「屋根裏の散歩者」「人間椅子」「鏡地獄」「芋虫」「陰獣」「押絵と旅する男」「柘榴」「月と手袋」「化人幻戯」で、確かに新潮文庫版『江戸川乱歩傑作選』は同書の前半部分と同じ構成である。

これまで『江戸川乱歩傑作選』は解説を書いている評論家の荒正人氏がセレクトしたものと思い込んでいたが、乱歩自身が編集委員でもあった〈日本推理小説大系〉のセレクトを踏まえているのであれば、自選傑作集だった可能性が極めて高い。

〈日本推理小説大系〉版の巻末に置かれた中篇「月と手袋」と長篇「化人幻戯」は当時の最新作であるから、全集読者への配慮として収録したものと考えられる。とすれば『江戸川乱歩傑作選』に続くベスト集に収録すべきは「陰獣」「押絵と旅する男」「柘榴」（「石榴」）の三篇ということになる。

既に作品選定の終っていた本書のラインナップに、その三篇がすべて入っているのを確認して安堵《あんど》するとともに、ある程度は乱歩自身の意を汲《く》んだセレクトができたのかもしれないと思えてうれしかった。偶然かもしれないが、二つの中篇の間に怪奇幻想短篇を配置するという構成も同じなのだ。

ロングセラー『江戸川乱歩傑作選』と同様、この『江戸川乱歩名作選』にも乱歩の真髄を示す完成度の高い作品を取り揃えたつもりである。初めて乱歩の作品に触れる方から既に大ファンという方まで、幅広い読者に楽しんでいただきたいと思う。

（二〇一六年四月、ミステリ研究家）

底本　『江戸川乱歩全集』２巻、８巻、10巻、14巻（桃源社刊）

【読者の皆様へ】

本選集収録作品には、今日の人権意識に照らし、不適切な語句や表現が散見され、それらは、現代において明らかに使用すべき語句・表現ではありません。

しかし、著者が差別意識より使用したとは考え難い点、故人の著作者人格権を尊重すべきであることという点を踏まえ、また個々の作品の歴史的文学的価値に鑑み、新潮文庫編集部としては、原文のまま刊行させていただくことといたしました。

決して差別の助長、温存を意図するものではないことをご理解の上、お読みいただければ幸いです。

（新潮文庫編集部）

小野不由美著 屍鬼（一〜五）

「村は死によって包囲されている」。一人、また一人、相次ぐ葬送。殺人か、疫病か、それとも……。超弩級の恐怖が音もなく忍び寄る。

小野不由美著 残穢

山本周五郎賞受賞

何かが畳を擦る音、いるはずのない赤ん坊の泣き声……。転居先で起きる怪異に潜む因縁とは。戦慄のドキュメンタリー・ホラー長編。

今野敏著 隠蔽捜査

吉川英治文学新人賞受賞

東大卒、警視長、竜崎伸也。ただのキャリアではない。彼は信じる正義のため、警察組織という迷宮に挑む。ミステリ史に輝く長篇。

河野裕著 いなくなれ、群青

11月19日午前6時42分、僕は彼女に再会した。あるはずのない出会いが平坦な高校生活を一変させる。心を穿つ新時代の青春ミステリ。

佐々木譲著 警官の血（上・下）

初代・清二の断ち切られた志。二代・民雄を蝕み続けた任務。そして、三代・和也が拓く新たな道。ミステリ史に輝く、大河警察小説。

島田荘司著 写楽 閉じた国の幻（上・下）

「写楽」とは誰か——。美術史上最大の「迷宮事件」を、構想20年のロジックが打ち破る！ 現実を超越する、究極のミステリ小説。

真保裕一著　ホワイトアウト
吉川英治文学新人賞受賞

吹雪が荒れ狂う厳寒期の巨大ダムを、武装グループが占拠した。敢然と立ち向かう孤独なヒーロー！　冒険サスペンス小説の最高峰。

須賀しのぶ著　神の棘（Ｉ・II）

苦悩しつつも修道士となった男。ナチス親衛隊に属し冷徹な殺戮者と化した男。旧友ふたりが火花を散らす。壮大な歴史オデッセイ。

須賀しのぶ著　紺碧の果てを見よ

海空のかなたで、ただ想った。大切な人を。戦争の正義を信じきれぬまま、自分らしく生きたいと願った若者たちの青春を描く傑作。

髙村　薫　著　レディ・ジョーカー（上・中・下）
毎日出版文化賞受賞

巨大ビール会社を標的とした空前絶後の犯罪計画。合田雄一郎警部補の眼前に広がる、深い霧。伝説の長篇、改訂を経て文庫化！

大沢在昌著　冬芽の人

「わたしは外さない」。同僚の重大事故の責を負い警視庁捜査一課を辞した、牧しずり。愛する青年と真実のため、彼女は再び銃を握る。

天童荒太著　孤独の歌声
日本推理サスペンス大賞優秀作

さぁ、さぁ、よく見て。ぼくは、次に、どこを刺すと思う？　孤独を抱える男と女のせつない愛と暴力が渦巻く戦慄のサイコホラー。

天童荒太著

幻世《まぼろよ》の祈《いの》り

家族狩り　第一部

高校教師・巣藤浚介、馬見原光毅警部補、児童心理に携わる氷崎游子。三つの生が交錯したとき、哀しき惨劇に続く階段が姿を現わす。

長崎尚志著

闇の伴走者

―醍醐真司の博覧推理ファイル―

女性探偵と凄腕かつ偏屈な編集者が追いかけるのは、未発表漫画と連続失踪事件の謎。高橋留美子氏絶賛、驚天動地の漫画ミステリ。

貫井徳郎著

灰色の虹

冤罪で人生の全てを失った男は、復讐を誓った。次々と殺される刑事、検事、弁護士……。復讐は許されざる罪か。長編ミステリー。

帚木蓬生著

閉鎖病棟

山本周五郎賞受賞

精神科病棟で発生した殺人事件。隠されたその動機とは。優しさに溢れた感動の結末――。現役精神科医が描く、病院内部の人間模様。

望月諒子著

蟻の棲み家

売春をしていた二人の女性が殺された。三人目の殺害予告をした犯人からは、「身代金」が要求され……木部美智子の謎解きが始まる。

矢樹純著

妻は忘れない

私はいずれ、夫に殺されるかもしれない。配偶者、息子、姉。家族が抱える秘密が白日のもとにさらされるとき。オリジナル・ミステリ集。

江《え》戸《ど》川《がわ》乱《らん》歩《ぽ》名《めい》作《さく》選《せん》

新潮文庫　え－3－2

平成二十八年七月一日発行
令和五年五月二十五日七刷

著者　江《え》戸《ど》川《がわ》乱《らん》歩《ぽ》

発行者　佐藤隆信
発行所　株式会社新潮社
郵便番号　一六二―八七一一
東京都新宿区矢来町七一
電話　編集部(〇三)三二六六―五四四〇
　　　読者係(〇三)三二六六―五一一一
https://www.shinchosha.co.jp

印刷・株式会社三秀舎　製本・株式会社植木製本所
Printed in Japan

ISBN978-4-10-114902-8 C0193